SP F CARBONE JO Monte

Carbonell, José A.
El monte Origo /

WITHDRAWN

WORN, SOILED, OBSOLETE

El monte Origo

José A. Carbonell Pla

El monte Origo

Primera edición: Septiembre, 2009

Derechos reservados:
© 2007, José Antonio Carbonell
© 2009. Miguel A. Castro, Ed. LetraRoja Publisher

Ilustración cubierta y composición:
© Juan R. Martos

ISBN: 978-0-9785841-6-0
LCCN 2009930080

Publicado por LetraRoja Publisher
PO BOX 770039
Orlando, Florida 32877 – 0039
www.letrarojapublisher.com

Impreso en USA

Todos los derechos reservados. Esta publicación no puede ser reproducida, ni en todo ni en parte, ni registrada en o transmitida por un sistema de recuperación de información, en ninguna forma ni por ningún medio, sea mecánico, fotoquímico, electrónico, magnético, electro-óptico, por fotocopia o cualquiera otro, sin el permiso previo, por escrito de la editora.

A Celeste, mi amor.

Agradezco al Prof. Dr. D. Alfonso Ortega su ejemplo y su paciencia; al Dr. Miguel A. Castro su fe contagiosa; a mi amigo Juan R. Martos el regalo de su talento; al grupo de escritores Camagua su respaldo incondicional, y a José Antonio, mi padre, toda una vida.

El autor.

ÍNDICE

PREÁMBULO   15

PRIMERA PARTE   19

    I La poza del infierno   25
   II Tensi   47
  III La soledad del hombre bueno   67
  IV Ricardito *el Culebras*   79
   V Dios puede esperar   97
  VI Celia *la Loba*   107
 VII Asuntos de familia   113
VIII Padre   115
  IX El anacoreta   123
   X «Sed buenos, si podéis»   141
  XI La flauta del espíritu   153
 XII La bondad cansa   161

Segunda parte

I	El futuro	173
II	El hijo de la madre Tierra	189
III	Nada es fácil	197
IV	Lo que no mata fortalece	207
V	Bienvenidos	223
VI	*Homo homini lupus*	231
VII	Almas gemelas	243
VIII	Los mercaderes	255
IX	El calor de la amistad	259
X	El Creador	271
XI	Peligro blanco	279
XII	«Polvo eres...»	287
XIII	La luz de una sonrisa	299

Epílogo   317

«Y dijo Dios: sea la luz;
y fue la luz.
Y vio Dios que la luz era buena;
y separó Dios la luz de las tinieblas.»

(Génesis 1, 3-4)

PREÁMBULO

Muchos sueñan con que algún día, en alguna aldea del mundo, nazca un ser especial, dotado de la capacidad de sobreponerse a la intrínseca maldad humana, y para quien la tolerancia, el desapego y el retorno a la naturaleza sean los únicos mandamientos. Un hombre que, piensan, iniciaría una nueva estirpe.

Pero esa estirpe existe y está entre nosotros.

Ésta es la historia de algunos de esos hombres, que por azar cruzaron sus vidas en el entorno de un pueblecito llamado Torcegada, en algún lugar del planeta Tierra, al pie de un impresionante macizo montañoso.

PRIMERA PARTE

Su décimo cumpleaños no significó para Ángel nada especial. Por todo regalo, una pequeña tarta casera de chocolate, que carecía del típico rótulo de felicitación trazado con chantillí, porque Flora, su madre, apenas sabía escribir su propio nombre. Ella fue la única que le cantó el *Cumpleaños feliz* al término de la comida, mientras su padre, Teófilo, liaba el enésimo pitillo y Teo, su hermano mayor, retiraba las velas todavía humeantes, impaciente por probar la tarta.

Hombre de gran envergadura y toscos ademanes, Teófilo era uno de tantos jornaleros del pueblo de Torcegada, al que nunca le faltaba un trabajo duro y mal pagado. Su incurable vicio del tabaco preocupaba a su esposa, que, pese a la terquedad del hombre, no perdía la esperanza de lograr que lo dejase.

Pero, si era grande la preocupación de Flora por su esposo, mayor aún era la que experimentaba por su hijo Ángel. En apariencia era un niño como los demás; lo desgarbado de sus movimientos desentonaba en cierto modo con un rostro bastante agraciado. No había salido a su padre en la estatura, y su espeso cabello, del mismo color castaño claro de la tierra del entorno y siempre demasiado largo, se volvía dorado bajo los rayos del sol. Sin embargo, por su comportamiento, aquel chaval no parecía de este mundo, pues estaba dotado de una peculiaridad tan rara como peligrosa: Ángel era extremadamente noble y generoso.

No era la suya una bondad adquirida o aprendida; apenas había tenido tiempo. Aquello era algo innato. No se sentía mínimamente satisfecho si no conseguía extraer de cada uno de sus actos un beneficio para sus semejantes. Nadie sabía quién demonios —nunca peor utilizado el término— lo habría aleccionado en ese sentido, o de quién podía haber heredado tan inusual característica. Simplemente era así, para sufrimiento de su madre, que nada positivo veía en aquella anomalía.

Pero el más decepcionado con la naturaleza del chaval era su padre, sobre todo cuando notaba el contraste con su hijo mayor, vivaracho, algo travieso y, sobre todo, muy viril. Para el rudo jornalero, en aquella familia había que ser macho por encima de todo, y los hombres tenían que demostrar tal condición desde niños. Decía que Ángel nunca llegaría a ser un hombre hecho y derecho, y que debería haber nacido mujer, porque para guisar y fregar ya valía.

No era la hombría mal entendida lo que preocupaba a Flora. Le inquietaba especialmente el futuro de su hijo menor. La mujer conocía la dureza de la vida y temía que si su hijo seguía creciendo con semejante problema fuera víctima de la maldad de la gente.

—Las personas *demasiao* buenas no saben defenderse y acaban mal —solía decirle—. En esta vida hay que hacerse respetar, porque si no lo haces, Ángel, te comerán.

A lo que el chaval respondía con una expresión de dignidad en su rostro:

—Sí, mamá, pero alguien tiene que dejar de pelear alguna vez y ayudar a la gente.

Y, rumiando sus pensamientos, aquella analfabeta

pero sensible mujer advertía la contradicción en que incurre quien cree en el bien, pero practica el mal como defensa. Como hacía ella; como hacían todos.

El mayor beneficiario de la actitud de Ángel era obviamente su hermano Teo, que se mostraba encantado con la situación. El pequeño estaba siempre allí donde fuera necesario. No existía en casa la menor discusión acerca de quién hacía los recados o quién sacaba agua del pozo. Su semblante no reflejaba nunca el agobio por el trabajo que se le venía encima; antes bien, exteriorizaba una satisfacción que el resto de la familia agradecía, aunque no terminaba de entender. La propia Flora aseguraba haber parido a Ángel sin dolores de parto. Todos lo achacaban a su excepcional fortaleza, pero, oculto en su corazón de madre, palpitaba el sentimiento de que había parido a la personificación misma de la bondad.

Por otro lado, a nadie resultaba extraño que, dado su temperamento apacible, el muchacho cultivase una gran afición por la literatura. Libros de aventuras y viajes, que había desempolvado años atrás en el trastero, llenaban sus ratos de ocio. Los mundos que aquellos viejos tomos le revelaban elevaban su visión de la vida y lo transportaban en el tiempo y en el espacio. Allí, en esa otra realidad, sí era posible su utópica visión de las cosas.

También en la escuela los compañeros de Ángel experimentaban sentimientos confusos hacia él. Al principio, precisamente por ser demasiado generoso con todos, había despertado los recelos de los más desconfiados, que veían ocultas intenciones en su inusual conducta. No podía existir nadie tan bueno. De todos modos, el chaval veíase muchas veces rodeado de un grupo de aprovechados que en el recreo le pedían un trocito de su bocadillo, que él les brindaba gustoso, y terminaban por dejarlo en ayunas trocito a trocito. No importaba cuál fuera el companaje que se ocultara en el interior del panecillo, Ángel casi nunca llegaba a catarlo, en tanto que algunos vivos desayunaban por partida doble. Una vez que los chicos hubieron calado su bondad, para ellos absurda pero alimenticia, los recreos se redujeron a la mera caza y captura del bocadillo de Ángel. No obstante, no solían aceptarlo en sus juegos, sobre todo en aquéllos que requerían cierta dosis de gamberrismo. Tampoco él se sentía capaz de participar en ninguna acción que pudiese molestar a nadie, y trataba por todos los medios de disuadirlos de cometer la fechoría con sermones de paz y concordia entre los seres humanos. Huelga decir que, con frecuencia, aquellos golfillos lo hacían objeto de bromas pesadas en vista de su nula capacidad de revancha y de su gran corazón, capaz de perdonarlo todo.

Don Elías, el maestro, no sabía muy bien qué actitud adoptar para con él. Si, por un lado, le maravillaba ver cómo favorecía a sus compañeros a la menor ocasión que se le presentara y con qué nobleza se sacrificaba para ayudar a los más torpes, aun a costa de su propio rendimiento, por otro le exasperaba su constante autoinculpación en toda trastada que no tuviese autoría reconocida, actitud que impedía que el verdadero culpable fuese descubierto y castigado. Finalmente, y en beneficio de su propio sistema nervioso, don Elías no tenía más remedio que encogerse de hombros y renunciar tanto a desenmascarar al verdadero autor del desaguisado como a castigar al mocoso paladín, que pretendía cargar con los platos rotos de todos.

En el verano de 1960 Torcegada seguía siendo un pequeño pueblo anclado en el pasado. El único rasgo novedoso que había traído la guerra civil, además de la muerte y el hambre, había sido el nombre de la localidad. Durante la contienda, uno de los bandos, interesado en derruir la iglesia, hubo de conformarse con tapiar el campanario, de modo que el tañido de la única campana quedara amordazado. La colindancia del viejo templo con viviendas humildes no permitió hacer otra cosa. El aspecto que presentaba la torre a partir de entonces era el de alguien a quien se hubiese extirpado los ojos o los llevase cubiertos con parches. Como esa torre resultaba ser el rasgo arquitectónico más destacado y característico del pueblo, la gente no tardó en acuñar para la villa la nueva denominación de Torcegada, término compuesto que venía a significar «torre ciega». La economía de posguerra no había permitido, hasta el momento, ayudar al campanario a abrir los párpados, y los vecinos ya se habían acostumbrado a verlo de aquel modo, tanto como al nuevo nombre del lugar. Años más tarde, la ceguera de la torre iba a extenderse también a los corazones de muchos de sus habitantes.

Torcegada se hallaba en plena sierra a unos cincuenta kilómetros de la capital, con la que el único nexo era un autobús de línea diario. En invierno, el pueblo solía quedar incomunicado por carretera a causa de la nieve, lo que no suponía ningún grave problema para los vecinos, acostumbrados desde siempre a hacer acopio de alimentos, medicinas y utensilios. Totalmente rodeado de altas cumbres, sus espesos bosques de coníferas eran espacios naturales vírgenes sumamente ricos en flora y fauna, si bien los excursionistas no se prodigaban en demasía a causa de la pésima carretera que daba acceso al paraje. La vida en el pueblo transcurría por lo general sin grandes sobresaltos. La dureza del trabajo y del clima hacía innecesaria para sus habitantes la llegada de nuevas emociones.

Sin embargo, para algunos de ellos, éstas iban a empezar a producirse muy pronto.

I

LA POZA DEL INFIERNO

En pleno invierno de 1962, en una de esas típicas tardes gélidas y grises, Ángel, que por tercera vez leía junto a la chimenea de su casa uno de aquellos tomos que un día encontrara cubiertos de polvo en algún rincón del trastero, escuchó un griterío de inconfundibles voces blancas, que se aproximaban por la calle mayor. Flora cosía junto a su hijo y no se levantó de su silla; empezaba a costarle trabajo mover las piernas cuando llevaba un rato sentada. Demasiados años con el frío y la humedad en sus extremidades. Pensó que serían cosas de críos y siguió cosiendo. Pero Ángel cerró de golpe el libraco, lo que levantó una pequeña polvareda a su alrededor, se incorporó y abrió la contraventana lo justo para asomar unos ojillos entre curiosos y asustados. Reconoció en seguida a varios de sus compañeros de la escuela, todos algo mayores que él, ya que se trataba del grupo de los *abuelos* —como les gustaba denominarse a sí mismos—, que podrían rebasar en dos o tres años los doce con que él contaba.

—¡Sirenas, hemos visto sirenas! —vociferaban—. ¡Hay sirenas en el río!

La gente del pueblo, conforme les veía pasar y escuchaba su proclama, volvía a cerrar los ventanucos porque el frío arreciaba, y dejaba asomar una sonrisa indulgente a su cara.

—Estos críos están cada día más *chalaos*... —decían algunos, desde sus ventanas, a los vecinos de enfrente.

—¡Sí, sí, pero éstos no son tan críos, que el que menos ya tiene los catorce! ¡Estudiando en casa tendrían que estar, en vez de alborotar tanto! —era la respuesta de los otros.

Los chicos caminaban muy lentamente y se detenían en ocasiones para comentar entre ellos, a voz en grito, los pormenores de su inverosímil descubrimiento, por lo que tardaron algunos minutos en hallarse frente a la casa de Ángel.

Éste, con la nariz pegada al gélido cristal, abrió unos ojillos algo enrojecidos por la larga lectura a la luz de una solitaria bombilla y hubo de frotárselos con ambas manos, como para despertar de una siesta. Por supuesto, no creía lo que escuchaba, pero las caras de sus compañeros parecían reflejar un pasmo desacostumbrado. Sus dudas se disiparon cuando Lucas, uno de los chicos del grupo, se detuvo y comenzó a llamarlo.

—¡Ángel, Ángel! ¡Asómate a la puerta, que tengo algo que contarte!

De un salto, el pequeño se plantó junto al portón de su casa, pero recordó que no había pedido permiso y se giró rápidamente para hallar los ojos de su madre clavados en él.

—Mamá, ¿puedo...? —preguntó, tímido.

—Ten cuidado, Ángel, y no te alejes de casa, que en cuanto llegue tu padre cenamos.

A Flora le habría extrañado muchísimo que el chico saliera al portal sin haber pedido antes su autorización. Una vez más, obtuvo la certeza de que tenía el hijo más obediente del mundo.

Mientras los otros chicos cuchicheaban entre ellos a cierta distancia, Lucas empezó a contar a Ángel lo que habían visto en el río aquella tarde, cuando se habían acercado él y tres amigos a un paraje conocido por el funesto nombre de la Poza del Infierno. Se trataba de un amplio remanso del río donde el cauce se ensanchaba para dar lugar a un hermoso paraje con abundante vegetación, que quedaba justo al pie de uno de los montes que rodeaban Torcegada. Así, mientras la orilla más llana quedaba casi al nivel del agua y daba acceso al río desde el pueblo, la orilla contraria formaba parte, toda ella, de la escarpada pendiente con que el monte comenzaba a elevarse. En ésta última, los chavales solían usar en verano un determinado punto rocoso como palanca para lanzarse al agua desde tres o cuatro metros de altura, actividad que les divertía enormemente, pues jugaban a ver quién de ellos era capaz de zambullirse de manera más estruendosa y levantaba más cantidad de agua en su caída. Para ello, no dudaban en darse lo que ellos llamaban *panzazos*, que dolían lo suyo pero se daban por bien empleados si les hacían ganar el juego.

Sin embargo, no estaba exenta de peligro aquella Poza del Infierno, pues se decía que tenía tal profundidad que nadie había conseguido llegar hasta su fondo. Según algunos, allí descansaban los cadáveres de decenas de fusilados que, durante la pasada contienda civil, fueron arrojados al agua lastrados con pesadas piedras. No estaba claro si el nombre del paraje respondía a este motivo o simplemente a la profundidad y negrura de sus aguas. A pesar de la prohibición expresa que, tanto por parte de las autoridades del pueblo como de las propias familias, se tenía hecha a los menores de bañarse allí, era el lugar más frecuentado por la chiquillería durante los veranos, si bien la buena fortuna los había mantenido a salvo de accidentes fatales.

Según Lucas, en su obsesión por conseguir ver el fondo de la sima, nunca antes visto por nadie, él y los otros se habían encaramado aquella tarde al saliente rocoso desde el que se lanzaban al agua en verano, para contemplar la superficie de la poza y tratar de adivinar su profundidad. Súbitamente habían visto a un ser con torso de mujer y cola de pez que, surgido del oscuro fondo de la poza, había nadado cerca de la superficie, sin hacer ruido y durante unos segundos, para desaparecer luego en las profundidades de la sima tan silenciosamente como había aparecido. Aquello, aseguraba Lucas, no podía ser otra cosa que una sirena de ésas que, según dicen, hay en los grandes mares. Con expresión grave afirmó también Lucas que, mientras duró el prodigio, el viento había cesado y toda manifestación de vida había enmudecido.

—¡Y se le veían las tetas! —añadió, más asustado que entusiasmado, otro de los chicos.

Ángel escuchaba boquiabierto y profundamente impresionado por el relato de Lucas. Aquello lo situaba en las historias que había leído en los viejos libros rescatados del desván, como aquélla en que las sirenas, con sus hermosos cantos, hacían embarrancar la nave de Ulises e interrumpían su viaje hacia Ítaca, su patria, lo que había de causar a él y a sus hombres toda clase de infortunios.

—Entonces... existen. ¡Ellas, las sirenas... existen! —dijo alborozado cuando Lucas calló. La emoción se apoderó de él cuando pensó que, quizás, todo aquello que los libros relataban y todas las historias con las que había soñado tantas y tantas noches podrían ser ciertas, si lo era la existencia de las sirenas.

—Ya lo creo que existen, Ángel. Yo he visto a una y los que venían conmigo también. Nos hemos llevado un susto... Mira, a mí aún me tiemblan un poco las piernas —dijo Lucas, apasionado con su reciente aventura.

—¿Y podré verlas? —preguntó el pequeño con ilusión.

—¡Pues claro, tonto! Cuando quieras, no tienes más que subirte a la roca que usamos en verano para tirarnos al agua, ¿sabes la que digo?, y seguro que las ves en seguida.

Por supuesto, Ángel jamás se había bañado en la Poza del Infierno, pero había visto a los otros zambullirse desde aquella prominencia al pie del monte y sabía perfectamente a qué punto se refería Lucas.

—Además —continuó éste— nosotros pensamos volver allí esta misma noche, porque al *Conejo* se le ha ocurrido que montemos una especie de palanca para asomarnos bien. Y con la oscuridad y a la luz de la Luna se tiene que ver mucho mejor, ¿no crees?

—Sí... sí... seguro que así se verá todavía mejor... —afirmó Ángel en absoluto convencido de ese detalle, pero se guardó de hacerlo notar ya que ardía en deseos de acompañarlos.

—Puedes venir con nosotros, pero tienes que jurar por tu honor que no dirás nada a nadie.

Aquello suponía un grave problema para la conciencia del chiquillo, que no acostumbraba a mentir a sus padres y menos a hacer algo que tuviera prohibido. Pero, con frecuencia, las ansias ayudan a encontrar razones. Y, tras pensarlo mejor, Ángel descubrió que lo único que no le permitían era bañarse en la poza, pero nadie había dicho nada acerca de que estuviera mal dar una vuelta por el lugar. El entusiasmo que veía en el rostro de Lucas, siempre tan distante y frío, unido a la algarabía que los otros continuaban formando, aseguraba al chaval que habían visto algo verdaderamente grande. La tentación era, pues, demasiado fuerte, incluso para un espíritu disciplinado como el suyo. Cuando no pudo más, y consumido en deseos de visitar inmediatamente aquel paraje, se convenció de que no tenía nada de malo acercarse esa noche con sus compañeros a echar un vistazo, en la completa seguridad de que no transgredía con ello prohibición paterna alguna.

—Bueno, Lucas, iré con vosotros —dijo al fin. Resoplaba de puros nervios.

—¿No dirás nada a nadie? ¿Seguro?

—Seguro que no.

—Promételo, Ángel.

—Lo prometo.

Lucas le dedicó una mirada de aprobación y se volvió hacia el grupo.

—¡Chicos, vámonos ya, que hay que buscar el madero y las cuerdas!

Y emplazó a Ángel en un tono que parecía más apropiado para una banda de criminales que estuviesen planeando el golpe de su vida.

—¡Ángel, a las diez en la poza! ¡Y ya sabes: ni despegar los labios!

—¡A las diez! —balbuceó Ángel, mientras los chavales se alejaban vociferando todavía.

Después habló para sí.

—¿Y cómo voy yo a conseguir salir de casa a esas horas de la noche y con el frío que hace? ¿Cómo le digo yo a mi madre que...? Tengo que pensar algo. ¡Dios mío, es tan difícil todo esto...! Yo no tengo costumbre de mentir a mis padres ni tampoco creo que esté nada bien hacerlo; además, seguro que me lo notan; pero claro, si les digo dónde voy realmente, no me dejan salir ni de broma. El caso es que tengo que ver a esa sirena que dicen éstos; no puedo perderme una cosa así, tan cerca de casa. Seguro que ya no tendré otra oportunidad.

De nuevo en casa y olvidado por completo del libro que un rato antes había estado leyendo en el salón, Ángel subió a su cuarto, se tumbó boca abajo en su cama con la cabeza entre las manos y siguió devanándose los sesos en busca de una buena explicación para poder acudir a su inaplazable cita con lo desconocido.

Al cabo de un buen rato, oyó la voz de su madre que, al pie de la escalera, lo llamaba para cenar.

—¡Papá ha llegado!

«No hay que hacerlo esperar, que se enfada», pensó el muchacho. Bajó, se lavó las manos en el fregador, besó a su padre, que le dirigió una fugaz mirada teñida de reproche, y se sentó a la mesa al tiempo que lo hacían su madre y su hermano. Al besar a su padre sintió aquel familiar olor a sudor y a tabaco que lo acompañaba. Siempre pensaba que no había nada extraño en que su padre oliera tan mal, después de haber pasado todo el día trabajando en la tierra, con el capataz ojo avizor a su alrededor, como si él o alguno de sus compañeros fueran a escaparse de allí o como si no necesitasen hasta el último duro que ganaban dejándose la vida en aquellos terrones. Y para colmo, todo el día con la bolsita del tabaco y el libro de papelinas, venga a liar unos pitillos que al arder apestaban a un kilómetro de distancia. Pero esa noche, el olor a humo, a trabajo y a cansancio que halló en su padre le produjo un frío nervioso que recorrió todo su cuerpo. Sabía que el portador de ese olor era quien debía consentir o no que hiciera realidad su sueño de encontrarse con aquel mundo fantástico de los libros, donde cabían las sirenas, los grandes viajes, los océanos interminables y los héroes que siempre vencían las adversidades. Ese mundo estaba ahora a su alcance a dos zancadas de su casa, y él no podía perdérselo.

Observó a su madre, que siempre oraba en silencio, moviendo apenas los labios durante unos segundos antes de empezar a comer o cenar. Durante esos breves instantes, el padre y los dos hijos permanecían quietos, sin tocar la comida, en señal de respeto. Cuando los labios de Flora se detuvieron y tomó su cuchara, todos comenzaron a sorber la sopa. Ella sabía que no lograría nunca hacer que su marido rezase, pero también agradecía que él le permitiese orar para dar gracias a Dios por el sustento. Para un hombre como Teófilo, jornalero desde pequeño, era muy difícil aceptar que existiera un ser supremo, que hubiese creado todo el orbe y lo hiciera funcionar constantemente.

—No será tan supremo cuando ha *creao* esta mierda de mundo *gobernao* por mangantes —eran las palabras que Teófilo, sin hacer demasiado honor a su propio nombre, solía decir en las ocasiones en que su esposa intentaba convencerlo de que debía rezar de vez en cuando. Palabras de hombre explotado y humillado por una larga vida al servicio de otros, que ya no creía en nadie ni en nada.

Por su parte, Ángel aún no había sido capaz de urdir un plan satisfactorio. Habría que esperar el momento propicio e improvisar. Los escalofríos se alternaban con los sudores. Había perdido el apetito.

Cuando terminaron la sopa, mientras su madre servía a cada uno un pedazo de tortilla algo deshecha, Ángel, sin saber cómo, se sorprendió a sí mismo cuando dijo con su acostumbrada voz, apenas perceptible:

—Mamá, ¿me das permiso para ir a estudiar a casa de Lucas después de cenar?

Él sabía perfectamente que ese permiso había de venir de su padre, pero el hecho de pensar en dirigirse a su progenitor para pedirle algo, lo ponía enfermo. Jamás hubiese sido capaz de plantarse delante de aquel hombrón maloliente de casi dos metros, mirarlo a los ojos y decirle cosa alguna. Además, pensó también que su madre sabría mejor que él cómo transmitir sus pretensiones a la autoridad competente sin provocar un terremoto en casa.

—¿Estáis ya de exámenes, Ángel? —interrogó su madre, sin dejar de servir tortilla.

—Sí... bueno, todavía no, pero queremos adelantar un poco. Es que luego se juntan todas las asignaturas y...

—Eso debes hacer, hijo: preparar las lecciones con tiempo y que no te pille el toro al final. A ver si es verdad que este curso lo tomas en serio. El maestro dice que eres *aplicao*, pero que también eres *mu* distraído y ya sabes que se te va el santo al cielo en seguida, con cualquier cosa. Ahora lo único importante *pa* ti son los estudios.

—Entonces, ¿puedo? —casi se le salían los ojos de las órbitas.

—Lo que diga tu padre —sentenció Flora para no revocar la autoridad de su esposo, aunque todos sabían que ella ya había hecho su labor en favor del crío al propiciar el terreno para el «sí» definitivo del gran jefe.

Éste, sin levantar los ojos del plato, le preguntó con voz grave y desganada:

—¿A qué hora vas a volver?

—Temprano... temprano padre. Sólo serán un par de horas, para repasar —empezaban a temblarle las manos.

—A los doce en punto aquí *clavao*; ni un minuto más. ¿Estamos? —la voz de su padre sonó ahora más potente que antes, pero el corazón de Ángel ya daba botes de gozo dentro de su pecho.

El resto de la cena fue un suplicio para el chico, que no deseaba ya otra cosa que levantarse de la mesa. Cuando, por fin, pudo volver a su cuarto, buscó en su cajón aquel libro de un tal Homero, donde se relataba el episodio de las sirenas, que atraen la atención de Ulises y de su tripulación por medio del hechizo de sus cantos. Lo releyó y soñó una vez más, ahora convencido de que el sueño iba a convertirse en realidad en pocos minutos, porque él tenía una cita con la aventura.

Eran más de las nueve y media cuando bajó a saltos la escalera con el abrigo puesto y se acercó a besar a sus padres, sentados junto al fuego. Un enorme aparato de radio, herencia de algún abuelo, emitía una tonadilla del gusto de Flora, que ella tarareaba distraídamente.

—Me marcho, mamá.

Pero la inexperiencia de Ángel en aquellas lides iba a ponerse de manifiesto de inmediato. Cuando, victorioso y lleno de júbilo, entreabría la puerta de la calle, sonó la voz de su padre, más cavernosa que nunca.

—¡Pero, nene! ¿*Ande* vas sin los libros?

El chico quedó petrificado, con el picaporte entre las manos. Lo habían pillado por culpa del despiste más tonto. ¿Cómo podía resultar creíble que fuese a estudiar a casa de un amigo sin llevar sus libros? Durante un par de segundos, su mente barajó diversas respuestas, ninguna de las cuales le pareció convincente. Cuando ya se sentía perdido y veía venirse abajo toda su labor, unos nudillos tocaron a la puerta que él tenía a medio abrir. La abrió del todo y allí estaba Lucas, que pasaba a recogerlo. Aquello parecía providencial. Cuando menos, distraería por un segundo la atención de su padre y a él le permitiría pensar algo. De pronto se le ocurrió la única salida razonable en ese momento, y se lo jugó todo a una carta.

—¡Hola, Lucas! ¿Estudiaremos con tus libros, verdad? —elevó la voz para que sus padres pudieran escucharlo.

—¿Qué? ¡Ah... sí, sí! ¿No quedamos en eso? —Lucas

demostró estar mucho más acostumbrado que él a improvisar mentiras sobre la marcha. Sus reflejos no lo traicionaron, y la oportuna respuesta sacó del atolladero a su angustiado compañero.

—¡Ve con Dios, hijo, y a las doce, aquí! —la voz de su madre le confirmó que, por esta vez, había salido airoso de la encrucijada, pero había faltado poco.

Cuando Lucas y él llegaron a la Poza del Infierno, Ángel vio que ya se encontraban allí tres de los chicos que habían pasado por delante de su casa aquella tarde. Estaban subidos precisamente en el saliente rocoso desde el que, según decían, habían podido ver a la sirena. Aunque, por ser de noche, no podía distinguir bien qué hacían, le pareció ver que preparaban algún tipo de montaje con cuerdas y un tablón.

—¿Qué hacen, Lucas?
—Están preparando una especie de trampolín.
—¿Para saltar? —preguntó incrédulo.
—No, burro. Para asomarnos mejor. Pisando la tabla podremos acercarnos más al centro de la poza. Desde ahí seguro que se ve mucho mejor a la sirena. Esta tarde apareció en esa zona.

Efectivamente, Lucas y los otros habían ideado empotrar el extremo de un tablón en el saliente rocoso, sujetándolo fuertemente con las cuerdas, y el otro extremo suspendido a tres o cuatro metros de altura sobre el agua y sujeto por otra cuerda, que lo abrazaba y quedaba amarrada a dos árboles situados varios metros por encima de ellos, monte arriba, lo que impedía que el madero se doblase o quebrase. De este modo, al caminar sobre él podrían situarse justo en el centro de la poza, lo que les proporcionaría una hermosa visión cenital del fenómeno.

Lucas y Ángel subieron sin apenas esfuerzo hasta el saliente, donde estaban los otros tres muchachos y, con la colaboración de los cinco, el montaje de aquella especie de andamio pronto estuvo finalizado. Dada la estrechez del madero, sólo podrían asomarse de uno en uno a su extremo, ya que, además, no era mucho su grosor y el peso de dos o más de aquellos arrapiezos hubiera puesto a prueba su resistencia. Por ello, establecieron rigurosos turnos de observación. Cada uno pasaría cinco minutos en el extremo final de la improvisada pasarela, sin perder de vista ni por un momento la superficie del agua, pocos metros debajo de sus pies.

El cielo raso permitía que la Luna llena iluminara la escena, si bien, bajo su reflejo en la oscura superficie de la poza, no podía verse más que una fosa de aguas negras. El frío era muy intenso. Una vez que hubieron acabado de instalar su atalaya y se sosegaron, los cuerpos comenzaron a perder calor y a tiritar. Seguía soplando un vientecillo traicionero y hostil.

Ángel abotonó bien su abrigo, hasta entonces desabrochado, e introdujo ambas manos en los bolsillos. Llegado su turno de observación, caminó lentamente a lo largo del madero hasta llegar al extremo. Los compañeros le recomendaron que no se sentara, y, a él mismo, la maniobra de tomar asiento no le parecía nada segura en aquellas circunstancias, así que optó por permanecer en pie. La duración de la guardia no era excesiva, y por tanto no habría lugar a cansarse. Al fijar su atención en la superficie de la poza, se preguntó cómo pensaban aquellos muchachos que podrían ver a una sirena nadar, bajo unas aguas tan opacas como el negro cielo que reflejaban.

En estas cavilaciones estaba cuando, súbitamente, el madero comenzó a temblar como si se estremeciese toda la Tierra. Oyó pasos apresurados sobre el tablón, detrás de él, unidos a un confuso griterío por parte de sus compañeros y, cuando acabó de girar la cabeza para ver qué sucedía, apenas tuvo ocasión de ver la cara de Lucas junto a la suya y sentir un fuerte empujón en el costado, que lo hizo caer al agua sin tiempo a reaccionar.

Sumergido en aquella poza sin fondo, medio aturdido y sin un mínimo control de la situación, creyó hallarse en medio de una pesadilla. Aunque el agua estaba helada, Ángel no tuvo sensación de frío hasta que transcurrieron los primeros segundos, tiempo necesario para que su ropa se empapara completamente. El enorme peso de su abrigo mojado así como el helor del agua, que le atenazaba los miembros, le impedían mantenerse a flote y dificultaban sus movimientos. Sólo sus ojillos aterrorizados se movían frenéticos en sus órbitas, en busca de una mano salvadora en medio de la gélida y pesada oscuridad, que lo engullía por momentos. Aunque el intenso frío le obligaba a convencerse de la certidumbre del trance por el que pasaba, la dureza de la situación le obligaba a percibirla como algo completamente irreal.

Angustiado por la falta de oxígeno y convencido del profundo abismo de agua que lo esperaba bajo sus pies, creyó llegado su último momento. Por más que alargaba los brazos en busca de un asidero, sus dedos sólo alcanzaban a tocar más agua por todas partes. Ya sentía que sus pequeños pulmones iban a estallar cuando el instinto de conservación le hizo emprender una maniobra definitiva. Comenzó a quitarse el abrigo, principal estorbo para su correcta desenvoltura. Acertó a pensar que, si era capaz de desprenderse de aquel enorme peso, tal vez podría nadar o flotar hasta la orilla, necesariamente cercana. Ese instante de forzada serenidad fue lo que salvó su vida. Una vez que se hubo desembarazado del abrigo y éste cayó hacia aguas más profundas, sintió que su cabeza salía a flote y el oxígeno volvía a llenar sus agotados pulmones. Un solo segundo más hubiera sido demasiado tarde.

A pesar del agobio que sentía, pudo escuchar los gritos de sus compañeros, que empezaban a inquietarse por su suerte. Mientras trataba de recuperar el resuello, pensó que *compañeros* no era tal vez la palabra más acertada para definir a quienes acababan de demostrarle su verdadero aprecio de aquella forma. En esta ocasión, la crueldad de los golfillos había ido demasiado lejos.

Cuando alcanzó la orilla, exhausto por el esfuerzo y aterido de frío, no quiso levantar su cabeza para verlos allá arriba, en el saliente rocoso donde aún se encontraban, en completo silencio ahora. Se dejó caer en tierra para intentar recuperar sus fuerzas, aunque al cabo de unos pocos segundos comprendió que debía ponerse de nuevo en pie. Completamente mojado y sin prenda de abrigo, el intensísimo frío le aconsejaba no permanecer inmóvil. Adivinaba la silenciosa presencia de los cuatro malhechores en su rudimentaria y calculada atalaya, como también suponía la indecisión que debía de dominarlos en aquellos momentos, conscientes de que su pretendida broma había podido terminar en tragedia. Su vida había corrido grave peligro y ellos se habían dado cuenta perfectamente. Quizá en verano, aquella broma no hubiese pasado de ser motivo de risas, pero en pleno invierno y en un lugar a más de mil quinientos metros de altura sobre el nivel del mar, podía haberse convertido en un auténtico crimen.

Tiritando y algo desorientado, Ángel emprendió como pudo el camino de regreso a casa. No volvió a escuchar ninguna voz que proviniese del lugar de los hechos, donde quedaron mudos y petrificados los causantes del desaguisado. Mientras caminaba trabajosamente en dirección al pueblo, oía castañetear sus propios dientes de puro frío y, conforme sus pasos le aproximaban a casa, la tristeza se apoderaba de él, unida a la gran preocupación por la reacción que habían de tener sus padres al verlo llegar en aquel estado. Llegó a pensar en cobijarse en algún otro lugar hasta que se secasen las ropas, pero las circunstancias no le permitían tales sutilezas. No ansiaba otra cosa que arrimarse al fuego y alejar de sí todo aquel horrible frío.

Estaba rendido cuando golpeó varias veces con la palma de la mano la puerta de casa y hubo de apoyarse en ella para que no lo hallasen tendido en el suelo. Cuando su padre abrió, Ángel lo oyó gritar como nunca antes.

—Pero, ¿esto qué coño es? ¡Si vienes *empapao*, *peazo* cabrón! ¿Qué has hecho *pa* venir así, inútil? —y lo zarandeaba mientras gritaba—. ¡Contesta, me cago en la hora que te parieron, mal *trazao*! ¿*Ande* te has *metío pa* calarte entero? ¡Pasa *pa* dentro, mariconazo, que te voy a *eslomar*! ¡Flora, tu hijo, este *desgraciao*, míralo cómo viene!

El pequeño no pudo más y rompió a llorar presa de los nervios. Estaba lívido. Su madre acudió a toda prisa, miró a su hijo con desolación durante un segundo y corrió a buscar una gruesa manta. De regreso, se abalanzó sobre él, lo cubrió y empezó a frotar con energía el cuerpo del niño para hacerlo entrar en calor, mientras lo conducía hasta la chimenea.

Flora no prorrumpió en gritos. Antes bien, preguntó a su hijo en tono cariñoso por la naturaleza de lo sucedido; sabía que no estaba en el ánimo de aquella criatura cometer travesuras ni ocasionar disgustos.

—¡Hijo mío, Ángel, dime... cuéntame lo qué te ha *pasao*! ¿*Ande* te has caído *pa* venir como vienes? ¿No ibas a estudiar a casa de Lucas?

Pero Ángel, a esas alturas, no tenía ya fuerzas para responder. Trataba de sentir el calor del fuego, pero el frío que atería su cuerpo se resistía a soltar su presa y alcanzaba hasta los huesos.

—¡Voy a traerte algo bien caliente! —Flora puso al fuego apresuradamente un cazo con caldo y encargó a su hijo Teo —testigo mudo y casi indiferente de la escena— que la avisara cuando aquello estuviese listo. Sin detenerse, la mujer corrió en busca de ropa seca para Ángel, que no dejaba de tiritar.

El aspecto del chico era preocupante. El tono amoratado no desaparecía de su rostro y manos, y cuando su madre empezó a desvestirlo para secarlo bien, comprobó que el resto del cuerpo presentaba el mismo aspecto. La inmersión en el agua gélida de la poza hubiera sido causa suficiente para enfermar, pero la larga caminata, completamente empapado y sin abrigo, suponía una verdadera locura.

Cuando Ángel estuvo vestido con ropa seca y hubo bebido el tazón de caldo, su padre, algo más calmado, se levantó de la silla en que se había sentado a contemplar toda aquella maniobra y, tras situarse en cuclillas delante del asiento en que estaba su hijo, lo miró directamente a los ojos y le preguntó, sin malos modos pero con autoridad.

—¿Cómo te ha *pasao* esto, Ángel? ¡Quiero una explicación ahora mismo!

Por unos momentos sólo se escuchó el crepitar del fuego en la chimenea, que acompañaba la agitada respiración del muchacho. Ángel, que siempre había sentido una especial mezcla de temor y respeto por su padre, estaba ahora aterrorizado. Sin levantar la vista, aún guardó silencio un instante más, pero cuando comprendió que el gigante maloliente exigía una respuesta y no iba a cejar hasta conseguirla, optó por satisfacerlo, si bien, por segunda vez en las últimas dos horas —y en su vida—, no diría toda la verdad.

—Me he caído al río —tiritaba, lloraba y se sentía el ser más infeliz de la Tierra.

—¿Cómo que te has caído al río? Pero, ¿no dijiste que ibas a estudiar, *jodío*? ¿Qué coño hacías tú en el río? —Teófilo trataba en vano de controlarse.

—Pasamos por allí un momento antes de irnos a estudiar. Sólo queríamos ver una cosa curiosa —el tono de su padre lo inquietaba; tenía que seguir respondiendo y, muy a su pesar, las verdades a medias, cuando no las mentiras, se le antojaban el único recurso disponible.

—¡Mira por *ande* sale el santurrón éste de los cojones! ¡Me dice que va a estudiar y se larga al río a hacer el gamberro! ¡Parece mentira! —el padre se incorporó y se puso en jarras. Sus deseos de propinar al pequeño un par de sopapos eran más que evidentes.

Flora creyó imprescindible intervenir en aquel momento. Temía que su esposo acabara por preferir los golpes a las palabras, y ella aún quería asegurarse de que el chico merecía la paliza y no había sido víctima de la crueldad de alguien.

—No creo que te cayeras al agua tú solo, Ángel —dijo, tratando más de calmar al padre que de sonsacar al hijo—. Siempre has sido un chiquillo *mu* prudente. Dinos si alguien te empujó o te obligó a tirarte.

Los temblores no cesaban y el agotamiento se apoderaba de él. Al muchacho le costaba cada vez más esfuerzo responder preguntas.

—Me caí... yo solo. Quiero dormir —ahora sí había levantado la cabeza para responder, a modo de súplica.

Guiada por el infalible instinto que alberga el corazón

de toda madre, Flora supo que el muchacho mentía. Sabía que la sensatez de Ángel lo hacía incapaz de entregarse a una gamberrada que pudiera acabar de aquel modo. Lo habían hecho objeto de una jugarreta, sin duda. Pero en aquel momento no podía compartir esa certeza con su esposo, así que guardó silencio y puso su mano sobre la frente del chico. Entonces se volvió bruscamente.

—¡Teófilo, vete a buscar al médico! ¡El crío no está bien, tiene calentura!

—¡Ya decía yo que éste parecía *emasiao* bueno! ¡Míralo cómo se ha *destapao* de pronto! ¡Claro, coño, como no sabe hacer el gamberro, *pa* una vez que se le ocurre le sale to al revés!

Blasfemando cuanto sabía, el hombre se enfundó un oscuro y raído chaquetón de pana y salió a la calle en dirección a la casa del doctor.

Flora abrazó a su hijo con todas sus fuerzas para comunicarle el calor que necesitaba. Estaba convencida de que aquel trozo de pan en forma de niño que ella había parido empezaba ya a sufrir en sus carnes la ingrata respuesta del género humano. Lo que siempre temiera había comenzado a ocurrir inexorablemente.

Como una confirmación de los temores de su madre, Ángel comenzó a toser y estornudar, y sus convulsiones y temblores se hicieron más intensos. Con gran esfuerzo, Flora lo ayudó a subir hasta su dormitorio, lo acostó y arropó cuanto pudo. Desde niña siempre había oído decir que la mejor medicina para los enfriamientos no era otra que sudarlos en cama.

El galeno comenzaba a cenar cuando Teófilo llegó en su busca, por lo que tuvo que aguardar a que acabase para poder llevarlo consigo. Durante la espera, trató de liar un pitillo, pero lo disuadió la mirada de la esposa de don César, que desautorizaba su intento. Al cabo de media hora, se encaminaron a casa de Teófilo. Durante el breve trayecto, éste puso al doctor al corriente de lo ocurrido, o al menos de la versión que él conocía. Don César saludó a Flora con no muy buen humor y, precedido de ella, subió al dormitorio de Ángel. Al ver el tono amoratado de la piel del paciente, el médico no pudo reprimir un gesto de preocupación. Sólo entonces pareció interesarse verdaderamente en el caso. Auscultó el pecho del muchacho con el fonendoscopio durante demasiado tiempo, a juicio de Flora, como si quisiera asegurarse de lo que escuchaba. Le ordenó hablar y toser para comprobar la sonoridad de su respiración, reveladora de posibles patologías. Finalmente, don César retiró el artilugio de sus oídos y, mientras lo guardaba en su maletín, dio su diagnóstico.

—Este chico tiene una pulmonía, y no me extraña nada. Si es cierto que se ha caído al río con esta temperatura, esto es lo menos que podía ocurrirle. Deberá guardar cama hasta que yo lo diga; tomará muchos caldos calientes y sudará. Mañana compre esto —extendía una receta— y empiece a dárselo tres veces al día.

Mientras se incorporaba para entregarle la nota a Flora, le habló en tono grave.

—Procure cuidarlo bien y sea estricta con la medicación.

—Pero, ¿tiene peligro? —el semblante del médico le hacía pensar lo peor.

—No es mal de morir, afortunadamente —respondió el galeno—, pero podría complicarse si no se trata adecuadamente.

Flora se propuso cumplir a rajatabla las órdenes del doctor al precio que fuese. Éste se despidió con un leve gesto de su mano y salió del dormitorio acompañado de Teófilo, que no había despegado los labios durante la breve estancia de don César en su casa.

Transcurrió todo un mes hasta que Ángel pudo reincorporarse a la escuela. Flora había convencido a su esposo para que no lo castigara hasta que se hubiera recuperado, para no agravar su estado de ánimo. Así, logró postergar al máximo el correctivo en la confianza de que, merced al milagroso bálsamo del tiempo, Teófilo no fuera demasiado duro con él.

En efecto, el castigo, casi simbólico, consistió finalmente en no salir de casa fuera del horario escolar durante una semana, algo que, dada la gran afición que Ángel sentía por la lectura, no le resultó especialmente oneroso. A nadie se le ocurrió imaginar que él ya había sufrido el castigo más duro la misma noche en que sus compañeros lo empujaron a la poza, cuando descubrió la crueldad que lo rodeaba y tomó conciencia de que así sería durante el resto de su vida.

En cuanto a sus compañeros de peripecias, que habían temido durante todo aquel tiempo su regreso al colegio, por las probables represalias que pudieran tomarse contra ellos, quedaron muy aliviados cuando, a preguntas de don Elías en su primer día de vuelta a clase, respondió que un resbalón lo había hecho caer al agua aquella fatídica noche. De ese modo, quedaban oficialmente exculpados los autores de la fechoría y recibían, además, una lección de nobleza difícil de olvidar. Pero el auténtico desconcierto de los rapaces vino cuando comprobaron que el comportamiento de Ángel para con ellos no variaba ni un ápice de lo acostumbrado. Efectivamente, siguió repartiendo su bocadillo entre los que se le acercaban durante los recreos, continuó con su voluntaria carga de las culpas de todo estropicio que se produjera, fuese quien fuese su autor, y ayudó, como siempre, a todos cuanto pudo. Así era Ángel y no parecía existir nada que pudiera hacerlo cambiar.

Pero la crueldad de los niños es a veces superior a su inocencia y, ante la probada nobleza del chico, la reacción de la mayoría de sus compañeros de clase fue, una vez más, la burla y el desprecio. Pronto olvidaron el episodio y recuperaron su vieja práctica de abusar cuanto podían de aquel chaval de alma limpia, cuya conducta eran incapaces de comprender. El primitivo razonamiento en que basaban su torpe actitud consistía en que, si Ángel los había perdonado una vez, podría hacerlo muchas más. Tampoco faltó quien prefirió pensar que el hecho de no haber tomado represalias contra ellos obedecía únicamente a su cobardía, por temor a una posible venganza en caso de haber contado la verdad de lo sucedido. En la escuela era un secreto a voces que Ángel no había caído solo al agua en la Poza del Infierno, sino que todo había sido planeado minuciosamente por algunos de los más ilustres gamberros, con la única finalidad de mofarse de él. Así pues, mientras los protagonistas de la hazaña, recuperada la tranquilidad, se mostraban orgullosos de su obra, el resto se divertía al imaginar lo hilarante de la situación.

Sólo había una excepción en aquel cúmulo de crueldad infantil: Tensi, la hija de una viuda pobre, que siempre había mirado a Ángel con ternura y que a éste se le antojaba una princesa escapada de un cuento. Quizá fuera ella la única persona cuya sensibilidad alcanzara a comprender, siquiera mínimamente, la grandeza de aquel pequeño corazón solitario.

II

TENSI

Sus ojillos azules, que Ángel había descubierto en más de una ocasión clavados en él, coronados por una rizada melenita pelirroja, le daban mucho que pensar. Nunca había visto a Tensi participar en ninguna de las pesadas bromas que sus compañeros organizaban para burlarse de él. Tampoco la había visto reír a costa suya, como hacían los demás a la menor oportunidad. Ella parecía estar siempre al margen de todo aquello, pero al mismo tiempo atenta y vigilante, como si deseara protegerlo y confortarlo con su presencia. Alguna vez, mientras él guardaba silencio entre las risotadas histéricas de sus compañeros, Tensi se había encarado con ellos para reprocharles su innoble conducta.

Un día, cuando al salir de la escuela Ángel se dirigía hacia su casa, la vio caminar unos metros delante de él. Apresuró el paso y, a punto de alcanzarla, ella volvió la cabeza. Ángel se ruborizó ligeramente; había pensado decirle mil cosas bonitas, pero su presencia le atenazaba las ideas y se quedó mudo. Consciente de su azoramiento, que no era mayor que el suyo, Tensi sonrió y, sin dejar de caminar, facilitó las cosas.

—¡Qué rápido andas, Ángel!

El pobre chaval, que seguía sin saber cómo dirigirse a ella, le devolvió la sonrisa. Ella aminoró el paso para dejarse alcanzar y Ángel caminó a su lado sin atreverse a mirarla.

—¿Quieres que te acompañe a tu casa? —estalló por fin, nervioso.

—¡Vale! —respondió ella con alivio—. Pero vivo lejos.

—Da igual.

Ángel sabía perfectamente dónde vivía Tensi, aunque nunca se había acercado por la zona. Era prácticamente en las afueras del pueblo, pero no importaba; hubiera acompañado a su bella y bondadosa princesa hasta el fin del mundo.

Siguieron caminando durante unos minutos sin que ninguno osara romper el silencio, que se empeñaba en cristalizar entre ellos. Ambos se devanaban los sesos en busca de algún argumento suficientemente interesante para abordar al otro, pero la misma ansiedad les impedía pensar con claridad; tan sólo disfrutaban de su mutua compañía, tantas veces soñada. El silbo de algún pájaro y el sonido de sus propias pisadas sobre la tierra húmeda acentuaban el mutismo que su cortedad de adolescentes no podía cubrir. Por fin, cuando, ya fuera del pueblo, comenzaban a ascender una suave colina llena de arbustos, en cuya cima se hallaba la pequeña casita donde Tensi vivía, ésta volvió a hablar.

—A lo mejor no está mi madre ahora en casa. Hoy tenía que bajar a la capital para arreglar algún lío de papeles. Si quieres puedes entrar un rato.

Conforme se aproximaban a la modesta vivienda, Ángel se percataba de su ruinoso estado. Había calvas en el tejado así como grandes desconchones en el yeso de las paredes exteriores. De lo que en otro tiempo había sido un pequeño porche, sólo quedaba ahora algún madero medio podrido, aún incrustado en el muro. Algunas de las ventanas no tenían cristales y habían sido cubiertas con tablas. Pero el asombro de Ángel se transformó en espanto cuando Tensi abrió la puerta y lo invitó a entrar en su casa. Un escalofrío sacudió al muchacho al observar la casi total ausencia de mobiliario. Tan sólo una desvencijada mesa, colocada en el centro de la pieza que servía igualmente de recibidor, cocina y comedor, rodeada por dos cajas de madera de las que se usaban para transportar fruta, que hacían las veces de asientos. A un lado, Ángel vio una especie de armario al que le faltaba una de las puertas, en cuyo interior asomaba un trozo de pan y una bolsa con alubias. En el suelo, junto al armario, había también un cesto con algunos kilos de patatas. Culminaba la lista de enseres de la estancia con dos cajas similares a las usadas como asientos, que sostenían un pequeño hornillo de gas. Al fondo, una portezuela, a la que Ángel prefirió no asomarse, dejaba adivinar que se trataba del dormitorio. Cuando Tensi lo vio mirar en derredor en busca de otras dependencias, le aclaró:

—No hay más habitaciones, Ángel. La casa es muy pequeña. Además, ¿para qué queremos más, si no tenemos muebles para llenarlas?

—Pero, ¿y el cuarto de aseo? —el estupor del chico era tan grande que no fue capaz de reprimirse, consciente de que su pregunta no era pertinente. Temía la respuesta.

—Salimos fuera de la casa y en la parte de atrás...

—¿Y para lavaros?

—En verano, por la noche, que no nos ve nadie, nos duchamos fuera con la manguera, y ahora en invierno, dentro de la casa como podemos.

Tensi hablaba con naturalidad, como si aquel miserable modo de vida fuese común a todo el pueblo y se lo explicase a alguien venido de otro mundo con costumbres diferentes. Resultaba obvio que era la única manera de vivir que ella había conocido en su once años.

Ángel no había sospechado nunca que aquella niña y su madre vivieran en la penuria. El aspecto de Tensi no lo reflejaba en absoluto. Probablemente su madre, enferma y que pasaba por viuda, gastaba todos sus escasísimos ingresos en ropa y alimentos para su hija, con el fin de que no fuera vista con desprecio por sus compañeros de la escuela ni por el resto del pueblo.

En realidad, la madre de Tensi no era viuda, sino una de tantas madres solteras que habían de esconderse detrás de una mentira, para poder vivir sin ser lapidadas por el insulto colectivo de una sociedad enferma. Cuando llegó al pueblo, siendo Tensi aún un bebé, se había hecho pasar por viuda, lo que le granjeó la acogida favorable de sus habitantes. Sin embargo, con ser mucho, esto no llenaba su olla de comida ni le procuraba una vivienda digna. No sólo de respeto social vive el ser humano, o como solía decir ella, «¿de qué sirve que el pueblo nos haya *aceptao* si no tenemos qué llevarnos a la boca?».

Ángel y Tensi se sentaron en las dos cajas de madera, junto a la mesa, y guardaron silencio unos instantes. Aún aturdido por la impresión, el muchacho no acertaba a iniciar una conversación con ella. No dejaba de pensar que, si ella vivía en aquella situación de extrema pobreza, entonces él no tenía más remedio que ser rico aunque sus padres no lo reconocieran así, pues no encontraba otra explicación para tal diferencia entre su nivel de vida y el de ella.

—Mi madre tiene un huerto ahí al lado, abajo de la colina —dijo Tensi, que deseaba aliviar el estupor de su amigo—, donde todos los años planta patatas y luego las vende. Con eso ganamos algún dinero y además tenemos patatas para muchos meses. A veces también cría gallinas y vende los huevos por el pueblo. Lo que pasa es que está enferma y le cuesta mucho trabajar la tierra. Dice el médico que tiene la columna desviada. La columna es una ristra larga de huesecillos que está en la espalda, ¿sabes?

—Sí, sí, en la espalda. Debe de dolerle mucho, porque mi madre también tiene mal la columna y se queja cuando carga cosas pesadas.

—Sí, pero tu madre no está sola. Ella tiene a tu padre, que es el que gana el dinero para vosotros. La mía no tiene a nadie y a mí no me deja que le ayude en la tierra, porque prefiere que estudie.

—¡Estudiar! ¡Es verdad; lo había olvidado! Tengo que irme, Tensi. Debo estudiar un rato antes de cenar, porque luego me mandan a la cama en seguida.

—¿Vendrás otro día?

El corazón del muchacho se estremeció de gozo.

—Si quieres puedo acompañarte hasta aquí cada día al salir de la escuela

—respondió, nuevamente ruborizado.

—¡Vale! ¿Nos vemos a la salida, en el camino?

—¡Eso! ¡Adiós!

—¡Adiós, Ángel! ¡Y gracias por acompañarme!

—¿Me vas a dar las gracias todos los días?

Mientras caminaba hacia su casa, muy impresionado por lo que había visto esa tarde en la de Tensi, se estrujaba la mollera con todo aquello. Había olvidado por completo la maldad del resto de sus compañeros de la escuela, su crueldad para con él y la ingratitud que habían demostrado tras no haberles delatado como esperaban. No podía apartar de su mente la miseria que rodeaba a aquella niña, para él, lo más bello del mundo, dueña de los únicos ojos de la escuela que se habían posado en su persona con dulzura.

—Si ella es tan pobre y yo soy menos pobre que ella, entonces yo soy rico —insistía tercamente en sus razones—. Y mi obligación es ayudarle para que viva un poco mejor, porque tiene el mismo derecho que yo. Es injusto que las cosas sean así.

A partir de ese día, para Ángel se convirtió en costumbre aguardar a Tensi a la salida de la escuela y acompañarla en el camino hasta su casa. La amistad iba creciendo al compás que lo hacía la confianza del uno en el otro, y la cortedad del primer día se veía sustituida por una limpia espontaneidad. Ángel ya no se ruborizaba al hablar con su amiga ni la veía como un ser de otro mundo, intangible, casi inconcebible, como ocurriera en los primeros momentos. Pero lo que no disminuía era su embeleso ante la extraordinaria belleza de aquella chiquilla que lo tenía hechizado. Tampoco en ella había cedido la admiración por la conducta, siempre bondadosa y cabal, de Ángel, pues, cuanto más lo conocía, más se percataba de que era algo completamente natural en él y en absoluto una actitud premeditada.

Normalmente se despedían unos metros antes de llegar a la puerta de la casa de la muchacha, en el sendero empinado que llevaba a la cima de la pequeña colina, y él emprendía camino de la suya con la desazón de tener que dejarla en aquella especie de choza, digna de ser habitada sólo por animales. Pero una tarde, cuando subían por el sendero comentando animadamente las incidencias de la escuela, Ángel vio en la misma puerta de la casa a la madre de Tensi. Él ya la había visto en algunas ocasiones por el pueblo, cuando la mujer bajaba a la panadería o vendía patatas y huevos por las casas, pero nunca había atraído su atención. Conforme se aproximaba, el rostro de la madre de su amiga se definía mejor ante sus ojos, hasta que pudo ver bien los de ella, un poco hinchados y enrojecidos, quizá por el llanto. Su figura, algo encorvada, delataba sus problemas de columna, y toda su persona presentaba un abandono más que considerable. Contrastaba su aspecto enfermizo y triste, su poco aseo y su peor vestido, con su hija, que rezumaba alegría, luz y limpieza por todos los poros de su ser. Ángel comprendió de pronto que hacía ya muchos años que la madre de Tensi había consagrado su vida a su hija, y adivinaba en ella el empeño en alejarla de la miseria. En ese instante, se sintió también él invadido por un ansia nerviosa y una necesidad incontestable de contribuir a hacer realidad la ambición de aquella pobre mujer. Ahora estaba seguro de que haría cuanto pudiera para ayudarle.

Al llegar frente a la casa, Tensi lo agarró por el brazo.

—Ven, Ángel, quiero que mi madre te conozca.

El pobre chaval, que no lo esperaba, se dejó conducir bastante apurado ante la mujer, quien, sin moverse del quicio de la puerta en que se apoyaba, les dedicó una sonrisa apagada. Ángel supuso que Tensi ya le habría hablado a su madre de él, al parecer no precisamente mal.

—Mamá: éste es Ángel, el compañero de la escuela que me acompaña todos los días. Es mi mejor amigo y no te imaginas lo buenísima persona que es.

Y luego se dirigió a él.

—Mi madre se llama Hortensia, como yo.

Azorado por aquellos elogios, el muchacho tendió su mano hacia la señora, que la tomó entre las suyas gustosa. Ángel percibió la debilidad física de la madre de Tensi, y hubo de admitir, sorprendido, que no todos los adultos eran más fuertes que él.

—Tensi me ha *hablao* de ti, Ángel —le dijo la señora—. Me alegro de que seáis amigos. Espero que te quedes a merendar alguna tarde... cuando pueda ser.

Entendió muy bien a qué se refería la mujer al decir «cuando pueda ser». Estaba claro que hacía referencia a su complicada situación económica, que apenas le permitía dar de comer a su hija. ¡Bueno estaba su bolsillo para invitar a nadie!

—Sí, señora. Cuando pueda ser me quedaré con mucho gusto. Gracias.

Transcurrieron unos segundos en que el silencio reinó nuevamente.

—¿No quieres pasar y sentarte una *miaja*? —preguntó la señora Hortensia de improviso.

Ángel miró a Tensi, que sonreía abiertamente, y comprendió que podía y debía hacerlo.

Una vez sentados en las cajas de fruta y a propósito de ellas, la mujer empezó a hablar acerca de su mala suerte en la vida, de cómo había llegado al pueblo y de la buena acogida que éste le había dispensado, lo que la había persuadido de quedarse allí. Tensi, acodada en la mesa y con la cabeza apoyada en sus manos, escuchaba entre aburrida y complacida el relato de su madre.

—¿Has visto el *huertecico* que tenemos ahí abajo, junto a la colina?

—No, no señora, pero Tensi me ha dicho que usted cultiva patatas, ¿no?

—Sí, hijo, lo que pasa es que esta espalda mía ya no está *pa* esos trabajos, y la tierra es el peor trabajo de todos. Hay que sacarle el producto a fuerza de dejarse en ella la salud. Como no encuentre ayuda pronto, me temo que vamos a perder nuestro único medio de vida, y entonces no sé qué será de nosotras.

De repente, una idea cruzó la mente de Ángel, pero con la misma rapidez la rechazó por parecerle descabellada.

—Tengo que marcharme ya, señora Hortensia. Mi padre se enfada si me retraso al llegar a casa, después de la escuela.

—Bueno, hijo. ¿Vendrás otro día?

—Sí, claro. Otro día, cuando usted quiera, entraré a saludarla de nuevo.

Ángel vaciló un instante antes de salir.

—Yo... quisiera... quisiera poder ayudar de alguna forma, pero...

—Ya lo sé, nene, pero, ¿qué ibas a hacer tú, tan pequeño? El futuro de mi hija y el mío están en manos de Dios, porque los hombres no hacen *na* por nosotras.

Ángel terminó de despedirse de ella con un gesto y, acompañado de Tensi, abandonó el ruinoso hogar. Mientras bajaba la colina en dirección al pueblo, volvió la cabeza en varias ocasiones para saludar a la chica, que se había quedado en la puerta de la casa y lo observaba. Ángel sabía que aquella visita no había sido rutinaria; la breve charla con la señora Hortensia dejaba un poso de tristeza y a la vez de inquietud en su corazón. Tenía claro que debía hacer algo, aunque no sabía bien en qué consistiría.

Aquella noche, en contra de lo habitual, tardó bastante tiempo en conciliar el sueño pero, cuando finalmente el cansancio lo rindió, Ángel ya había decidido qué haría para ayudar a la madre de Tensi.

Cuando, a la tarde siguiente, acompañaba como de costumbre a la chica hasta su casa, antes de empezar a subir por la falda de la colina, pidió a su amiga que le mostrase el lugar donde su madre cultivaba las patatas. Para ello hubieron de rodear la loma hasta situarse al lado opuesto, según se llegaba desde el pueblo. Allí Tensi le indicó la pequeña extensión de terreno que servía de sustento a ella y a su madre. Entonces el chico le pidió que se marchase a casa, pues él debía comprobar algunos detalles, y le rogó que no dijese nada a su madre acerca de aquello. Algo extrañada, la chica asintió, se despidió y, sin dejar de volver la cabeza mientras lo tuvo al alcance de la vista, se alejó loma arriba en dirección a su casa. Ángel paseó durante unos minutos por entre los caballones que surcaban el pequeño huerto calibrando las posibilidades de trabajar aquello él mismo. Aunque desconocía la técnica del cultivo de la patata, sabía bien quién podría asesorarlo al respecto. Por lo demás, él poseía dos buenos brazos para sacar de la tierra lo que ésta pudiera dar. Una cascada de gozo inundó el corazón de oro del pequeño cuando le pareció posible llevar a cabo lo que tanto necesitaba la madre de su amiga. De regreso a casa, corría más que andaba, silbaba y daba cabriolas, las ideas ya muy claras.

Durante la cena, muy en contra de su costumbre y con gran esfuerzo para vencer el enorme respeto que le inspiraba, Ángel abordó a su padre y le preguntó acerca de su ocupación en el campo. El hombre miró a su esposa con extrañeza, guardó silencio durante unos segundos y, finalmente complacido, explicó a su hijo que en las tierras en las que trabajaba se cultivaban cebollas, nabos, patatas y otros productos de cuya mención no hizo caso Ángel tras haber escuchado el sustantivo que esperaba oír en labios de su padre: *patatas*.

«La suerte está de mi lado» —pensó, remedando a algún héroe de los libros que tanto le hacían soñar.

—Papá, ¿cómo se cultivan las patatas? ¿Qué hay que hacer?

—Pero, ¿pa qué quieres saber tú eso?

—Es para un trabajo de la escuela —él mismo se extrañó de la habilidad que estaba adquiriendo últimamente para mentir, y no se sintió especialmente orgulloso. Pero era necesario.

Como si por primera vez en su vida hubiera reparado en que podía hablar con su hijo, Teófilo se acomodó en su asiento, dejó la servilleta sobre la mesa y, con la boca todavía llena, le habló parsimoniosamente del cultivo de la patata.

—Lo primero, la tierra *tie* que estar mullida y aireada, por eso hay que ararla en profundo. Hay que estercolar algún tiempo antes de sembrar, porque si no la cosecha *pue* agarrar plagas. La plantación se *pue* hacer con semillas o con esquejes, pero nosotros siempre usamos los tubérculos, que son unos brotes que salen. *Pa* eso, aprovechamos las patatas más pequeñas de la campaña anterior, que son las que plantamos. En cada trozo que se planta tiene que haber por lo menos dos yemas *pa* que sea útil. Hay que plantar a siete u ocho centímetros *a lo hondo*. La patata necesita bastante agua, pero, como aquí llueve mucho, el patrón se ahorra a veces regar. Eso sí, hay que llevar ojo porque *la mucha agua* jode la calidad de la cosecha y además produce plagas. Y los años en que se espera sequía es mejor plantar otra cosa, porque la patata no la aguanta. A lo que más miedo le tenemos es al tizón tardío[1], que es la peor plaga. Son unas manchas de color verde que aparecen en el borde de las hojas y luego se extienden hacia el centro y se vuelven negras.

—Gracias, padre. Creo que tendré suficiente para mi trabajo de la escuela.

Aquella fue la primera vez que Ángel oyó a su padre decir más de dos frases seguidas. El muchacho ya había tomado nota mentalmente de los detalles que le interesaban. Para él, en aquel momento, aquélla era la información más valiosa que podía ser revelada a ser humano alguno. Tras la cena, subió a su cuarto para anotarlo

---

[1] Mildiú de la patata (Phytophthora infestans).

todo. En su observación de aquella tarde *in situ*, había comprobado que la plantación estaba ya hecha, con Dios sabía cuánto esfuerzo, por parte de la madre de Tensi. Ahora sólo era necesario regar con frecuencia. Para ello había que servirse de baldes, pues no había instalación alguna que permitiera llevar el agua de otra forma a aquel mísero terreno. Ángel pensó que no habría más remedio que llenar de agua los baldes en el pozo, que estaba a unos treinta o cuarenta metros de la casa de Tensi, y, desde allí, llevarlos de dos en dos hasta el huerto, donde los iría vertiendo por zonas. Ardua tarea la que se proponía el pequeño agricultor, cuyo esforzado corazón no conocía límites cuando se trataba de hacer el bien. Después se detuvo a pensar cuál sería el momento del día más apropiado para realizar su tarea. Anochecía muy temprano, por lo que, tras salir de la escuela, apenas restaban unos minutos de luz diurna. Era evidente que aquello había que hacerlo por las mañanas, durante la media hora de recreo y... tomando prestado algún rato de las clases. ¿Qué remedio?

Así, al día siguiente, Ángel, que había conseguido dos viejos baldes en el corral de su casa, los escondió en las cercanías del huerto de la señora Hortensia antes de acudir a clase. A la hora del recreo, los ansiosos devoradores de bocadillos ajenos salieron como de costumbre a la caza y captura del suculento emparedado que, a buen seguro, les iba a proporcionar el infeliz Ángel. Después de dedicar todo el tiempo de recreo a su búsqueda, se rindieron finalmente a la evidencia de que había desaparecido.

—Hoy el infeliz ha decidido comerse el bocadillo él solito —dijeron—. Estará escondido en algún retrete, pero mañana no se escapa.

Los pillastres tuvieron que conformarse con lo que

habían traído de sus casas, privación que sus mal acostumbrados estómagos acusaron sobremanera.

Entretanto, Ángel caminaba entre el pozo y el huerto de la madre de Tensi cargado con los dos baldes llenos de agua en cada viaje, y vertía el líquido elemento en el lugar exacto que correspondiera en cada ocasión. De vez en cuando echaba rápidas ojeadas hacia la cima de la loma, donde estaba la casa de su amiga, temeroso de que la señora Hortensia se asomara y lo sorprendiera en plena faena. Opinaba que el verdadero valor de la labor que aquel día comenzaba a realizar residía, precisamente, en llevarla a cabo de incógnito y en silencio, sin esperar retribución, gratitud ni reconocimiento alguno. En su memoria había quedado grabada a fuego una frase que leyó o escuchó alguna vez, aunque no sabía precisar dónde: «Haz el bien y desaparece». Era definitiva. Quizá se tratara de una exhortación que el Evangelio ponía en boca de Jesucristo, pero no podía recordarlo. No obstante, siempre había deseado hacerla realidad, y aquélla era una ocasión propicia.

Después de una veintena de viajes cargado con baldes de agua, sus brazos comenzaron a negarse al trabajo. Por otro lado, el escaso tiempo de recreo había transcurrido con creces, y ya se había consumido en buena parte la clase siguiente, nada menos que la de matemáticas, la asignatura hueso para él. Extenuado y temeroso de ser descubierto, resolvió dar por concluida su benéfica labor por ese día y regresar a la escuela. Pleno de satisfacción por el bien realizado, se lavó la cara y las manos en los aseos de la escuela y, a escondidas, se deslizó por el corredor. No le supuso gran dificultad su reingreso en el aula en plena clase de matemáticas, ya que aprovechó uno de los largos ratos en que don Elías se encontraba de espaldas a los alumnos, mientras intentaba explicar en el encerado largos e indescifrables problemas de álgebra. Su primer golpe de vista, una vez a salvo en su pupitre, fue para los ojillos azulísimos de Tensi que, absorta en las complicadas operaciones del maestro, no pareció haberse dado cuenta de la ausencia de su ignorado benefactor. Por otro lado, las miradas inquisidoras de los defraudados devoradores de bocadillos hicieron sonreír al bondadoso muchacho, que daba por bien empleado hacerlos ayunar parcialmente durante una temporada a cambio del mucho bien que él podía hacer a aquella familia necesitada.

Del mismo modo procedió durante los siguientes días, sin fijarse un límite. Estupefactos, todos sus compañeros sabían ya que el bueno de Ángel, el pacífico y noble compañero que soportaba todas las mofas y jamás tomaba represalias contra nadie, aquél que incluso había llegado a soportar estoicamente el gélido remojón que le propiciaron algunos de los más selectos truhanes de su escuela y que le había costado una pulmonía, hacía ahora novillos a diario. ¿Quién lo hubiera dicho? De ese modo consiguió dar dos riegos completos a todo el huerto, lo que incluso a él le pareció excesivo, por desconocer la gran cantidad de agua que la tierra absorbe y lo probablemente poco fructífero de su ardua tarea. Sin embargo, la madre de Tensi se percató de que algo ocurría en su huerto. No había llovido últimamente y, sin embargo, la tierra aparecía inusualmente húmeda. Para colmo, entre los caballones asomaba ya, como un tímido pregón de nuevos tiempos, el color verde. No tardó Tensi en atar cabos cuando su madre la informó de aquellos extraños riegos. Entonces comprendió de inmediato el interés de Ángel por inspeccionar el huerto, y sus diarios novillos en la escuela.

—Este chico —dijo Tensi a su madre— sólo sería capaz

de faltar a las clases para algo bueno. Pero no se te ocurra agradecérselo, mamá. Es mejor que él crea que no sabemos nada, porque te aseguro que no busca agradecimientos. Procura no bajar al huerto por las mañanas, que es cuando él viene, y déjalo hacer.

Necesitada como estaba de cualquier ayuda, Hortensia no tuvo más remedio que aceptar las recomendaciones de su hija. Una cosecha, siquiera mediana, en aquel pedazo de tierra supondría para ellas un medio de vida durante bastantes meses más, y aquel muchacho tímido y bonachón era, posiblemente, el único ser en el mundo que se había dado cuenta de ello.

Pero un día, transcurridas unas pocas semanas desde el comienzo de su trabajo en el huerto y cuando ya un potente verdor dominaba la humilde plantación, a Ángel le aguardaba una desagradable sorpresa a su sigiloso regreso a la escuela, después del agreste trabajo. En el momento en que, sudoroso, caminaba de puntillas por el largo pasillo que conducía a su aula, un inconcebible peso cayó de pronto sobre su hombro con tal fuerza que estuvo a punto de derribarlo. A trompicones se giró, asustado, y se encontró con el último rostro que hubiera querido ver en aquel momento: el director de la escuela había hecho presa en él, cual ave rapaz, y lo atraía hacia sí con insospechado vigor. Acto seguido y sin mediar palabra, depositó en ambas mejillas dos estruendosos guantazos que lo aturdieron durante unos segundos.

—¡Y bien, muchachito! ¿Verdad que vas a acompañarme a mi despacho ahora mismo? —los ojos del violento personaje centelleaban como los del cazador que abate por fin su pieza, después de haber seguido su rastro durante horas.

—S...sí, señor director. Verá usted, yo...

—¡Silencio, pequeño truhán! ¡Filibustero de poca

monta! ¡Hablarás cuando yo te pregunte!

El energúmeno lo obligó a entrar a empujones en su despacho y, después de levantarlo literalmente en volandas, lo dejó caer en una de las dos sillas que había frente a su escritorio. Cerró la puerta tras de sí con tal estallido que resonó en toda la escuela y sobresaltó incluso a quienes en ese momento se encontraban en las aulas, y se sentó en su sillón, que en aquel instante hubiera podido ser la silla de montar del mismísimo Atila. De sobra era conocido el carácter poco benévolo de aquel director de escuela, pero había ocasiones en que conseguía superarse a sí mismo, y ésta parecía ser una de ellas. Ángel, que jamás se había imaginado en semejante trance, temblaba de terror. Nadie, que se tuviera noticia, había salido indemne de la ira de aquel bárbaro. Él, que nunca había cometido travesura alguna, que a veces era señalado como ejemplo de buena conducta por don Elías ante sus compañeros de clase, y cuya única intención era realizar una buena obra para quien más la necesitaba, se veía ahora reducido a la infame categoría de malhechor y a merced de un salvaje con bigote y corbata.

Sin embargo, tal vez por tener ya cautivo al forajido, cuyos pasos había olfateado durante días, la fiera pareció aplacarse un tanto. Se puso las gafas, que dieron a su rostro un aspecto más humano y devolvieron el sosiego a sus antes desencajadas facciones, y miró a Ángel fijamente, por encima de sus gruesos cristales.

—Bien, galopín. Ahora yo quiero que me expliques por qué te escapas de la escuela todos los días a media mañana. ¿No sabes que hacer novillos es la peor infracción que un alumno puede cometer?

Ángel quedó pensativo sin dejar de temblar de miedo ni atreverse a decir nada, para no despertar a la alimaña, ahora que parecía haberse apaciguado un poco. Sin embargo, como transcurrieran unos segundos y la mirada del director no se apartase de él, creyó necesario dar una respuesta para evitar males mayores. Así, tragó saliva y, sin levantar la vista del tablero del escritorio, acertó a hablar.

—Señor director: yo no he hecho novillos para irme a jugar por ahí. Se lo aseguro. Durante estos días tenía algo muy importante que hacer y por eso me ausentaba.

—¡Ya, ya! ¿Y todos los días, bellaco, te reclamaba un deber tan importante como para dejar la escuela, única y sagrada obligación de un mocoso como tú?

Las preguntas comenzaban con entonación suave, comedida, de claro intento de autocontrol, pero, conforme la interrogativa avanzaba en su formulación, el volumen y la vehemencia de la voz aumentaban al tiempo que lo hacía la gesticulación con que el buen señor acompañaba y reforzaba sus preguntas, para terminar en un tono agudísimo, que destrozaba los tímpanos y el sistema nervioso del pobre infeliz.

—Sí... sí, señor director, porque era algo que no se puede hacer en un día.

—¿Estabas, acaso, construyendo una catedral de estilo gótico? ¿Se trataba de levantar, piedra a piedra, una de las pirámides del antiguo Egipto? ¿Qué podías tener tú, pequeño monigote, mejor que hacer que venir a la escuela?

—Lo siento, señor director, pero eso... eso no puedo decírselo —los temblores de Ángel eran ya convulsiones.

Por toda respuesta, el energúmeno propinó tal puñetazo sobre la mesa de su escritorio que ésta crujió como si fuera a desmantelarse, herida de muerte. Ángel lloraba ahora, al ver llegado su fin. Sólo faltaba que aquel bruto llamase a sus padres, para que entre todos lo machacasen a conciencia. Y pareció escuchar sus pensamientos.

—¡Está bien, jovencito! ¡Vamos a ver qué dicen tus padres! —llamó al bedel y le ordenó dar aviso urgente a la familia de Ángel. Debían presentarse en el colegio lo antes posible.

Era un hecho. Sus temores se confirmaban y él no encontraba una salida airosa. ¿Por qué la buena voluntad y el ansia de hacer el bien a sus semejantes le acarreaban tantos problemas? Y lo peor era que aquello no había hecho más que empezar.

Al cabo de veinte minutos, Teófilo y Flora aparecieron por el patio apresuradamente. Sus rostros revelaban incredulidad ante lo que el bedel les había relatado por el camino. Cuando Ángel los vio entrar en el despacho, sin poder retenerse se lanzó en brazos de su madre, que no pudo contener las lágrimas. Pero Teófilo, en apariencia menos sentimental, lo apartó de Flora, lo obligó a levantar el rostro hasta que pudiera verlo bien y le dijo:

—¡Ahora mismo me vas a decir *ande* ibas todos los días en mitad de la clase! ¡Habla si no quieres que te *eslome* aquí mismo!

Aquello era demasiado y Ángel se rindió. No había nada que hacer y pensó que, de todas formas, una vez que lo castigaran no iba a poder seguir ayudando a la madre de su amiga. La buena causa estaba perdida y se imponía la verdad.

—Iba al huerto de la madre de Tensi para regar —confesó entre sollozos—. Doña Hortensia está enferma de la espalda y no puede trabajar la tierra. Si no hay cosecha no podrá ganar ni una peseta, y las dos se morirán de hambre.

Los tres adultos se miraron desconcertados. No parecía una mentira urdida en pocos segundos para explicar una travesura. Aquello tenía todo el aspecto de ser cierto, y a ellos los ponía en un severo aprieto. Teófilo recordó de pronto la curiosa pregunta de su hijo, días atrás, acerca del cultivo de la patata.

—¿Qué coño cultiva la madre de Tensi? —preguntó al muchacho—. ¿Patatas?

—Sí, padre. Te lo pregunté para saber cómo hacerlo —seguía sollozando mientras hablaba.

—Comprenderán ustedes que la escuela debe tomar serias medidas, porque esto no ha sido cosa de un día —terció el director, que había recobrado la compostura quizá por la presencia del matrimonio o tal vez por la confesión del chaval, que parecía definitiva.

—Sí, claro, señor director —dijo Flora—, por supuesto que merece un buen castigo en la escuela y otro en casa por faltar a su única obligación.

—Imagínense el mal ejemplo que su conducta supone para sus compañeros. Por ello y por mi parte, señores —concluyó el director—, Ángel está castigado a no salir de la escuela cada día antes de las ocho de la tarde, castigo que se prolongará hasta fin de curso, para que recupere todas las horas de clase que ha perdido.

El castigo que sus padres le dieron no fue menor. Ángel no volvió a pisar las calles del pueblo, ni siquiera sábados por la tarde o domingos, ya que debía quedarse encerrado en su cuarto hasta la llegada del verano, momento en que su padre se plantearía el levantamiento del correctivo.

Aunque el muchacho no comprendía del todo por qué su buena intención era castigada de aquella manera, reconocía haber traicionado la confianza que en él tenía depositada su familia. Así pues, acató ambas sanciones con sumisión y las cumplió puntualmente, si bien tampoco hubiera podido hacer otra cosa.

Sin embargo, su sincera y tierna amistad con Tensi no

cedió ni un ápice. Transcurridas algunas semanas, sus padres permitieron a la chica visitar al reo. Las largas horas de arresto domiciliario se hicieron así más llevaderas y su buena voluntad se vio recompensada con la gratitud de la linda princesa de ojillos azules.

III

LA SOLEDAD DEL HOMBRE BUENO

Al término de aquel curso, los padres de Ángel le levantaron el castigo, dado su buen comportamiento y las excelentes calificaciones que había obtenido en la escuela. Tan correcta fue su conducta en los meses siguientes al penoso trance, que sus verdugos llegaron a lamentar haberle infligido semejante correctivo. Por su parte, el muchacho, fiel a sí mismo, no exteriorizó el menor síntoma de rencor hacia persona alguna. Ni tan siquiera el energúmeno del director del colegio, que tan mal trago le había hecho pasar, fue visto con malos ojos por el chaval durante aquellos meses anteriores al verano, aunque inevitablemente la semilla del miedo había germinado en el corazón del joven, que procuró no cruzarse en su camino.

Transcurrido el estío, que no trajo a su vida episodio alguno digno de mención, la casa de Ángel se vio agitada por una novedad trascendental: su hermano Teo, siete años mayor que él, había terminado sus estudios de bachillerato y obtenido una beca para estudiar la carrera de derecho. El lógico gozo que sus padres experimentaban ante tan hermosa perspectiva de futuro para el muchacho se veía disminuido ante la inminente marcha a la capital del mayor de sus vástagos. Siempre habían confiado en que aquel hijo podía ser la salvación económica de la familia, por lo que no escatimaron esfuerzos a la hora de preparar su ingreso en la universidad. Era imprescindible que el chico permaneciera durante los días lectivos en el colegio mayor universitario, en régimen de internado, y viajase a casa los fines de semana, si bien, una vez que Teo conociera el ambiente urbano, donde abundaban las oportunidades de relacionarse con gente distinta y fascinante, empezaría a preferir permanecer en la ciudad también los fines de semana.

Para Ángel la marcha de su hermano supuso, además de una convulsión, un problema añadido. Sus padres, encandilados por la maravillosa perspectiva de un hijo universitario y futuro abogado, entornaban los ojos al posarlos en el menor en inevitable y odiosa comparación, y parecían decir: «Mira, de éste proceden todas nuestras desdichas.» Con frecuencia le reprochaban la esterilidad de sus acciones y aquel carácter tan apocado para unas cosas y tan osado para otras. Según ellos, era capaz de proporcionarles, junto a las mayores satisfacciones, los más insoportables disgustos. Ello daba como resultado que, salvo para establecer inoportunos paralelismos con su hermano, en los que Ángel siempre salía mal parado, en casa nadie se acordara de su existencia. Aquello dañaba la sensibilidad del chico, que no comprendía de dónde surgía tanta complicación. Estaba convencido de que nunca llegaría a las cotas de éxito social que, seguramente, iba a alcanzar su hermano mayor, pero no creía merecer aquel desprecio.

Teo y él se habían querido mucho. Al mayor no le había resultado nunca difícil congeniar con el pequeño, dado el extraordinario corazón que éste poseía y la facilidad con que aceptaba todas las tareas onerosas que se presentaban. Ángel siempre estuvo dispuesto a sustituirlo en cualquier quehacer sin pedirle nada a cambio, y el propio Teo no había tenido más remedio que reconocer interiormente que aquello sí era auténtico amor fraternal, aunque su egoísmo, en nada distinto al de la mayoría de los mortales, le impidiera pagar a su hermano con la misma nobilísima moneda.

Comenzado el nuevo curso escolar, Ángel tuvo conocimiento de que la situación en casa de Tensi volvía a ser tan angustiosa como la había conocido él mismo meses atrás. En parte gracias a su esfuerzo, la cosecha de patatas no había sido mala y la mujer pudo vender bastantes sacos, que le reportaron el dinero necesario para subsistir a lo largo del verano. Pero, cuando a mediados de septiembre Ángel retomó la costumbre de acompañar a Tensi a su casa a la salida de la escuela, comprobó que la pobreza seguía instalada en aquella mísera casa medio en ruinas, donde malvivía su querida y dulce amiga. ¿Será necesario describir, una vez más, la grandeza de corazón de aquel muchacho? ¿Habrá que insistir en que Ángel no podía, de ningún modo y pese a las malas experiencias, permanecer impasible ante la miseria humana, aún menos si esa miseria afectaba a su bellísima compañera de colegio?

Puesto que la idea de trabajar en el huerto de la madre de Tensi estaba descartada, el chico concluyó que, a esas alturas, lo único que podía hacer por aquellas víctimas del abandono era proporcionarles directamente algún dinero. Y como el único vil metal que pasaba por sus manos era su asignación semanal, que él pacientemente ahorraba para luego gastar en la compra de libros, no tuvo que exprimirse demasiado el cerebro para decidir qué haría en lo sucesivo. Ángel era un amante de la cultura, pero entre ésta y la posibilidad de paliar la injusta miseria de alguien realmente necesitado, su peculiar corazón no admitía dudas.

Según le pareció, la cuestión no entrañaba riesgos, pues no había de realizar tarea alguna que lo distrajera de sus obligaciones escolares, ni debía ausentarse de casa fuera del horario permitido, así como tampoco tomaba nada que no le perteneciera. Simplemente, daría a aquella pequeña cantidad de que disponía semanalmente el mejor fin imaginable. De todos modos, y consciente de las suspicacias que sus altruistas iniciativas despertaban en los mayores, resolvió no comunicar aquella decisión a sus progenitores. Si de algo habían servido los castigos de los últimos tiempos había sido para hacerle reflexionar. Fruto de esas reflexiones era su conclusión de que el ejercicio de la mentira constituía una de las tareas habituales y necesarias de los seres humanos, que ejercían con gesto impasible desde los gobernantes hasta los mendigos. Le quedaba, sin embargo, una pequeña y acuciante duda que resolver: ¿no contar toda la verdad es mentir?

Y, como precisaba de una respuesta rápida, aunque fuese de manera provisional y a la espera de una conclusión convincente, decidió que no.

Así, cuando al día siguiente comenzó a caminar al lado de Tensi en dirección a la colina donde vivía, Ángel introdujo la mano en un bolsillo de su pantalón, extrajo dos monedas de cinco pesetas —todo su capital hasta la semana siguiente— y las ofreció a la muchacha con una sonrisa. Ella, a quien ya no extrañaba nada que viniese de él, después de la hazaña del curso anterior, se negó en un principio a recibirlas; temía nuevas consecuencias desagradables, si bien la tentación era grande. Tensi solía llevar en los bolsillos migajas de pan y algún cromo, pero raramente alguna moneda hacía su aparición por allí. Ahora su amigo Ángel, aquel bendito caído del cielo, pretendía poner en su mano y a su entera disposición dos de aquellas plateadas monedas de a cinco pesetas cada una.

—¡Pero, Ángel —se resistió—, ya tuviste problemas por ayudarnos! ¡Y además eso es un dineral!

—Tómalo, Tensi, y dáselo a tu madre. De algo tendréis que ir viviendo hasta que mejoren las cosas, ¿no?

—¿Y tú qué vas a hacer sin un real? Ya no tendrás para comprar libros.

—Bueno, a mí no me falta un plato de comida ni ropa ni calzado ni una cama limpia donde dormir. Creo que tengo más de lo que necesito, mientras a tu madre y a ti os falta incluso el alimento. ¿Qué derecho tengo yo a gastar mi asignación semanal en un estúpido libro, que no va a remediar mal alguno?

Tensi tenía a veces la impresión de que Ángel era ya todo un hombre. Al menos, hablaba como si lo fuera. A pesar de su ignorancia, ella sabía distinguir entre el habla de los pastores y jornaleros o de su propia madre y la forma de expresarse de una persona instruida. Y desde luego, su amigo Ángel no podía negar que había leído mucho. Le resultaba muy difícil rechazar argumentos expresados con aquel lenguaje culto y atinado que dejaba caer las palabras justas en el momento preciso. Así, ante los razonamientos que argüía el muchacho y acuciada también por la necesidad —sin duda, el mayor de los argumentos—, la chica no tuvo más remedio que aceptar el donativo que aquellas inocentes manos le brindaban y agradecérselo con un sonoro beso, que conmovió hasta a los adoquines de la calle mayor de Torcegada.

Durante un mes y medio aproximadamente, Ángel continuó entregando su asignación semanal a Tensi, lo que redundaba en gran alivio de penurias en el hogar de ésta y en profunda satisfacción en el espíritu del mozo. Sin embargo, la fatalidad parecía haberse encariñado con el muchacho, de manera que trenzó los hilos del azar para que la sonrisa alegre del deber cumplido fuese sustituida en su rostro por otra mueca de fracaso. Su madre lo sobresaltó una tarde cuando regresó de la escuela, antes de que su padre llegara a casa, con una proposición que sonó a sus oídos como una nueva y oscura amenaza que se cernía sobre él.

—Ángel, ¿sigues guardando casi todo tu dinero de la semana *pa* comprar libros? —le preguntó.

—Sí, claro —mintió el pequeño, que sintió cómo el hormigueo del miedo recorría su estómago.

—Últimamente no has *comprao* ninguno, así que ya debes de tener *ahorrao* bastante. Es que yo había *pensao* que, *pa* dar una sorpresa a tu padre en su cumpleaños y también *pa* congraciarte con él, me ayudaras a pagar el traje que voy a comprarle. Le hace falta porque no tiene na decente que ponerse. Él se mata a trabajar por nosotros, a pesar de estar malo de los bronquios, y ya es hora de que nosotros hagamos algo por él.

Ángel palideció y permaneció durante unos segundos inmóvil, con la mirada perdida como si le hubieran dado la noticia más atroz posible. Podía sentir los ojos escrutadores de su madre clavados en él, y adivinaba la incapacidad de ella para comprender y aprobar lo que había hecho con su dinero en las últimas semanas. ¿Cómo decirle que no tenía ni un céntimo? ¿De qué forma le haría entender que el destino que él había dado a aquel dinero era, probablemente, el más justo? Después de lo sucedido con los novillos del curso anterior, motivados precisamente por su afán de ayudar a la familia de Tensi, ¿cómo iba a poder revelar a su madre que aquella ayuda continuaba, aunque de otro modo? En un mar de dudas y casi atravesado por la mirada de Flora, que esperaba una respuesta, para ella obvia, el muchacho no fue capaz de urdir sobre la marcha una explicación satisfactoria y, consciente de que su madre no estaría dispuesta a asumir una negativa, optó por decir la verdad.

—Me parece estupenda esa idea, mamá —habló sin entusiasmo, consciente de la que se le venía encima—, pero es que... resulta que no tengo ahorrado ningún dinero.

Dicho esto humilló la cabeza hasta poder ver perfectamente el dibujo en punto de cruz que había en la pechera de su propio jersey. Como el que aguarda la llegada de un huracán, esperó la inevitable pregunta que venía a continuación. Su madre arrojó con fuerza sobre la mesa el trapo de manos, lo que sobresaltó al chico, y, mientras se acercaba lentamente a él, como si conociese la respuesta, abrió fuego.

—¿Y qué has hecho con tus *perras* desde que compraste el último libro?

—Pues... he hecho una obra de caridad con alguien que lo necesita mucho —su voz apenas era un susurro.

Flora ya tronaba y lloraba a la vez.

—¡No me digas más! ¡Claro! ¿*Pa* quién iba a ser ese dinero, sino *pa* la madre de esa niñita que te ha *sorbío* la sesera? ¡*Pa* tu padre, *na*; pa nosotros, *na*, porque no merecemos *na* por lo visto, pero *pa* esa gente...! ¡Hasta el alma les regalarías tú a ellas si te la pidieran! ¡*Desgraciao*!

El estado de ánimo en que Flora se hallaba hizo a Ángel desistir de razonar con ella. No era momento propicio para una reflexión serena, sino para guardar silencio y no encrespar aún más el genio de su madre. Pero el chaval no contó con el viejo y errado dicho «quien calla, otorga», a cuyo espíritu se acogió la mujer para descargar las iras que le encendían el alma.

—¡De modo que callas! ¿No? ¿Es que no tienes na más que decir, monstruo? Pero... ¿de *ande* saliste tú, con esa cabeza llena de pájaros? ¡Mira a tu hermano, *sacrificao* en la capital *pa* labrarse un porvenir, pa ser alguien! ¡Él sí que llegará *mu* lejos, porque no pierde el tiempo en compasiones tontas, como haces tú! ¿A quién se le ocurre dedicarse a repartir dinero por ahí entre los pobres, como si tú no fueras uno de ellos? ¡*Pa* una vez que necesito que me ayudes, mira lo que me encuentro!

La tormenta estaba justo sobre él y descargaba con toda su furia. Consideró peligroso correr a guarecerse a su cuarto, ya que entonces corría el riesgo de que hasta los rayos lo alcanzasen. Por ello, aguantó el chaparrón como mejor pudo, guardó un respetuoso silencio y se dejó mojar hasta las cachas.

Cuando amainó el temporal, se arrastró hasta su habitación por la angosta escalera con deseos de no volver a bajarla jamás. Desde la cocina, su madre seguía profiriendo amenazas acerca de los castigos bíblicos que, con toda seguridad, caerían sobre él cuando su padre tuviera conocimiento del nuevo desastre, y Ángel cerró tras de sí la puerta de su cuarto, humillado y vencido una vez más por el egoísmo del género humano. Su ingenua generosidad era premiada con disgustos sin límite. ¿Por qué estaba tan mal hacer el bien? ¿Es que nadie en este mundo podía entender que él no se sentiría feliz mientras continuara viendo a su alrededor la miseria y las privaciones de los demás? ¿No predicaban precisamente eso mismo las homilías del cura, oídas en las raras ocasiones en que sus padres lo habían llevado a la iglesia?

Aquella noche alegó encontrarse indispuesto y no bajó a cenar. Un rato antes había escuchado, atento y temeroso, la llegada de su padre, y cómo Flora lo había puesto al corriente del destino que el muchacho había dado a sus ahorrillos. Al cabo de un par de minutos, había escuchado pisadas rápidas en la escalera y, seguidamente, la puerta de su cuarto se había abierto de golpe. Sin mediar palabra, su padre lo había levantado en volandas, como si fuera un muñeco, y le había propinado cuatro bofetones que lo hicieron llorar y destruyeron toda posibilidad de justificación. Terminada su administración de justicia, el padre había abandonado el dormitorio con un sonoro portazo, no sin antes advertirle a gritos:

—¡Te vas a enterar tú de quién soy yo! ¡Antes te mato a hostias que tener un hijo idiota!

Ángel volvió a temer que aquello sólo fuera el principio de lo que se avecinaba para él en la vida, por el simple hecho de practicar la caridad. Pero, curiosamente, su nuevo fracaso no minoraba sus ansias de entregarse a su prójimo; antes bien, un sentimiento surgido de lo más profundo de su corazón le decía que, pese a no ser comprendido, estaba en el camino correcto.

Al día siguiente, como si obedeciera a un entramado urdido en su contra, don Elías, el maestro, citó a sus padres en la escuela. Se trataba de hacerlos partícipes de la inquietud que, ya desde el curso anterior, sentía por el muchacho. También a él le parecía que su conducta era inusual. Aquel desprendimiento de que hacía gala, aquella facilidad para inculparse de fechorías jamás cometidas, además de los famosos novillos que había protagonizado, también motivados por el impulso de un corazón extrañamente generoso, no le parecían actitudes razonables, y menos en un chico de trece años. No era normal que, a esa edad en que el egoísmo del niño se acentúa debido a la adolescencia, Ángel volcara todos sus afanes en servir ciegamente a los demás, hasta llegar a afectar a sus propios intereses. El educador dejó caer la posibilidad de la existencia de una alteración patológica de la conducta. Tras haber consultado con el director del centro, don Elías sugería una estrecha vigilancia, tanto en casa como en clase, mano férrea para con los arranques de generosidad mal entendida y, por supuesto, la visita a un especialista que pudiese dar una orientación acerca de la índole del problema que el chaval, con toda seguridad, padecía.

Como inicio de la terapia, sus padres le retiraron la asignación semanal, lo privaron —otra vez— de salir a la calle fuera del horario escolar y le prohibieron comer postre durante los seis meses siguientes. Huelga decir que se trataba de medidas todas ellas terapéuticas, constructivas y encaminadas a reeducar el torcido espíritu del muchacho. O eso les parecía a ellos.

Mientras Ángel había sido solamente un niño, su extraño ejercicio de la bondad, completamente natural en él, había sido visto como algo propio de la infancia, la inexperiencia o la candidez en que crecen algunos chicos, pero nadie le había dado excesiva importancia. Quizá también había contribuido a ello el hecho de que nunca había ocasionado problema alguno; antes bien, siempre habían resultado oportunas y útiles las quijotescas intervenciones del pequeño. Pero, al crecer su capacidad de maniobra al tiempo que crecía él mismo, los problemas que derivaban de sus bondadosos actos alarmaban a quienes no eran capaces de comprender la pureza de sentimientos de aquel alma limpia. Y el muchacho, agobiado por todo aquello que acontecía a su alrededor e incapaz de actuar de forma distinta a la que le dictaba su propia naturaleza, se sentía cada día más solo en su lucha. Aquello era nada menos que el acorralamiento del hombre justo enfrentado a un mundo en el que triunfan, por encima de todo, la maldad y el egoísmo. Ardua tarea había encomendado el destino a un pobre niño al revestirlo de una nobleza congénita, que amenazaba con empujarlo, inexorablemente, a la terrible soledad, que acaba siempre por anegar la vida de los hombres buenos.

IV

RICARDITO *EL CULEBRAS*

Entre represiones, castigos e intentos por parte de todos de cambiar en Ángel lo que la naturaleza había determinado como inamovible, transcurrieron los dos años siguientes. Durante el verano de 1965, entabló amistad con un muchacho de su misma edad recién llegado a Torcegada con su familia, todos jornaleros.

Con quince años, aquellos dos mozos empezaban a insinuar rasgos de los hombres que pronto serían y, aunque conservaran conductas más propias de niños que de adultos, sus incipientes bigotillos y sus voces menos atipladas delataban la explosión hormonal que comenzaban a experimentar.

Ricardo, que así se llamaba el nuevo amigo de Ángel, pronto empezó a ser más conocido en el pueblo como Ricardito *el Culebras*, por su desmedida afición a la captura de dichos ofidios. Era poseedor de una considerable colección, que guardaba en tarros de cristal y de la que se sentía muy orgulloso. Evidentemente, sus padres no le permitían tener los ejemplares dentro de casa, por lo que se servía del pequeño cobertizo donde se guardaban las bestias para montar las estanterías con el producto de sus cacerías. Ricardito había desarrollado una habilidad excepcional para capturar aquellos reptiles, que sujetaba a la vez por la cabeza y la cola con velocidad pasmosa. Introducirlos después en los correspondientes tarros y cerrar la tapadera agujereada era coser y cantar. Semejante afición revolvía las tripas de Ángel, quien solía presenciar, asqueado, cómo Ricardo comía sin lavarse las manos tras haber estado palpando a los repugnantes ofidios. Para colmo, al no sobrevivir los reptiles mucho tiempo en cautiverio, una vez muertos les sacaba la piel, la ponía a secar y luego la incluía en su colección, dentro de la correspondiente carpeta, donde las clasificaba por tamaños y colores.

A pesar de sus marranadas, Ricardo era un chico sensible. Muy pronto también a él empezó a preocuparle la conducta de su amigo Ángel. No comprendía por qué no se defendía cuando era atacado, por qué siempre pretendía cargar con las culpas de todos, aunque no hubiese intervenido para nada en sus andanzas, o por qué seguía repartiendo su bocadillo en la escuela, ni cómo era capaz de disfrutar del ayuno con aquella extraña satisfacción. No es que al Culebras le pareciera mal semejante actitud, pero aseguraba que había algo que no encajaba en todo aquello. Él hubiera matado a aquél que se hubiese atrevido a ofenderlo o perjudicarlo de algún modo, y se le hacía incomprensible que Ángel lo solucionara todo con una leve sonrisa y una caída de ojos. A veces incluso le irritaba su mansedumbre y, a voz en grito, lo incitaba a pelear, aunque siempre terminaba por sentirse estúpido con los puños cerrados ante un enemigo inexistente.

Por otra parte, Ricardo no podía dejar de agradecer a su compañero que lo hubiera sacado de algún que otro atolladero, al declararse culpable de alguna de sus fechorías o desviar la atención de don Elías hacia otra cuestión. Pese a que Ángel no siempre conseguía hacer recaer sobre sí el castigo, al menos lograba que el desesperado maestro abandonara las pesquisas. El Culebras se sentía por ello muy afortunado y así lo reconocía, por más que le resultara incomprensible. Sólo alcanzaba a albergar la intuición de que, oculta tras aquella apariencia de muchacho infeliz y bonachón, palpitaba un alma poderosa con un diáfano horizonte existencial.

Tampoco Ángel hacía grandes esfuerzos por convencerlo de sus motivaciones. Simplemente se dejaba criticar y menospreciar por su apocamiento y su «sangre de horchata». Sin embargo, también notaba en Ricardo una secreta inclinación a estudiarlo y conocerlo más a fondo.

En medio de tal contradicción de sentimientos, transcurría la amistad de aquellos dos mozos. Pero, como ya desde tiempos remotos la diosa Fortuna no siempre estuvo del lado de los esforzados y nobles héroes, sucedió lo que parecía inevitable. Cuando poseemos un juguete prodigioso, capaz de realizar portentosos efectos y cuya sola observación nos llena de curiosidad, antes o después querremos saber si aún puede hacer algo más, porque necesitamos comprobar hasta dónde es capaz de llegar esa maravilla que cayó en nuestras manos, deseosos de extraer toda la magia que sus mecanismos encierren. Esto, y no otra cosa, fue lo que le ocurrió a Ricardito *el Culebras*. Su intrépido espíritu de cazador lo empujaba a husmear más y más en todo aquello que le fascinaba y, por supuesto, de entre todas las piezas a su alcance, su enigmático amigo Ángel era la que más asombro le causaba. Aquel espíritu noble parecía exigir pruebas más arduas, y Ricardito, muy a su pesar, no era persona capaz de sustraerse a tamañas tentaciones, por lo que pronto estuvo dispuesto a proporcionárselas.

La personalidad de Ángel lo atraía tanto como lo repelía, y esa atracción que su amigo producía en él lo llevaba, al igual que en el caso de los ofidios, a querer hacerlo cautivo suyo, como si de esta manera pudiese alcanzar a comprenderlo totalmente. Aquella técnica le había dado buen resultado con los reptiles, cuyas costumbres, preferencias y comportamientos había llegado a conocer en profundidad. Por ello, pensó que podría darle buen resultado también con su misterioso amigo, que tanta zozobra producía en su ánimo. Se diría que, en su miseria, el ser humano se empeña en destruir lo bello cuando lo estima inalcanzable, lo que obedece a un oscuro instinto que le empuja a eliminar aquello que no poseerá nunca. Se evita así, además, que sea poseído —o comprendido— por alguien más afortunado. Parecía que Ricardo había asimilado algo del retorcido instinto de aquellas serpientes con las que tanto bregaba, porque, para poner a prueba los límites de su amigo, urdió un plan maquiavélico digno de la torva astucia del más capacitado de los ofidios.

Para llevarlo a cabo, fijó su atención en la chica físicamente menos agraciada de la escuela. Se trataba de Catalina, una muchacha zanquilarga, de exagerada delgadez, que le hacía parecer enferma, y propietaria de unos ojos saltones que, inevitablemente, causaban en quien miraba su rostro la sensación de hallarse en presencia de un batracio de los que habitan en las charcas de los humedales. Sabido es que estos animales forman parte importante en la dieta de las serpientes, por lo que Catalina se configuraba como la presa ideal para las fauces de lengua bífida de Ricardo. El galopín se relamió de placer cuando hubo terminado de fijar los pormenores del plan; un plan que iba a revelar para él, por fin, la verdadera pasta de la que estaba hecho el enigmático Ángel.

No le resultó difícil aprovechar las indudables capacidades literarias con que la naturaleza lo había dotado e, inspirado por el estilo de *Cárcel de amor*[2], obra que halló en la biblioteca escolar, redactar e introducir en el cajón del pupitre de Catalina una nota anónima que rezaba así:

>«Querida Catalina:
>No puedo más. Te amo sin remedio. Llevo mucho tiempo sufriendo por ti calladamente y necesito saber si tú también sientes lo mismo que yo; si no fuera así, es posible que me suicide. No sé cómo me ha ocurrido esto, pero cada vez que oigo tus pasos, cada vez que me miras, cada vez que respiras a mi lado, mi corazón se desboca como un caballo salvaje.
>Espero poder decirte al oído estas cosas y otras muchas, dentro de muy poco. De momento debe bastarte con saber que tu enamorado piensa en ti.»

Cuando la chica abrió el cajón y leyó la nota, no podía creer lo que tenía ante sus ojos. No era ella, precisamente, mujer que despertase pasiones entre sus compañeros de clase, pues su atractivo, de existir, no resultaba fácil de encontrar. Antes bien, si alguno de ellos se fijaba en su persona, solía ser con la malévola intención de mofarse de ella. Por ello, en principio y tras el primer impacto, la chica prefirió no hacer demasiado caso de aquel papel. Fue poco después, transcurrido un par de días, cuando su mente empezó a jugarle malas pasadas. Una noche soñó que ciertamente tenía un enamorado secreto. Se

---

[2] Novela sentimental considerada la obra maestra del género, escrita por Diego de S. Pedro en 1.492

trataba de un apuesto príncipe de gran estatura y cabello rubio, que hacía su mágica aparición a lomos de un blanco corcel hasta llegar a su lado. Pronto se halló en sus brazos a las puertas de un gigantesco palacio, en el que a ambos les aguardaba la felicidad infinita. Cuando despertó de aquel sueño, su actitud con respecto a la nota que lo originara se había dulcificado bastante. ¿Y si fuera verdad que algún compañero se había enamorado de ella? ¿Por qué no iba a ser cierto que también ella tenía su atractivo, aunque no fuera tan evidente como el de otras chicas? Alentada por la nueva perspectiva, Catalina esperó con inconfesada impaciencia la llegada de nuevas noticias de parte de aquel supuesto galán, que prometía cambiar su vida.

Transcurrida una semana desde la entrega de la primera nota, el Culebras consideró llegado el momento de dar un segundo paso en su peculiar cacería. Así, escribió una segunda nota y, con el mismo exitoso procedimiento de la primera ocasión, la introdujo en la cajonera del pupitre de Catalina. Ésta, que empezaba ya a desesperar de la veracidad de cuanto había leído en la primera misiva y que casi había perdido la esperanza de recibir más noticias de aquel enigmático enamorado, saltó de gozo cuando, al abrir la cajonera a su regreso del recreo, encontró aquella segunda nota, escrita con la misma irregular caligrafía que su predecesora. No consideró oportuno leerla en clase por el grave riesgo que corría de ser sorprendida por don Elías y, lo que sería aún peor, de que el contenido de la nota fuera de público conocimiento y, sin duda, motivo de burla general. El resto de la mañana se le hizo interminable. No consiguió prestar atención a las explicaciones del profesor en el encerado; se cruzó de brazos y aguardó a que el reloj fuera engullendo los minutos uno a uno.

Por fin sonó la vetusta campana. Sin haberla desplegado por completo, guardó la nota dentro del libro de Geografía, que apretó muy fuerte contra su pecho, y abandonó la escuela, ansiosa por encontrar un rincón solitario donde disfrutar de su lectura. Mientras caminaba, pensó en lo curioso que resultaba haber leído con total tranquilidad la primera nota, rodeada de compañeros, sin que por ello hubiera existido problema alguno. A nadie le había interesado el contenido de un papel en manos de Catalina, precisamente por la naturalidad con que ella se había comportado. Pero ahora, sabedora ya de la especial índole de aquellas misivas, tomaba toda clase de precauciones, siempre con la intención de evitar ser, como de costumbre, víctima de la crueldad ajena. La cortedad de su mente, aún infantil, no alcanzaba a comprender que son los propios seres humanos quienes revisten de maldad hasta las más inocentes de sus acciones.

En ningún lugar halló el deseado acomodo y decidió no perder más tiempo y leerla en casa. Una vez allí, deseosa de conocer el nuevo mensaje de su secreto enamorado, encerrose en su cuarto y la desplegó nerviosa, mientras se sentaba en su cama.

«Dulce princesa de mis sueños:

Como puedes ver, la fidelidad es una de mis pocas cualidades. He aquí la misiva que te prometí. No sé qué habrás pensado al recibir mi primera carta, pero en clase te he observado y te has comportado con naturalidad. Quizá no confías en la veracidad de mis sentimientos, pero yo me encargaré de tranquilizar tus inquietudes y te demostraré que soy sincero cuando te confieso mi cariño. Una hoja de papel es un método muy frío para comunicar amor a alguien, pero te aseguro que esto no durará mucho, si tú así lo quieres.

Yo ahora necesito una prueba de tu buena disposición hacia mí. Para ello, te ruego que, si estas cartas son de tu agrado y deseas conocer a este rendido enamorado que muere por ti, te pongas mañana un lacito de color rojo en cualquier parte de tu vestido o en el pelo, lo que para mí será una prueba más de tu bondad, a la vez que la confirmación de mis esperanzas más altas.

Beso tu blanca mano, rendido ante tu belleza.»

La osadía y la inspiración de Ricardito *el Culebras* competían en su mente enfervorizada por la situación. Para ser un refrito, la carta no le había quedado mal del todo, y es que probablemente él fuera, además de un taimado truhán, un talento desaprovechado.

Con la nueva nota, amén de alentar la ilusión que con la primera había despertado en el corazón de Catalina, se aseguraba el cazador el buen discurrir de su estratagema, pues la prueba del lazo rojo iba a ser definitiva. Si ella aparecía con el lacito, sería para él la señal inequívoca de que la pobre incauta había picado el anzuelo.

El fino olfato de Ricardito funcionó una vez más y, cómo no, la pobre Catalina llegó al día siguiente a la escuela con un gran lazo rojo colocado en lo alto de su cabeza, peinada aquel día con un moño que recogía todo su negro pelo y la hacía parecer aún más espigada y larguirucha de lo que ya era. Al mismo tiempo, lanzaba miradas a cada chico que se cruzaba por los pasillos o en el patio, y se preguntaba si podría ser él su príncipe, aquel anónimo poeta que tan maravillosas palabras le dedicaba y que vivía rendido por su amor.

—Ese lazo tan grande debe de ser por si soy miope o algo así —pensó Ricardito, sin poder apenas contener la risa—. ¡Anda que no tiene ganas ésta de que le salga un novio!

Ya tenía la prueba que necesitaba. La presa estaba propicia para su captura. Pero, para no precipitar las cosas y en vista de que su plan iba sobre ruedas, el Culebras decidió esperar un par de días antes de pasar al asalto definitivo, de cuyo éxito ya no dudaba.

Así pues, el viernes preparó otra nota anónima, que había de ser la última. Con ella se proponía pasar de la relación epistolar al encuentro personal, con la consiguiente revelación de la identidad del amante secreto. A la luz del éxito de su segunda carta, resolvió utilizar la misma técnica en su composición y recurrió por tercera vez a la inspiración de otros. Sin embargo, fuera de su contexto primitivo, las expresiones que adoptó para su nuevo escrito adquirían tintes verdaderamente extraños. Quizá aquí, entusiasmado por la buena marcha de su plan, se le fue la mano a Ricardo en la efusión poética y vino a redactar lo que sigue:

«Amada mía:
Podrás preguntarte cómo pensé en escribirte. No te maravilles, que tu hermosura causó la atracción, la atracción el deseo, el deseo la pena y la pena el atrevimiento. Son tantas las veces que hemos conversado, tantas las ocasiones en que nuestras miradas se han cruzado de forma anodina, sin que tú hayas sospechado de mi amor, pues bien guardado lo tenía, que en este momento se me hace casi imposible concebir que, finalmente, nuestros

destinos se van a encontrar.

Cuando mis ojos vieron el hermoso lazo que coronaba tu noble cabeza, supe que tu corazón estaba con el mío, aun sin conocer a este tu amante enamorado.

Puesto que las horas son siglos y los minutos horas para quien espera el encuentro amoroso tantas veces soñado, yo te ruego aceptes la cita que a continuación te propongo, que ha de servir para poner fin a la zozobra que nos martiriza y ha de abrir las puertas al día primero de nuestra futura felicidad en común.

Este corazón te esperará ansioso mañana sábado en el paraje que llaman Las Fuentes, junto al río, a eso de las seis de la tarde. Deberás llevar el mismo lazo rojo, que ha llenado de júbilo mi corazón y ahora te propongo como distintivo de nuestro amor, mientras que yo portaré otro igual en mi muñeca derecha, en tu honor. El temblor de mi mano al dirigirme a ti con tan señalada petición me impide seguir escribiendo, reina de la belleza.

Recibe, pues, un beso de este amante cuyos males de amor confía en ver acabados algún día.»

Una vez que la nota quedó, como sus antecesoras, depositada en el cajón de Catalina cual bomba de relojería programada para explotar en el momento preciso, el Culebras procedió a iniciar el montaje de otra de las piezas de su malvado plan. Aquí entraba en juego, por fin, el noble Ángel, quien, ajeno a los manejos de su amigo, andaba repartiendo el bocadillo entre los espabilados de siempre, tarea que, empeñado en ser equitativo, le consumía prácticamente todo el tiempo de holganza de que disponía antes de regresar al aula. Para poder hablar a solas con él, Ricardo hubo de ayudar a que el tentempié desapareciera con prontitud, lo que, a pesar de las protestas de los clientes habituales, le obligó a hacerse con un buen pedazo, que devoró sin misericordia alguna.

Una vez que Ángel y él se apartaron de los demás, Ricardo le echó el brazo sobre los hombros y lo obligó a caminar de esa guisa, a modo de lento paseo.

—Tengo que hablar contigo de algo muy importante —le dijo con el tono de voz más misterioso de que fue capaz—. He tenido una gran idea con la que podemos conseguir la felicidad de muchas personas, como a ti te gusta, pero no podemos hablar de los detalles ahora. He quedado con otra persona, que también está en el ajo, mañana a las seis en Las Fuentes, ¿sabes dónde es? Te espero allí y hablaremos los tres.

Algo desconcertado, Ángel asintió. Le parecía exagerado tanto misterio si se trataba de una buena causa, aunque se tranquilizó al pensar que, tal vez, Ricardo también quería practicar aquello de «Haz el bien y desaparece».

—Pero tengo que pedirte dos cosas —continuó el Culebras—: la primera es que te ates un lazo rojo en la muñeca derecha, que será el distintivo por el que nos reconoceremos los tres encausados para evitar malos entendidos.

—¿Y la segunda?

—La segunda es más delicada, y debes prometerme que la cumplirás a rajatabla.

—¿Es algo malo?

—No, Ángel, tranquilo que no has de hacer nada malo. ¿Iba yo a comprometerte en algo que no estuviera bien? —el cazador de serpientes seguía colocando sus cebos con maestría— ¡Vamos, promete!

—De acuerdo. Lo prometo.

—Se trata de que, bajo ningún concepto, has de mencionar mi nombre a nadie que aparezca por Las Fuentes mañana por la tarde. He dicho ba-jo-nin-gún-con-cep-to

—subrayó—. Te recuerdo, Ángel, que lo has prometido y debes cumplirlo.

—Descuida; lo cumpliré. Mañana en Las Fuentes a las seis. Y no diré a nadie tu nombre por nada del mundo. Espero que valga la pena tanto secreto y que sea para hacer el bien.

Y el bueno de Ángel se alejó ilusionado con la enigmática idea de Ricardo, que decía poder procurar la felicidad a muchas personas.

Al día siguiente, el cazador se apresuró para llegar el primero a la importante cita, si bien no esperó precisamente en el mismo punto en que había citado a los dos incautos. Digamos que se acomodó a unos cuantos metros de altura por encima de aquel lugar, agazapado entre el espeso ramaje de uno de los gruesos pinos que dominaban el paraje, donde con toda seguridad pasaría desapercibido. Desde su secreta atalaya, el cazador de serpientes se disponía a ver y escuchar cuanto allí sucediese aquella tarde, lo que, de seguro, iba a constituir un espectáculo impagable.

Unos minutos antes de las seis apareció Ángel con el lazo rojo atado a su muñeca derecha, tal y como el Culebras le había pedido, y con la inquietud y la ilusión reflejadas a la par en el semblante. Caminó entre las rocas en busca de Ricardito y, al no encontrarlo, se sentó sobre una gran piedra, justo a la orilla del río y frente a los chorros de agua que daban nombre al lugar. No habían transcurrido ni cinco minutos cuando oyó pisadas que venían del mismo camino por donde él había llegado, es decir, del pueblo. Esperaba ver a Ricardo aparecer tras los árboles, pero grande fue su sorpresa cuando descubrió que quien caminaba hacia Las Fuentes no era otra que Catalina, la chica más fea de la escuela, que lucía, a modo de corona, el mismo enorme lazo rojo que el día anterior había causado la hilaridad de muchos.

—¡Vaya! —pensó Ángel—. ¡También es casualidad que, precisamente ahora, aparezca esta chica por aquí! No sé si ella tendrá algo que ver con la idea de Ricardito, pero en cualquier caso espero que no entorpezca nuestros planes. Me muero de ganas de saber qué se le ha ocurrido.

Efectivamente, la llegada de Catalina no dificultaba en absoluto los planes del taimado Culebras; antes bien, contribuía a que, hasta el momento, todo funcionara a la perfección.

Los acontecimientos se precipitaron cuando Catalina vio a Ángel con el lazo rojo en la muñeca y sentado sobre la roca. En él creyó ver al anónimo remitente de las poéticas cartas amorosas que la habían traído hasta allí. Él era bastante bien parecido, y todo el mundo conocía su extraordinaria bondad así como su demostrada nobleza de corazón, por lo que el muchacho siempre le había inspirado cierta ternura y despertaba su admiración. Sin embargo, tan positivas consideraciones quedaban visiblemente contrarrestadas por la imagen de infeliz que Ángel tenía entre sus compañeros.

Mientras se aproximaba, la muchacha trataba de decidir consigo misma si aquel muchacho era o no hombre de su gusto, pues, en sus elucubraciones acerca de la identidad del ignoto enamorado, en ningún momento había pasado por su mente la persona de Ángel. Cuando se halló ante la roca en la que estaba sentado el joven, Catalina aún no había terminado de aclarar sus sentimientos, así que optó por escuchar lo que él tuviera que decirle.

—Hola Ángel —dijo, y bajó la mirada rápidamente en espera de la romántica declaración de amor que, dada la extraordinaria sensibilidad de que parecía estar dotado el muchacho y a juzgar por el tono de sus misivas, prometía ser arrebatadora. Iba a ser aquélla la primera vez en su vida que Catalina recibía a un galán rendido a sus pies. Así pues, la infeliz se dispuso a vivir el momento como algo que recordaría siempre.

No sabía hasta qué punto estaba en lo cierto, pues, en lugar de encendidas palabras de amor, la poco agraciada Catalina escuchó la apagada voz de Ángel, que decía:

—Hola, Catalina. ¿Qué te trae por aquí?

Dado su desconocimiento de lo que bullía en la cabeza de Ricardo, el chico trataba de ser cortés para dar tiempo a que aquél fuese llegando a la cita.

«Este tonto se hace el despistado después de hacerme venir para enamorarme», pensó Catalina algo sorprendida. «Tan poético y expresivo por escrito, y tan lerdo en persona. Me parece que, como no le ayude, éste no suelta prenda.»

—Lo sabes perfectamente, Ángel —le respondió al fin con aire sugerente.

Ésta le pareció al joven la confirmación de que Catalina era la tercera persona mencionada por Ricardo y que iba a colaborar con ellos en la desconocida misión. A fin de cuentas, también ella portaba un lazo rojo. Así, en tono cómplice, le respondió:

—¡Ah! Entonces, ¿tú estás en ello también?

—¡Pues claro que estoy en ello, tonto! ¿Quién iba a estar sino yo?

Ángel no comprendió muy bien por qué ella daba por supuesto que tenía que intervenir en el plan benéfico del Culebras, pues no tenía constancia de que los uniese una especial amistad, pero prefirió prudentemente no insistir. Estaba claro que Ricardo también la había citado a ella para que formara parte de lo que se proponía hacer.

—Ya son más de las seis —dijo Ángel, extrañado por la tardanza del cazador de ofidios.

Estupefacta, Catalina se preguntaba a qué demonios venía aquella observación.

—Pero... ¿la cita no era aquí, en Las Fuentes, a las seis? He sido puntual, ¿no?

—preguntó.

—Sí, los dos hemos sido puntuales. Esperemos a ver... —Ángel no olvidó la segunda promesa que había hecho a Ricardo, que consistía en no mencionar su nombre «bajo ningún concepto» a nadie que apareciera por el lugar, y Catalina no era una excepción.

Entretanto, desde su punto de observación, Ricardito se agarraba con fuerza a la rama sobre la que los espiaba, temeroso de caer al suelo a causa de la risa.

El silencio se impuso nuevamente entre los dos atónitos muchachos. Él, deseoso de que llegase Ricardo de una vez y aclarase el motivo de aquella extraña cita; ella, por su parte, impaciente por que Ángel, su supuesto enamorado, se atreviera por fin a iniciar su discurso amoroso. Transcurridos veinte minutos de espera en un tenso silencio, Catalina perdió la paciencia y optó por hacerlo hablar como fuera, ya que él parecía no encontrar las fuerzas para declararle su amor cara a cara.

—¡A ver, Ángel! ¿Todo lo que me decías en tus cartas es verdad?

—¿Cartas? ¿A qué cartas te refieres, Catalina?

Aquello ya era demasiado. Desesperada, montó en cólera.

—¡Basta ya de hacerte el idiota! ¿Para esto me has hecho venir aquí? ¿Es que quieres tomarme el pelo?

—¿Tomarte yo el pelo? Lo único que he hecho es acudir a una cita que tenía aquí.

—¡Sí, sí, ya lo sé —lo interrumpió ella—; tenías una cita aquí conmigo, estúpido! ¡Se supone que ibas a declararme tu amor como has hecho en las cartas anónimas que dejabas en mi pupitre! ¡Y llevo media hora esperando oírte hablar!

De pronto, Ángel comprendió a la perfección que el Culebras había urdido todo aquello para mofarse de los dos a un tiempo. Por un momento, y todavía bajo la lluvia de improperios que le dedicaba la decepcionada Catalina, pensó en hacerla partícipe de la verdad, pero su conciencia le recordó de nuevo su promesa de no mencionar el nombre de Ricardo ante nadie. Su honestidad y la astucia de Ricardito le impedían descargar la responsabilidad de todo aquel enredo sobre quien realmente la merecía. Cuando Catalina se hubo desahogado, tras insultarlo a placer y marcharse despechada, Ángel descendió de la roca que había hecho las veces de patíbulo y, con paso cansino y sumido en la tristeza, emprendió el regreso a casa, mientras consideraba lo traicionera que es la naturaleza humana y la maldad que anida en el corazón de los hombres.

Una vez que Ángel y Catalina se hubieron alejado, Ricardo *el Culebras*, congestionado de tanto reír, descendió del árbol con una inicial sensación de éxito en su cacería. La contemplación del grotesco encuentro de aquellos dos pasmarotes completamente desorientados, los gritos e insultos de Catalina a Ángel y la cara de cordero degollado de éste le habían hecho gozar como nunca.

Sin embargo, cuando se hubo cansado de regodearse en los detalles de la grotesca escena, su mente fue desviando la atención hacia la persona de Ángel. En el fondo, el motivo principal por el que Ricardo había ideado aquella fechoría era estudiar la reacción de su compañero y observar su conducta en los días sucesivos. Ahí había de estar, según el Culebras, la clave de la auténtica pasta de que estaba hecho aquel infeliz santurrón. Conforme se adentraba en estos pensamientos, la risa se fue borrando de su rostro. Ricardo podía ser muchas cosas, pero no era un cretino. Tenía el fino instinto del cazador y, no sabía bien por qué, algo le decía que probablemente iba a recibir la lección definitiva de parte de su amigo Ángel. Una lección que marcaría su vida para siempre.

El domingo, los dos muchachos no se vieron en todo el día. Pero el lunes, en la escuela, el cazador de ofidios observó atentamente las reacciones de su amigo. Buscaba en su conducta resentimiento o ansia de venganza, reacciones en definitiva propias de cualquier ser humano. Una conducta rencorosa por parte de su compañero hubiera demostrado al Culebras que no se encontraba ante tan raro e inclasificable individuo como él había creído.

Sin embargo, Ángel no cumplió sus expectativas. Su conducta fue la habitual. Nadie, salvo la ofendida Catalina, hubiera sido capaz de adivinar lo ocurrido el sábado último, y ella, por su parte, no estaba dispuesta a relatar la ridícula posición en que se había visto por culpa del que tomaba por tonto enamorado, incapaz de hablarle como un hombre. Tampoco al creador del invento le convenía darse a conocer. Así, lo que de haberse sabido en la escuela hubiera provocado una burla general, permaneció en el mayor secreto.

Pero hasta el más desvergonzado de los truhanes tiene sentimientos, y Ricardo no era una excepción. No podía evitar sentir un íntimo malestar cada vez que se encontraba con Ángel, consciente de lo que su amigo sabía y no le reprochaba. No estaba en el ánimo de Ángel avergonzar a Ricardo ni anidaba en su corazón deseo alguno de venganza, pero su mirada se clavaba en la del cazador, al que hería con la limpieza interior que reflejaba. Esto era demasiado, incluso para la sangre fría de aquel pequeño truhán, por lo que no tardó en evitar la compañía de su noble amigo a toda costa. Su conciencia acabó por imponerse a su vanidad de cazador, y la última vez que se dirigió a Ángel fue para decirle:

—Lamento la jugarreta que te hice aquel día; sólo quería reírme un rato. Después me di cuenta de que había sido una tontería, porque tú eras mi amigo, y la pobre Catalina tampoco me había hecho nada malo. Te pido perdón y quiero que sepas que nunca más volveré a molestarte, porque no soy digno de tu amistad. Me has demostrado que eres un tipo realmente noble, y que la maldad no tiene nada que hacer contigo. Lo único bueno de todo esto es que, al menos, he aprendido algo de ti.

Ángel trató de responder a quien seguía considerando su amigo, pero Ricardo se lo impidió con un gesto y se marchó de inmediato. Los nobles ojos de Ángel lo observaron mientras se alejaba, y una sonrisa de satisfacción iluminó su rostro. Había hallado en Ricardo el ápice de nobleza que esperaba.

Finalmente, todo había valido la pena, aunque ninguno de los dos podía aún sospechar hasta qué punto.

V

DIOS PUEDE ESPERAR

La fama de Ángel no dejaba de extenderse por el pueblo. Uno de sus principales valedores era el señor cura, don Hermesindo. Superados los cincuenta, de corta estatura y barriga generosa, si su cráneo había conocido el pelo en algún momento, debió de haber sido mucho tiempo atrás. Un rostro amable pero avispado y unas viejas lentes de concha le daban un aire intelectual, que su amor por los libros no desmentía. Apasionado de los encendidos sermones, era relativamente respetado en el pueblo, a pesar de la poca inclinación de la mayoría de los habitantes a todo lo que tuviera que ver con la Iglesia. No en vano, desde muchos años atrás, Torcegada había sido tierra de obreros, jornaleros y pastores, que durante la guerra se partieron el alma por defender sus derechos proletarios frente al golpe militar fascista apoyado por la curia. El pensamiento de los hijos de aquellos «rojos» no había cambiado mucho con el paso del tiempo, pero aquel digno sacerdote había conseguido, al menos, ganarse la consideración y el respeto de la población.

No obstante, a nadie se le ocultaba lo impulsivo y autoritario del carácter de don Hermesindo. Era un hombre enérgico, de reacciones imprevisibles, de cambios de humor antológicos y de íntima tendencia a lo mundano, y apagaba en su desmedida pasión por los libros el ardor de otras pasiones.

Sorprendió una tarde a los padres de Ángel cuando, bajo la agónica luz del crepúsculo, apareció en su casa. Teófilo y Flora se miraron extrañados, mientras lo hacían pasar y le ofrecían asiento junto a la chimenea.

El cura fue directo al grano. Después de alabar las excelencias del carácter de Ángel y de ensalzar sus virtudes, su nobleza, su capacidad de sacrificio y su demostrado amor al prójimo, planteó sin rodeos la propuesta de que el muchacho ingresara en el seminario. Ofrecía hacerse cargo de cuantos problemas se presentaran en orden a su incorporación al mismo y evitar a la familia gestiones y viajes a la capital.

Ante el silencio de los atónitos Teófilo y Flora, cuya estupefacción no les permitió articular palabra durante bastante rato, don Hermesindo se lanzó a hacer todo un panegírico del joven Ángel, empeñado en convencer a sus progenitores de la calidad humana del hijo que habían traído al mundo. Así, gracias al poco afortunado símil del muchacho con los alados guardianes del cielo, el cura defendió su punto de vista con vehemencia.

—La palabra *ángel* proviene del griego clásico —explicó— y significa *mensajero*. Eso es precisamente vuestro hijo: un mensajero, un ser enviado directamente por Dios a este mundo pecador para advertirnos de los males que nos rodean y para servirnos de ejemplo. También Él os iluminó a vosotros a la hora de bautizarlo, pues ningún otro nombre de varón hubiera designado mejor a ese alma plena de bondad; jamás hombre alguno llevó más dignamente tan bello nombre.

Teófilo y Flora, no más devotos que el resto del pueblo, escuchaban atónitos y asentían agradecidos por los elogios, pero no hallaban la forma de explicar a don Hermesindo que al chico se le había impuesto el nombre de Ángel en memoria de su abuelo paterno y de un hermano de su madre que se había llamado Miguel Ángel, explicación más sencilla que la tendenciosa interpretación que el ministro de la Iglesia daba a tan nimia cuestión.

—En él —continuaba, enérgico, don Hermesindo— la maldad del mundo no logra hacer mella por más que lo intenta. Por alguna inexplicable causa de origen fisiológico o tal vez sobrenatural, la podredumbre que puebla los corazones de los hombres no ha conseguido mancillar el limpísimo pecho de este mancebo, cuya vida futura tendría difícil acomodo en una sociedad malvada como la que le espera. Tal vez sea la del pecado original la única mácula que ensucie su alma; no permitamos que Satanás haga presa en él. El sacerdocio —concluyó— es la única peana digna de sustentar a semejante santo en vida.

No le faltaba razón al cura en muchas de sus palabras de alabanza a la persona de Ángel, si bien resultaban bastante más discutibles los argumentos en que apoyaba su defensa del estado sacerdotal para el joven. Así pensaron los padres, a quienes, en realidad, no convencía la idea de una vida religiosa para su vástago. Ellos siempre lo habían imaginado ganándose la vida en trabajos del campo, como su padre y la mayor parte de los hombres del pueblo, o, en el mejor de los casos, con un buen empleo en la capital. Lo que estaba claro era que no iba a poder estudiar como su hermano Teo, pues ya resultaba bastante oneroso para la economía familiar el tener a un hijo en la universidad.

El cura, por su parte, consideró que ya había sembrado su semilla en aquella casa y, con buen criterio, optó por no entrar en discusión con Teófilo y Flora. Era mejor dejar que la idea madurase en sus cabezas, y ya habría tiempo de trabajarlos más a fondo cuando fuera necesario. Así, despidiose de ellos, que se levantaron rápidamente de sus asientos para acompañarlo hasta la salida, tan agradecidos como aliviados. Era costumbre del cura dar un portazo cuando abandonaba una casa, como si quisiese dejar constancia de su contrariedad al dejar atrás a tanto pecador desamparado. Teófilo y Flora lo sabían y no dieron importancia al estallido de la puerta a la salida del páter.

Jamás se habían planteado la posibilidad del estado religioso para sus hijos, ni siquiera para el menor, cuyas aptitudes parecían, sin embargo, dar la razón al apasionado discurso del párroco de Torcegada. Alguna vez habían de plantearse el futuro del joven, cuestión que siempre habían temido abordar. Con aquel carácter tan bondadoso, aquella alarmante falta de instinto de autodefensa y la facilidad que tenía el chico para desvivirse por sus semejantes, no parecía esperarle un porvenir demasiado halagüeño. «La vida es muy dura —pensaban a menudo— para andar por ahí haciendo el bien a diestro y siniestro, sin esperar nada a cambio, y este chico va a ser un completo infeliz si insiste en ello.»

Así, la nueva perspectiva que se les planteaba, a pesar de resultarles difícil de aceptar, abría una imprevista opción para el futuro del muchacho. Quizá él mismo encontrase atractiva la idea de ingresar en el seminario, ordenarse sacerdote al tiempo que adquiriría una formación, y dedicar su vida a hacer el bien, algo para lo que precisamente parecía estar destinado. No les faltó tampoco razón al pensar que, merced a la sotana, tal vez sería respetado.

Resolvieron hablar con el chico y aceptar la decisión que él mismo tomase, no sin antes hacerle las oportunas recomendaciones y llamadas de atención. Después de todo, el muchacho era perfectamente capaz de entender una propuesta como aquélla. Se trataba de su porvenir, y sus padres, con muy buen criterio —y con evidente descanso de sus conciencias—, optaron por ponerlo en manos de quien había de vivirlo.

Durante la cena, en contra de su costumbre, Teófilo habló a su hijo. Las raras ocasiones en que esto ocurría hacían temer al menos un inminente castigo, a lo que ya empezaba a estar acostumbrado. Se tranquilizó al saber que, en este caso, el raro interés de su padre en él tenía como única finalidad hablar de su futuro. En pocas palabras, Teófilo le planteó la oferta de don Hermesindo y aguardó impasible su reacción. Flora apenas podía disimular su preocupación por la decisión que pudiera tomar su hijo, consciente de lo mucho que estaba en juego. Después de escuchar con atención a su padre, el joven la miró como si quisiera cerciorarse de que ella también participaba de la propuesta, pero el rostro de su madre permaneció inmutable.

Así, quizá por primera vez en su vida, Ángel se halló ante una decisión trascendental. A sus quince años ya había reflexionado en más de una ocasión sobre la vida religiosa y tenía su conclusión al respecto. Una madurez que nadie le había conocido hasta entonces se abrió paso espoleada por la necesidad del momento y, por primera vez, mostró las trazas del adulto que pronto sería.

Era consciente, y así lo explicó a sus padres, de que había en su interior una especial inquietud poco frecuente en chicos de su edad e incluso en personas mayores. Para él estaba claro que el egoísmo dominaba la conducta de los hombres, y no ocultaba que constantemente se había sentido *rara avis* entre sus semejantes. Y no porque él no se considerase egoísta; lo era como cada ser humano, pero al menos intentaba combatir y encauzar ese primario sentimiento para dirigirlo a favor de quienes lo rodeaban. Sin embargo, nunca había logrado hermanar su forma de proceder con lo meramente religioso, que, al menos ante sus ojos, aparecía configurado como una serie de ritos vacíos de contenido. Le parecía, más bien, que la vida religiosa, entendida desde el ángulo de los cristianos, se reducía a una simple lucha contra uno mismo y contra el pecado para alcanzar egoístamente la salvación individual. Siempre había tenido la impresión de que la toma de estado religioso se reducía a decir «yo pongo a salvo mi alma, y allá cada uno con la suya». La colaboración en la comunión de las almas se le antojaba materia reservada a santos y beatos, cuando en esencia éste era, a su juicio, el único objetivo importante dentro de la maraña de catecismos, prohibiciones, mandamientos, virtudes, pecados capitales, bienaventuranzas y demás *legislación*, que se suponía había de constituir el abecedario del cristiano. Desde el punto de vista de Ángel, nadie parecía haber explicado nunca a los religiosos que la toma de hábito debía significar, conforme al auténtico mensaje —y casi único— de Jesucristo, la renuncia al *yo* seguida de la entrega al *tú*. ¿O acaso el Hijo de Dios hizo algo diferente? Pero pocos ejemplos podía él encontrar de personas consagradas a la vida religiosa que realmente siguieran el camino hollado por Jesucristo. Ángel no estaba en contra de la religión en cualquiera de sus múltiples manifestaciones, pero buscaba algo auténtico y, bajo su punto de vista, la vida religiosa que a él pretendían venderle no lo era.

Su bondad era innata, natural, congénita. Había nacido con él como lo habían hecho sus huesos o las niñas de sus ojos. No era algo que hubiese adquirido ya en vida, tras el conocimiento de la figura de Cristo ni a causa de ninguna otra orientación moral o ética. Aquello que habitaba en su corazón no era una bondad a imitación del Hijo de Dios, como ha de ser la de todo buen cristiano. Consideraba que él nunca hubiera sido lo que se entendía por un buen religioso, porque incluso éstos se ven obligados por las circunstancias a utilizar la intransigencia o la autodefensa con frecuencia, habilidades que él no había sido capaz de desarrollar y que, además, no le parecían compatibles con el servicio al prójimo. Lo suyo era, en definitiva, un instinto primario y, por tanto, difícil de sujetar a leyes, normas o condiciones; algo primitivo y salvaje como la propia naturaleza humana, y a lo que nadie podría jamás poner límites.

Cuando acabó de exponer su punto de vista, sus padres, incapaces de responder a sus razonamientos, tanto por su absoluta falta de formación como por la claridad de ideas que reconocían en el muchacho, optaron por zanjar la cuestión.

—Como quieras, Ángel —concluyó su madre en un susurro—. Ya has *tomao* tu decisión. Ojalá que no te pese.

—¡Y espabila —agregó Teófilo—, que tengo el barrunto de que, si no te vas con los curas, las vas a pasar putas en la vida!

Al día siguiente, incapaz de aguardar por más tiempo, don Hermesindo volvió a visitar la casa de Teófilo y Flora. Suponía que su anterior visita habría abierto un encendido debate en la familia y pretendía lanzar otra andanada de argumentos en beneficio de la incorporación del muchacho al seminario. Pero sus cañones ya no pudieron hacer fuego, pues, lo que él se había planteado como el inicio de una contienda, finalmente nunca había llegado a existir. Ángel había dado su parecer, y sus padres no tenían nada más que decir.

El cura titubeó, algo descorazonado, y su rostro dibujó

una mueca de derrota. Sabía que las gentes de Torcegada no eran personas de ánimo volandero. Llevaba muchos años conviviendo con ellos y no ignoraba que, cuando un hombre de aquellas tierras emprendía un camino, no había vuelta atrás. A pesar de todo, pidió hablar con Ángel, que se encontraba en su cuarto estudiando. El muchacho bajó de inmediato tras la llamada de su madre y, con sumo respeto, saludó a don Hermesindo, por quien siempre había sentido una especial simpatía. Éste, como mal menor y en un desesperado intento de que no se le escabullese del todo aquel raro ejemplar de alma pura, ofreció al joven su propia biblioteca y le dio libertad para tomar prestado de ella cualquiera de los innumerables tomos que la componían. El generoso gesto fue muy apreciado por Ángel, que en más de una ocasión había fantaseado con esa posibilidad, sin atreverse jamás a pedírselo.

El esperado portazo del sacerdote al abandonar la vivienda anunció que, por aquel día, las escaramuzas habían terminado, lo que devolvió la tranquilidad a todos. En el pecho de Ángel quedó encendida, sin embargo, una llama de ilusión renovada. Los libros del cura estaban ahora a su disposición. Ni en sueños lo hubiera creído.

Aunque abundaban en ella las obras de contenido espiritual, la biblioteca de don Hermesindo contaba también con muchos textos filosóficos, históricos, políticos y científicos, amén de infinidad de clásicos literarios de novela y poesía. El muchacho se entregó con verdadera pasión al disfrute de aquellos tomos que la generosidad del cura abría para él, y devoró con denuedo sus amarillentas páginas para encontrarse con las múltiples caras de la verdad, todas ellas constitutivas de la esencia del saber. Así, con el discurrir de los años y de no pocas noches de vigilia a la luz de una pobre bombilla, Ángel terminó por atesorar un riquísimo bagaje de conocimientos, que completaron su formación y le ayudaron a desarrollar su mente.

Sin embargo, cuanto más aprendía, más preguntas surgían en su corazón.

VI

CELIA *LA LOBA*

El día en que Ángel cumplió los dieciocho años, veinticinco de agosto de 1968, su padre lo esperaba. Teófilo, hombre que a diario luchaba con la tierra para ganar un jornal, no podría comprender jamás las inquietudes espirituales y literarias de un mocoso en el que sus ojos sólo veían buenos brazos para el trabajo y un corazón sano y fuerte para la vida. Así, puesto que lo consideraba todo un hombre, siquiera físicamente, lejana ya la posibilidad de que el chico emprendiese camino religioso y, por supuesto, a espaldas de Flora, lo puso en manos de dos compañeros suyos con la intención de que le enseñaran lo que era la vida, de una vez por todas.

Ni cortos ni perezosos, los dos rudos braceros hicieron lo único que sus mentes acertaban a entender como aleccionador para un mocoso, es decir, enfrentarlo a algo con lo que nunca antes se había tropezado y dejar que saliera airoso. Esto era, según ellos, lo que diferenciaba al hombre del niño, y la sola superación de tal prueba suponía la culminación del macho: el niño convertido en hombre.

En las afueras de Torcegada, a la orilla misma de la carretera que conducía a la capital, había una casita de apariencia humilde sobre cuya puerta brillaba siempre una bombilla roja. Desde pequeño, Ángel se había preguntado por qué nunca se apagaba y por qué había de ser roja, pues poco iluminaba con aquel color. Para los curtidos hombres que lo acompañaban en aquel turbio atardecer de verano, la luz roja era todo un símbolo. Desde cualquier punto de los alrededores en que pudieran avistarla, les recordaba los ratos de ocio allí consumidos, entre los vapores del alcohol y el hechizo de alguna mujer que, por un poco de dinero, les hacía sentirse en el paraíso. Ése y no otro era el lugar que Teófilo y sus colegas educadores habían escogido para que el infeliz Ángel despertara «de una maldita vez a las verdades de la vida», y se percatara de que lo mejor para un hombre no era leer aburridos y complicados libracos, ni practicar el bien a diestro y siniestro, sino ejercer el oficio de macho, que exigía, como prueba suprema, saber enfrentarse en la intimidad con una buena hembra.

Cuando los dos gañanes lo empujaron al interior de un pequeño cuarto, en medio de una penumbra rojiza, y lo dejaron allí plantado como un pasmarote entre risotadas cómplices, Ángel se sintió agobiado. No era un cobarde, pero aquel lugar le disgustaba y además desconfiaba vivamente de los dos brutos. Al momento distinguió una pequeña lámpara de mesilla encendida y cubierta por un tapete rojo, que expandía un halo carmesí por la reducida estancia. Según su vista se acostumbraba a la semioscuridad, pudo ver a sus pies una cama de un solo cuerpo, con las sábanas algo alborotadas. Un perfume barato pero agradable llenaba el aire de un sugerente aroma de mujer. Súbitamente se deslizó por su espalda una mano pequeña y cálida, que descendió hasta las nalgas, donde se detuvo unos segundos. La voz susurrante de la mujer que guiaba aquella mano se dejó oír.

—Ponte cómodo, chico guapo, que te voy a hacer una cosita.

Ángel se giró con brusquedad. ¿Qué estaba haciendo él allí? Por supuesto, no era tan cándido que no supiera a qué se dedicaban las mujeres que actuaban de aquella manera con los hombres. Ahora terminaba de comprender lo que significaba la lucecita roja de la entrada. Era eso.

Su excitación nerviosa creció. La mujer se había situado frente a él y comenzaba a desabrocharle la camisa. Con energía pero sin violencia, Ángel le apartó las manos y se atrevió entonces a observar su belleza. Aún no habría cumplido los treinta y no era una mujer fina ni elegante. Tenía un rostro hermoso, de rasgos bondadosos distorsionados por el exceso de maquillaje, que lograba sin duda unas facciones incitativas a la lujuria. La inquietud que se había apoderado de él iba desapareciendo conforme descubría, tras la máscara de potingues, los ojos tristes de la prostituta. Vio en ella el abatimiento producido por largas horas de falso amor, de asco a la vida, de vómitos retenidos, de podredumbre. Tras la agresiva imagen de frivolidad que ella le presentaba como parte del ritual del amor, que él supuestamente había comprado, la penetrante mirada de Ángel podía ver la verdad con suficiente claridad. Una mujer maltratada por la vida, despreciada por todos y también por todos utilizada, convertida en vertedero de miserias humanas, en recipiente donde cabía lo más salvaje de cada hombre. La ternura siguió apoderándose de su ánimo conforme desnudaba el alma de la mujer que tenía delante, en tanto que ella, con los brazos caídos y sin dejar de observarlo, había abandonado ya todo intento de desnudarle a él el cuerpo. Buena conocedora de la naturaleza masculina, se había percatado de que nada podía hacer con aquel hombre limpio de alma que, por fin y por una sola vez, había entrado en su cuartucho. Ángel se sentó en la cama, sin dejar de mirar por un solo instante los ojos de la mujer, y necesitó hablarle.

—¿Cómo te llamas? —le preguntó.

Ella, que ya creía haberlo visto todo entre aquellas cuatro paredes, aún no había salido de su asombro ante la limpieza de la mirada del joven, cuyo rostro le pareció el más bello del mundo, porque reflejaba honestidad. Aquellos ojos la miraban, quizá por primera vez en muchos años, como la auténtica persona que ella era, como un ser humano ha de mirar a otro, sin turbiedad, sin reservas, sin malicias ni complejos. Ante sí tenía los ojos de un hombre sincero y justo, pero, sobre todo, tenía su respeto. Nadie mejor que ella para apreciarlo.

—Me llamo Celia —respondió, mientras se sentaba a su lado con una triste sonrisa en los labios—, pero me dicen la Loba.

—Celia es un bonito nombre; no sé por qué necesitan ponerte ese apellido.

—Ya sabes. A las de este oficio tienen que marcarnos como hacen con las reses, así que nos ponen el mote, porque de ese modo pueden tratarnos como tratan a sus animales. A fin de cuentas somos sólo eso: carne fresca para cuando la necesitan.

—Por encima de todo —respondió Ángel, que negaba con la cabeza—, eres una mujer, un ser humano. No olvides nunca eso, Celia.

—Yo no lo olvido; sólo finjo que lo hago. Son ellos los que parecen olvidarlo fácilmente. Y debo representar mi papel, si es que quiero comer caliente. Esos bestias que te han traído aquí son clientes habituales; los conozco bien. Así son todos.

Por un instante, el muchacho se vio tentado de preguntarle si su padre también era cliente conocido de la casa, pero prefirió no hacerlo.

—Seguro que existe otra manera de vivir —sugirió tras un silencio.

—Déjalo, chico, no te canses —lo interrumpió Celia—. Somos barcas a la deriva. Una vez que nos lanzamos al agua, ya no hay tierra firme para nosotras. Nunca más.

—A veces la corriente lleva a la orilla objetos perdidos durante años. Y los marinos cuya nave pierde el rumbo en alta mar conocen, desde tiempos remotos, la manera de orientarse mirando hacia arriba.

—¿Hacia arriba?

—A las estrellas. El navegante que sabe leerlas encuentra siempre su rumbo y llega a puerto sin novedad. Allá arriba están señalados todos los caminos; también el tuyo.

La mujer quedó pensativa, como si en su interior se hubiera abierto alguna puerta antes oculta. Ángel guardó también silencio. No podía creer que una mujer se conformase con aquella manera de vivir y que su ánimo se hallase tan deteriorado que no le permitiese siquiera luchar por algo mejor. Al fin, le preguntó:

—Pero ¿cómo llegaste a esta situación? ¿No hubo nunca un hombre que...?

Ella no lo dejó acabar la pregunta.

—Sí, hubo hombres en mi juventud, y algunos llegaron a hacerme creer que era importante para ellos. Pero, antes o después, terminaba por descubrir que buscaban sólo aprovecharse de una jovencita de buen ver y sin familia. Parece como si la soledad de la mujer fuera un incentivo para el deseo masculino. Saben que la mujer que está sola no tiene una mano amiga a la que agarrarse y se sienten más libres para utilizarla a su antojo. Efectivamente, muchacho, no hubo un solo hombre que quisiera de mí algo más que un buen revolcón. Al final, en vista de que no tenía otro camino, opté por seguir complaciéndolos, pero al menos puse un precio que me permitió ganarme la vida con ello. Es así de sencillo y así de triste.

—Lo siento mucho, Celia. A veces me avergüenzo de ser hombre.

—Probablemente tú seas el único hombre verdadero que ha entrado aquí en mucho tiempo —Celia nunca había hablado tan en serio.

—Pero, ¿no piensas que soy poco hombre por no acostarme contigo? Al fin y al cabo, esos jornaleros que me han traído hasta aquí han pagado el importe de un servicio del que yo no pienso hacer uso. Si ellos llegan a saber que no te toqué, me llamarán de todo.

—Lo que yo creo es que tú eres alguien muy especial.

Ángel tomó la mano de ella entre las suyas y la aproximó lentamente a su boca, la besó con suavidad y, con los ojos cerrados, comenzó a llorar. Celia no podía creerlo. Nadie la había tratado jamás de forma tan tierna; era la primera vez que un hombre no se le abalanzaba y vaciaba en ella sus frustraciones. Se sentía fascinada por un joven que mostraba tanta madurez y, a la vez, se revelaba tan inocente. Las lágrimas de compasión del muchacho humedecieron el dorso de la mano de la mujer, que sintió una enorme gratitud. Aquel mozo le había mostrado en unos minutos toda la sensibilidad que cabe dentro del corazón de un hombre. Pero ella ya había descubierto que aquél no era un hombre cualquiera.

Se despidieron con una sonrisa amarga.

De regreso al pueblo, Ángel no atendía las chanzas de sus educadores, que trataban de imaginar, en tono burlesco, cómo habría resultado su primer contacto con una mujer. No lo hubieran logrado en mil años.

VII

ASUNTOS DE FAMILIA

Pocos días después, la alegría inundó la casa de Ángel. Su hermano Teo, con veinticinco años, había terminado la carrera de derecho y había sido contratado por un bufete de abogados de la capital. Sus padres estaban exultantes; nada menos que su hijo mayor, abogado y con empleo. La doble noticia había llegado en boca del propio Teo, que se había presentado de improviso en el pueblo al volante de un vehículo recién adquirido. Durante los largos años de estancia del muchacho en la capital y mientras arrostraban el enorme sacrificio económico que ello suponía para la familia, a pesar de la beca estatal, Teófilo y Flora habían soñado en muchas ocasiones con que ese momento llegara alguna vez. Ahora que ya era una realidad y la vida parecía sonreírles, no terminaban de creerlo. El futuro de su primogénito estaba resuelto.

Ángel abrazó a su hermano, que llevaba varios meses sin visitar a la familia por haber pasado el verano encerrado para preparar su fin de carrera. En el corazón del menor de los hermanos, la alegría y la tristeza se batían en dura pugna. Al alborozo de la buena noticia unía el pesar por el definitivo asentamiento de Teo en la capital, separado, probablemente para siempre, del núcleo familiar.

Por otro lado, conforme transcurrieron los días desde entonces, Ángel observó en sus padres un recrudecimiento en su actitud de reproche hacia él. Una reacción tal vez inevitable para ellos, al comparar la firmeza de propósitos y la férrea voluntad de su hijo mayor, que ya había obtenido su recompensa, con lo que entendían como endeblez de carácter del menor de sus vástagos. Ángel sería muy buen muchacho, nadie podía negarlo, pero la vida era otra cosa.

Junto a la alegría que traía el primogénito, había un motivo de congoja que venía a turbar la paz de la familia. La salud del padre se resentía siempre con la llegada del otoño, que se presentaba especialmente húmedo y frío. Las disneas producidas por el esfuerzo eran cada vez más frecuentes y, aunque no solía referir en casa los problemas respiratorios con que se las tenía que ver en el trabajo, su deterioro era evidente. Flora había ansiado el fin de la carrera de su hijo mayor, ante todo, por la posibilidad de que retirase a su padre de las faenas del campo, pero, al menos en principio, iba a resultar difícil, puesto que Teo debía abandonar la residencia universitaria en que había vivido durante los largos años de estudio, para instalarse en su propia vivienda, con los muchos gastos que ello aparejaba. En consecuencia, según dijo, no iba a poder ayudar económicamente a la familia hasta que hubieran transcurrido, al menos, un par de años y su situación económica se hubiera estabilizado. Teófilo debía seguir trabajando de jornalero y Flora debía seguir sufriendo.

Nadie reparaba en que Ángel, bajo su corteza de silencio, sufría por todos.

VIII

PADRE

Las continuas advertencias del médico a Teófilo acerca de la lesión que el humo producía en sus alvéolos pulmonares fueron infructuosas. El enfermo se defendía con argumentos como que el placer del tabaco bien valía unos cuantos años de vida, o que prefería vivir menos tiempo pero disfrutarlo más.

La realidad era que él nunca se convenció de que sus males físicos procedieran del humeante vicio; antes bien, los achacaba a una dura vida de trabajo en el campo desde los doce años. En su ignorancia, el padre de Ángel se mostraba incapaz de comprender que el humo, que penetraba en sus pulmones y le producía aquella engañosa sensación de satisfacción, dañaba definitivamente su organismo. En una ocasión, Ángel también había tratado de convencerlo del peligro que corría, para lo que se sirvió de una boquilla con la que trató de hacerle ver los efectos del tabaco. Después de dar él mismo varias chupadas que le hicieron toser, mostró a su padre el filtro por el que había aspirado el humo, que apareció impregnado del amarillo oscuro de la nicotina. La reacción del empecinado fumador consistió simplemente en decir que también la leche ensucia el vaso en que se bebe, y resulta de más calidad cuanto más impregnado queda éste, pero no mata a nadie. Y es que, como concluyó el propio Ángel, desalentado, la peor ignorancia es la del que se resiste a saber.

Así, después de años y años de lucha en que Flora le escondía el tabaco, le reñía severamente por su tozudez y le retiraba la palabra —y otras cosas— durante días, la enfermedad fue imponiéndose sin apenas resistencia.

Ángel acababa de iniciar, apenas dos semanas atrás, el curso escolar del 68 cuando, una noche, su madre empezó a inquietarse por la tardanza de su esposo, quien normalmente solía recogerse temprano tras la jornada de trabajo. Desde que, años atrás, Ambrosio el tabernero cerrara su negocio, los jornaleros no tenían un mejor sitio donde estar que sus propias casas, si exceptuamos el tugurio donde Ángel había conocido a Celia. Y Teófilo no era, al menos desde que se casó, hombre dado a ese tipo de esparcimiento, si bien un día lo había considerado oportuno para «espabilar» a su hijo. Durante un buen rato, Flora prefirió distraerse con la idea de que quizá algún compañero lo había invitado a tomar algo en su casa o algún problema laboral lo retrasaba, pero cuando el reloj marcó las diez de la noche, la mujer se puso en pie y, después de preguntar en las pocas casas de amigos o vecinos donde cabía la posibilidad de que se hallase su esposo, se dirigió al cuartelillo de la Guardia Civil. Ángel, también sinceramente preocupado, permaneció en la casa para avisarla en caso de que apareciera su padre. Al poco rato, Flora regresó contrariada. Hasta que hubiera transcurrido un determinado número de horas sin noticias del desaparecido, la guardia civil no podía iniciar oficialmente la búsqueda.

Sin que mediasen más palabras, madre e hijo se lanzaron a buscar a Teófilo por los inmensos campos, al pie de los macizos montañosos, para lo que empezaron por la zona donde tenían entendido que trabajaba últimamente. A casi un kilómetro de Torcegada, la oscuridad del campo era absoluta. Los haces de las minúsculas linternas a pilas que portaban rasgaban apenas unos metros el negro velo de la noche para mostrarles, bañada en una trémula luz amarillenta, la aridez de la tierra a medio labrar, cuya monotonía se extendía hasta el invisible retiro de un horizonte virtual. Después de una hora de paseos y gritos infructuosos, fueron uniéndose a la búsqueda algunos de los compañeros de trabajo del desaparecido. La voz se había extendido por el pueblo, y otros vecinos se prestaron también a dar una batida por los campos en busca de Teófilo. Muchas de aquellas personas habían trabajado la tierra desde las siete de la mañana. Arar, abonar, cargar camionetas con cajas de frutos y mil tareas más. Pero no titubearon ni un instante cuando tuvieron noticia de la angustia de Flora y de su hijo. No obstante, al ver el estado de agotamiento de la mujer, le impusieron la condición de que se quedara en casa por si regresaba su esposo, a lo que ella, a regañadientes, acabó por acceder.

De forma poco ortodoxa, dividiéronse los campos cercanos para recorrerlos con menor esfuerzo y partieron en parejas. Ángel participaba como uno más en la búsqueda, cada vez más angustiado. Conforme transcurrían las horas, aumentaba su certeza de que nada bueno debía de haberle sucedido. A las cuatro de la madrugada, dos números de la Guardia Civil se unieron a ellos en el rastreo.

Pero, como el peor de los presagios, llegó el amanecer. El astro rey no se atrevió a iluminar la escena del drama y permaneció escondido tras densos nubarrones que amenazaban tormenta. Aquellos hombres, reventados ya y sin saber dónde más buscar, empezaban a abandonar la tarea para marcharse a sus trabajos cuando, de pronto, dos disparos de una escopeta de caza resonaron en la lejanía. Todos los que aún no se habían rendido al cansancio, encabezados por Ángel, corrieron hacia la zona de la que provenían las detonaciones. A lo lejos, dos hombres gritaban y hacían señales con un pañuelo blanco. Conforme los otros se les aproximaban, la gesticulación y los gritos disminuían, como si se arrepintieran de hacerlos acudir para ver lo que allí había. Un relámpago inmortalizó como en un flash la silueta de los hombres, que corrían deshechos entre los terrones, y las primeras gotas de una lluvia anunciada se dejaron caer, de todos ignoradas. En medio de un silencio sólo quebrado por algún murmullo de desánimo, Ángel, todavía jadeante, cayó de rodillas ante el cadáver de su padre y rompió a llorar amargamente. Los que lo encontraron le habían dado la vuelta, pero resultaba evidente que había sido hallado semienterrado entre dos caballones de tierra y boca abajo. Tras ser reconocido en primera instancia por los guardias, no se hallaron en él signos de violencia. El semienterramiento debía de habérselo producido el propio fallecido, al intentar moverse durante los estertores de la muerte sobre la tierra de labor. Minutos más tarde, don César, el médico, certificó igualmente que la muerte se había producido por insuficiencia cardíaca y respiratoria, propia del enfisema que padecía el finado y de cuyo peligro tantas veces él mismo le había advertido.

—He aquí una víctima más del tabaco —dijo don César en tono aleccionador tras reconocer al difunto—. El hombre es, entre todos los animales, el único lo suficientemente estúpido como para envenenarse a sí mismo lentamente.

A lo que Ángel, entre sollozos, respondió masticando su infinita rabia:

—El tabaco fue sólo el sicario, don César. A mi padre lo ha matado la ignorancia.

A excepción del médico, ninguno de los presentes pareció entender bien qué quiso decir, y quedaron pensativos. El hijo de Teófilo sería un muchacho extraño, pero nunca decía tonterías.

En los días siguientes a la muerte de su progenitor, acompañado del llanto casi constante de su madre, Ángel reflexionó acerca de la persona de su padre y de su relación con él. El balance de aquellos dieciocho años no era muy positivo, ya que nunca había sido capaz de confiar en aquel gigante rudo y maloliente. Ahora se culpaba por ello, sin embargo, ¿no había sentido el impulso de hablar con él en innumerables ocasiones, posibilidad que había descartado de inmediato ante la poca inclinación de su padre a la reflexión y al diálogo razonable? Para aquel hombre simple, que parecía haber nacido tan sólo para empuñar el azadón, las cosas no tenían matices; nada era relativo. Teófilo conocía y manejaba sólo valores absolutos. Tanto con la familia como con los compañeros y en cualquier circunstancia, para él solamente existía lo que estaba ahí, al alcance de la vista y de la mano. Todo lo que no pudiera verse o tocarse no existía. Por eso murió de la misma terca manera en que había vivido.

Pero la gran congoja que sentía Ángel en aquellos días se refería sobre todo a sí mismo. Su padre nunca había aceptado su forma de ser y constantemente lo había llamado infeliz, inútil, medio hombre. Había sido incapaz de entender que él prefiriera la lectura de un buen libro a un estúpido partido de fútbol televisado. Tampoco había intentado siquiera comprender su constante inclinación al servicio a los demás. Aquello había sonado siempre a disparate en los oídos del autor de sus días, tan acostumbrado a ganar cada peseta a golpe de azada. El hombre no concebía que alguien pudiera empuñar una herramienta en beneficio ajeno. Mil veces Ángel deseó explicarle la gran contradicción en que incurría, pues a su ideología pretendidamente de izquierdas unía Teófilo la inclinación natural al beneficio privado.

Sin embargo, pronto tendría el muchacho ocasión de comprobar que su padre había sido querido y apreciado por sus jefes y compañeros, que siempre vieron en él al compañero honesto e incansable trabajador que había sido.

Aparte de todas estas consideraciones y con el paso de algunas semanas, Ángel y su madre hubieron de empezar a plantearse el problema de su subsistencia. Su hermano Teo acudió, por supuesto, a enterrar a su padre, pero regresó pronto a la capital. Su condición de recién ingresado en la empresa le impedía, por el momento, tomar más de un día libre. No podía hacer peligrar su futuro en el puesto, y su familia así hubo de comprenderlo. Tampoco podrían esperar de él ayuda económica alguna, en tanto no se afianzase su situación laboral.

Por el momento, Ángel continuó acudiendo a la escuela. Se trataba del último curso del bachillerato superior, que deseaba terminar a toda costa. Pero, muy pronto, la necesidad de dinero en casa se hizo agobiante y empezó a considerar la posibilidad de dejar los estudios para trabajar de jornalero, único empleo posible en Torcegada. Pensó que no le resultaría difícil conseguir un puesto con el mismo terrateniente para el que había trabajado su padre durante casi toda su vida. Por otra parte, era un joven de dieciocho años, sano y fuerte, la mano de obra más cotizada para el campo. Su madre no estaba dispuesta a que dejara la escuela, pero, conforme pasaban los días y se vaciaba el cajón donde guardaba sus exiguos ahorros, la mujer comprendía que, antes o después, su hijo menor tendría que tomar las riendas de su descompuesto hogar.

Un día, transcurrido tan sólo un mes y medio desde el fallecimiento de su padre, Ángel regresó de la escuela y encontró a su madre acodada en la mesa. La mujer trataba en vano de cubrir sus lágrimas con las manos. Él ya había echado de menos el suculento olor a comida, que encendía su apetito al regresar a casa todos los días a mitad de la jornada. Efectivamente, el fuego estaba apagado. Se aproximó a ella por detrás, apoyó suavemente las manos sobre sus hombros y la besó. La mujer permaneció con el rostro oculto.

—No hay nada para cocinar, ¿verdad? —preguntó el muchacho, conocedor de la inevitable respuesta.

—*Na*, hijo. Sólo unas pocas hogazas de pan y algo de queso.

—Está bien —dijo el joven, mientras apartaba las manos de su madre para descubrir sus ojos llorosos—. Esperaba que esto ocurriera antes o después. A partir de este momento dejo la escuela y me pongo a trabajar.

—Pero Ángel... —Flora no sabía qué argumento utilizar, aunque se veía en la necesidad de protestar.

—Es mi decisión, mamá. ¿Crees que no me he dado cuenta de que has alargado al máximo la duración de los pocos cuartos que dejó papá para evitar que tuviera que abandonar la escuela? Reconozco que yo me he aprovechado de eso y también he querido creer que podía dar tiempo, al menos, a que terminase el bachillerato. Pero ya hemos comprobado que no es posible. Es mi responsabilidad y mi obligación, y es lo que voy a hacer. Esta tarde hablaré con el capataz de papá. Seguro que tiene algo para mí.

—Dios te bendiga, Ángel —asintió la mujer sin dejar de llorar.

Un poco después, como si hablase consigo misma, masculló mientras se incorporaba:

—Si mi espalda no estuviera como está, tú no dejabas la escuela. Pediría trabajo hasta en el antro ése de la carretera, con las fulanas, si fuera necesario, con tal de que tú no...

Pero el muchacho ya había desaparecido escaleras arriba y no pudo oír las tremendas palabras de desesperación de su madre.

Por la tarde, Ángel acudió al lugar donde se reunían los capataces de las tierras del Conde de Luna. Localizó al que había sido jefe de su padre y, en pocas palabras, le pidió un puesto entre los jornaleros.

—Muchacho —le dijo el capataz—: eres hijo de Teófilo y eso ya es bastante garantía como para que yo pueda confiar en ti. Tu padre ha sido siempre uno de mis mejores hombres. Él ya trabajaba para el conde cuando éste me contrató a mí. Era un tío cabal, quizá un poco bruto, pero honrado, y eso, en los tiempos que corren, vale mucho. Si tú has heredado su temple serás un buen jornalero. No me defraudes y yo tampoco te fallaré a ti. ¿Entendido?

De regreso a casa, Ángel meditaba. Gracias a su padre, el hambre y la miseria parecían alejarse por el momento del umbral de su casa. Entonces comprendió que no sólo en la inteligencia o en la cultura estaba la valía de los hombres. Cualquiera, desde sus posibilidades, es capaz de resultar provechoso para sus semejantes, aunque ni él mismo sea consciente de ello. Fue aquélla, quizá, la única ocasión de toda su vida en que el recuerdo de su difunto progenitor dibujó una sonrisa en sus labios. También Teófilo, a su manera, había sabido dejar tras de sí una estela benéfica.

IX

EL ANACORETA

Su nueva vida como jornalero, y la fatiga que llevaba aparejada, no fue suficiente para que disminuyera en Ángel el amor por los libros ni por el conocimiento de las cosas. Cada día, a su regreso del campo ya avanzada la tarde, seguía encerrándose en su cuarto con los libros que, amén de desvelarle secretos de la vida, lo transportaban muy lejos en el espacio y en el tiempo, y despertaban en él deseos de aprender más y más. No era mucho el dinero de que disponía para adquirir nuevas obras; por eso, el hecho de poder utilizar los volúmenes de la biblioteca de don Hermesindo le resultaba fundamental. En ocasiones, mientras rebuscaba entre los numerosos títulos que poblaban las estanterías, el sacerdote aún lo abordaba para derivar la conversación hacia el propósito que lo había llevado, años atrás, a hablar con la familia del muchacho. Ya sin demasiadas esperanzas, insistía en que la vida religiosa, pese a sus sacrificios y renuncias, podía abrirle caminos infinitos en todas las ramas del saber, además de ser el medio adecuado para engrandecer los dones que atesoraba en su corazón, llamado sin duda alguna a metas más altas. La respuesta de Ángel terminaba por ser siempre la misma: que no era imprescindible vestir hábito religioso para servir a Dios ni para hacer el bien —que necesariamente habían de ser la misma cosa—, y que la relación entre Él y cada una de sus criaturas no precisaba la intervención de iglesias, jerarquías, votos, noviciados y demás elementos y estados de la práctica religiosa, de origen puramente terrenal, muchos de ellos alejados por completo de lo que él entendía como auténtica vida espiritual.

Con su silencio, el cura le daba un ejemplo de respeto que jamás pasaba desapercibido para el joven.

Hacía tiempo que Ángel escuchaba a sus compañeros de trabajo y a las gentes del pueblo hablar acerca de un extraño anciano que, según decían, habitaba una cueva de las montañas que circundaban Torcegada. Algunos se negaban a creer que nadie estuviese lo bastante loco como para dejar la civilización y marcharse a vivir, al modo de las bestias, en pleno monte, sin las mínimas comodidades que brindaba una casa, sin una buena chimenea, sin un mullido colchón, expuesto a los rigores invernales y lejos de la seguridad que proporcionaba el vivir rodeado de vecinos. Otros, sin embargo, juraban haberlo visto con sus propios ojos. Decían que incluso recibía gente venida de la capital, a la que escuchaba y aconsejaba. Había quien aseguraba que era poseedor de una gran sabiduría y que vivía completamente apartado de las cosas mundanas.

Todos estos comentarios fueron despertando en Ángel primero la curiosidad y, más tarde, una oculta atracción por cuanto de aquel hombre se decía. ¿Era posible que existiese alguien cuya fuerza espiritual pesara más que las propias necesidades físicas, hasta el punto de ser capaz de abandonarlo todo y dedicarse a buscar en la soledad lo que no hallaba entre los otros? Entonces, ¿era cierto lo que había leído en algunos libros acerca de los anacoretas, santones y ermitaños, que habían proliferado en las culturas y religiones de la antigüedad?

Interesado en el tema, dedicó buenos ratos a buscar entre los libros referencias a este tipo de personas e hízose con una buena colección de notas y datos concretos de casos referidos en una numerosa bibliografía. Después de una semana de dedicación de casi todo su tiempo libre, su conclusión fue que, efectivamente, no sólo había existido tal modo de vida entre los antiguos, sino que, en la actualidad, no era tan raro que se dieran casos similares. El mundo moderno, con sus comodidades y adelantos científicos, no propiciaba como antaño la vocación de la soledad y el apartamiento, supuesto que también era mayor la renuncia que implicaba emprender tal camino. Pese a ello, existían numerosos y muy diversos testimonios de que la vida retirada seguía practicándose. Su detenido estudio del asunto terminó de inclinarlo a realizar lo que llevaba *in mente* desde que tuvo noticia de la existencia de aquel hombre solitario en los montes de Torcegada.

—Quiero conocerlo —se dijo—. No sé por qué, pero algo me dice que en él podría hallar respuesta a muchas de mis preguntas.

Aún ignoraba hasta qué punto era cierto su presentimiento.

Transcurrió un año desde que a sus oídos llegaran las primeras noticias de aquel hombre, y no cedía en su ánimo la necesidad de acercarse a la sabiduría, dondequiera que ésta se hallara. Mientras el trabajo en el campo curtía su voluntad y fortalecía sus músculos, indagó entre quienes decían haber visto al ermitaño hasta que, por un pastor, pudo saber que habitaba en una de las muchas cuevas que, a modo de grandes madrigueras, horadaban la elevación más abrupta de la comarca: el monte Origo.

Nadie sabía con exactitud de dónde provenía tal nombre, si bien algunos ancianos afirmaban, sin gran convicción, que fueron los romanos quienes así lo bautizaron. Don Hermesindo dejó caer alguna vez que, en efecto, aquélla era una palabra latina, pero nunca había querido extenderse al respecto. Era, probablemente, el menos frecuentado de los parajes próximos al pueblo, debido a su altitud y también a la lobreguez de los bosques de coníferas que tupían prácticamente toda su empinada superficie. Sin duda, se trataba del paraje idóneo para la vida de ermitaño, al ofrecer unas condiciones de paz, soledad y recogimiento que parecían ideales para la meditación, la oración y la vida interior.

Un domingo, después de desayunar, Ángel explicó a su madre su intención de subir a la montaña para pasar allí el día, puesto que el buen tiempo parecía bendecir la comarca. Para ello preparó unas cuantas hogazas de pan casero, un buen trozo de queso de cabra y algo de tocino, además de una cantimplora grande. Lo puso todo dentro de su mochila y se despidió de Flora con un beso. La mujer no podía dejar de mirarlo con preocupación cada vez que lo veía salir de casa. Aquel hijo se había convertido para ella en el único punto de apoyo tras la muerte de su marido y en ausencia del primogénito. El mero temor de una posible pérdida suponía para ella una angustia insoportable.

—No sé *pa* qué tienes tú que subir allá arriba, *nene* —le dijo—, con lo bien que se está en el pueblo. Pero si te empeñas en ir, ¿es que no puedes pedir a algún amigo que te acompañe?

El joven comprendía la preocupación de su madre.

—Siempre protestas porque me paso la vida encerrado en casa o en la biblioteca de don Hermesindo. Me dices que salga por ahí con la gente de mi edad, que me divierta; pero ahora que te digo que voy a pasar el día en el monte, te disgusta la idea. No te preocupes; no voy a dejar que caiga la noche sin haber regresado a casa. Además, si todo sale como tengo previsto, no he de estar tan solo. Ya te contaré.

—A ver si es verdad, hijo. Mira que me quedo sufriendo.

Acostumbrado al trabajo del campo, las piernas de Ángel no acusaron en demasía el cansancio durante la primera hora de camino. No era costumbre entre los vecinos del pueblo subir a los montes cercanos, en especial a aquella mole granítica, revestida de un tupido manto de árboles, cuya altura y dimensiones inspiraban temor. Ángel se sorprendió al encontrar que un angosto sendero guiaba sus pasos. Tal vez aquel difuso camino, lleno de matojos y poco frecuentado, no fuera más que el vestigio de alguna antigua senda trazada por los antiguos pobladores de la zona. La belleza que lo rodeó a medida que progresaba en la lenta ascensión parecía llevarlo en volandas, pues no había terminado aún de admirar la apostura de un gigantesco pino cuando ante sus ojos aparecía otro nuevo risco, otro peñascal cortejado por abundante vegetación, que se hacía más extraña a sus ojos cuanto más se elevaba su posición con respecto al pueblo. Éste, en las numerosas ocasiones en que el caminante desviaba la mirada en su busca, aparecía como un diminuto belén, de cuyo montaje se hubiese encargado una gigantesca y primorosa mano. El cúmulo de pequeñas casitas familiares, entre las que destacaba la vetusta torre invidente, que presidía la calle mayor y la plaza del mercado, hizo sonreír al muchacho, que, acostumbrado a hallarse inmerso en el pequeño núcleo de civilización que el pueblo representaba, sentía ahora la grandeza de la creación en su estado primitivo, merced a la perspectiva grandiosa que el gigantesco y boscoso macizo brindaba a sus ojos. En aquellas latitudes era casi inevitable sentirse insignificante. Allá arriba todo se relativizaba y perdía sus dimensiones físicas, para sucumbir ante lo inefable. La pureza del azul del cielo estival, surcado apenas por algún blanco cirro solitario, invitaba a extraviar la vista en él, a pesar de que el fuego de Febo, colándose incontenible por entre los altos ramajes de la floresta, obligaba a entornar los párpados al pobre mortal que osara desafiar su invencible mirada.

Ángel dudó en diversas ocasiones acerca del camino más cierto a seguir, pues las explicaciones que había recibido sobre el mejor modo de hallar al extraño personaje no eran del todo concordantes con la realidad del terreno. Tal vez el pastor, más curtido en deambular por aquellas alturas, había descrito detalles para él obvios, pero por completo imperceptibles para el excursionista. Así, optó por seguir el confuso sendero, que parecía no terminar nunca, en la confianza de que fuera el camino más razonable. Al observar el monte Origo desde el pueblo, parecía fácilmente accesible por cualquiera de sus vertientes gracias al efecto óptico que, propiciado por la distancia, reducía la dificultad de su escarpado perfil. Sin embargo, las laderas y pendientes que, vistas desde lejos, aparentaban poder ser recorridas en pocos pasos, resultaron requerir *in situ* largas caminatas. El cansancio terminó por hacer su aparición y obligó al joven a efectuar una parada para reponer fuerzas.

En ocasiones volvía sobre sus pasos convencido de haber errado el camino. Llegó un momento en que se dejó guiar más por su instinto que por las indicaciones que había recibido. Por fin, transcurridas más de tres horas desde su partida, creyó divisar a unos cien metros lo que pudiera ser la oquedad en que, según se decía, habitaba el hombre solitario. Parecía, en efecto, habitada por alguien, pues un tosco portón de madera cubría con dificultad la entrada. La gruta presidía una pequeña explanada, donde los árboles y matorrales se habían enseñoreado del terreno en detrimento de las rocas. Conforme se aproximaba al lugar, hizo acto de presencia en su estómago el cosquilleo de la incertidumbre por lo que iba a encontrar allí, así como por el recibimiento que se le dispensaría, pero el agotamiento era tal que le obligaba a avanzar, en la seguridad de que, al menos, se aproximaba al final de su peregrinación.

Jadeante, se detuvo delante de la gruta y se mantuvo a una prudente distancia. La penumbra que se adivinaba en su interior quedaba oculta a la vista del recién llegado por el gran tablón que, apoyado sobre el borde del agujero y por su base en tierra, hacía las veces de puerta de la supuesta morada. En aproximadamente el tercio superior de la entrada, distinguió ahora un tablero de menor tamaño que el anterior, incrustado en las rocas que formaban el dintel, de modo que era de posición fija. Quizá se había dispuesto así para evitar en lo posible la entrada de agua procedente de lluvia al deslizarse desde puntos más elevados que la cueva. Por debajo de este madero menor podía pasar un hombre de mediana estatura sin agacharse.

Entre la abundante vegetación que erizaba el suelo de la zona, continuaba vivo el pequeño sendero que la insistencia de muchas pisadas había dibujado sobre el terreno, tal vez a lo largo de siglos. Y se preguntó a dónde conduciría aquel camino.

En las inmediaciones halló diseminados un par de pequeños taburetes hábilmente construidos con materiales obtenidos en el entorno, cuya meticulosa terminación revelaba una personalidad perfeccionista y un extraordinario dominio de la paciencia. Por fin, vencidos sus temores, acercose a la entrada de la gruta lentamente pero con decisión y, sin pensarlo más, golpeó varias veces el madero antes de preguntar en voz alta:

—¿Hay alguien aquí?

El absoluto silencio en las entrañas de la gruta le hizo pensar que no habría nadie en el interior de la cueva en esos momentos. Con su llegada se había hecho también el silencio en el bullir de la naturaleza. Por eso, antes de que tuviera tiempo de repetir su llamada, el corazón le dio un vuelco cuando pudo escuchar una voz profunda y segura, cuajada de resonancia, que parecía proceder, no ya del interior de la gruta, sino de las entrañas mismas de la Tierra.

—¿Qué te trae aquí, visitante?

—¡Deseo conocer a quien vive en este paraje solitario! —pudo decir tras sobreponerse a la mezcla de emoción y temor.

Tan sólo transcurrieron unos segundos antes de que el improvisado portón se deslizara con agudo chirrido ante sus ojos y levantara una pequeña polvareda. Las manos que lo hicieron moverse fueron lo primero que el joven pudo ver. Eran unas manos huesudas, pero parecían fuertes o al menos así se lo hizo creer la facilidad con que habían hecho desaparecer de su vista tan pesado tablero. Tras ellas apareció de entre la oscuridad un enjuto rostro barbudo y con larga melena canosa, que no lograba esconder una mirada escrutadora e inteligente. El personaje llevaba el sufrimiento de épocas pasadas marcado en sus facciones, pese a lo cual, transmitía serenidad. Mientras el hombre, cuya edad situó entre los sesenta y cinco y setenta años, avanzaba hacia él para saludarlo y le ofrecía sus manos abiertas, Ángel pudo observar su vestimenta, que se reducía a una larga y raída túnica de color tierra, bajo la que parecían hallarse un jersey grueso y unos pantalones de pana. Quizá el calzado fuera la prenda de más calidad que el hombre vestía, pues se trataba de unas botas de montaña que, aunque gastadas, parecían capaces de evitar la congelación de los pies que en ellas hallaban refugio.

Cuando las manos de Ángel fueron acogidas con fuerza entre las del hombre, éste le sonrió abiertamente, lo que hizo desaparecer de su expresión todo vestigio del sufrimiento que, como primera impresión, se había dejado ver. Aquel rostro revelaba ahora una clara victoria del conocimiento y del sentimiento sobre los males del pasado, cuyas cicatrices ya no dolían en un corazón que había sabido sanarse. Más tarde explicaría a Ángel que, de inmediato, había tenido la certeza de hallarse ante un hombre de bien, lo que le había sido transmitido a través del apretón de manos, que hizo de vehículo para tan positiva energía como del joven emanaba.

Por invitación del hombre solitario entraron en la cueva, pues comenzaba a refrescar más de lo que podía resultar agradable. Así, el anciano desapareció en la oscuridad de la gruta seguido de Ángel, que, durante los primeros pasos por el estrecho pasadizo, no podía ver nada.

—Pronto se acostumbrarán tus ojos a la oscuridad, muchacho —lo tranquilizó el hombre.

Efectivamente, merced a la tenue luz procedente de un rústico quinqué que colgaba del techo rocoso, al fondo del pasadizo, en muy pocos segundos el joven comenzó a distinguir las ásperas paredes y el techo irregular pero sólido, que aquí apenas permitía el paso de una persona erguida, pero que hubiera hecho del todo imposible elevar los brazos por encima de la cabeza. En seguida llegaron a una gran sala, que parecía constituir el núcleo de la primitiva morada. Era bastante espaciosa y en ella cabía con amplitud un lecho de paja, una sencilla mesa, construida con ramas gruesas de pino, dos sillas hechas con la misma industria y una especie de rústica alacena, fabricada con increíble esmero y paciencia, en la que el anciano guardaba los alimentos a salvo de los insectos.

Una flauta de caña primorosamente trabajada pendía de una alcayata.

Además de acoger generosamente estos enseres, la oquedad brindaba también una zona libre en la que el anciano realizaba trabajos de carpintería, cortaba y cosía sus pobres ropajes o realizaba, según propia explicación, ejercicios de yoga, que contribuían a mantenerlo ágil y relajado. La temperatura en las entrañas del monte Origo era ideal, como pudo apreciar Ángel. La sensación de helor que empezaba a sentirse en el exterior había desaparecido por completo, y tampoco podía hablarse de que hiciese calor dentro de aquel agujero. El ambiente no parecía viciado ni se notaba falta de oxígeno al respirar. El anciano explicó a Ángel que había localizado unas corrientes de aire que recorrían las entrañas del monte, una de las cuales, muy suave, pasaba por el interior de la cueva a la altura del techo y producía una constante renovación del oxígeno sin alterar la habitabilidad de la primitiva morada.

Las impresiones del muchacho en aquellos primeros instantes fueron intensas pero agradables. Una especie de placidez, unida a la sensación de retorno a su más genuina identidad, le agradó especialmente, y se dejó envolver por ella. Algo tenía aquel agujero de cálido, de humano, de morada ancestral, de inmemorial útero materno. Parecía como si por sus rocosas paredes circulase, a modo de savia vivificante, la misma sangre que corría por las venas del hombre que lo habitaba, haciendo de lo que podía creerse refugio oscuro, frío e inhóspito, un acogedor rincón que la naturaleza ponía a disposición del ser humano, como buena madre que no abandona a sus hijos a su suerte.

Los dos hombres se sentaron sobre esterillas fabricadas por la mano del solitario anciano, a lo que siguieron unos instantes de mutua observación. Luego, complacido en el apacible rostro de Ángel, el hombre le habló de nuevo.

—Esto es cuanto tengo y cuanto ofrezco. Estás en presencia de todas mis posesiones en este mundo. No me negarás que puedo considerarme un hombre afortunado.

—¿Afortunado? ¿Por qué se siente afortunado al vivir aquí? —no pudo evitar preguntar Ángel.

—No, no, por favor, no utilices el *usted* conmigo. ¿No sabes que ningún ser humano es digno de ser tratado con más reverencia que otro? Observa, hijo, que yo te he tuteado desde el primer momento. ¿Por qué tu trato hacia mí habría de ser distinto? ¿Acaso no naciste por la voluntad del Creador, al igual que yo? ¿No viniste al mundo sin ser poseedor de nada, tal como yo? ¿Podrías distinguir un grano de maíz de otro? ¿Por qué ese empeño del hombre en establecer dignidades, jerarquías, categorías y clases, si al fin y a la postre todos somos igualmente insignificantes o grandiosos?

—Sí, pero el respeto... su edad... —Ángel, desconcertado por la andanada del anciano, no sabía qué responder.

—¿La edad dices, querido hermano? Dicen que la edad viene dada por el tiempo, o mejor, por el paso del tiempo. Pero es que resulta que el tiempo no existe sino en tu mente. Yo no soy más venerable que tú por el hecho de haber permanecido vivo en este mundo más tiempo del que llevas tú, pero que seguramente superarás con creces. Lo que para mí es el final de la vida, para ti no es más que el principio. Y cuando tú te halles en los postreros días de tu existencia mortal yo seré ya sólo espíritu. Pero es solamente la ilusión pasajera que este mundo, finito y tangible, necesita para ser explicado y para ser vivido. La existencia eterna, la que no finaliza ni tampoco empieza, está muy por encima de este espejismo terrenal, y ésa es la que cuenta. ¿Imaginas cómo sería el planeta Tierra visto desde miles de años luz de distancia? Quizá tan sólo un punto luminoso en el cosmos, una mota insignificante que se confundiría entre millones de motas en apariencia iguales. Algo tan grande como nuestro planeta, que ya nos cuesta un esfuerzo concebir en su verdadera enormidad, queda reducido a las dimensiones de un átomo cuando es visto desde la distancia, con otra perspectiva. Entonces, ¿desde dónde ha de ser observado el hombre, como especie, para revelar su verdadera dimensión? ¿No te parece, visto desde muy arriba, un poco absurdo el *usted*?

A Ángel le parecía, más bien, que el hombre capaz de formular esos sencillos razonamientos de forma tan clara, ordenada y segura, merecía algo más que un simple usted, pero comprendió lo que el anciano trataba de comunicarle y asintió.

—Pero todo esto ha venido a propósito de la felicidad —recordó el anacoreta—. Disculpa, hijo, pero tengo tendencia a divagar y a veces me pierdo en mis razonamientos en voz alta.

—No tiene importancia, pero me gustaría saber cómo puede alguien sentirse feliz en este lugar, donde se carece de casi todo y uno debe valerse por sí mismo.

—Querido amigo: no es feliz quien posee muchas co-

El anacoreta

sas, sino quien menos necesita. A mí me resulta casi todo superfluo; por eso, con la más modesta de las posesiones me siento inmensamente rico.

—No es eso lo que nos enseñan desde que venimos al mundo —arguyó Ángel—. Al parecer, lo más importante en la vida de una persona es lograr el mayor nivel de vida posible.

—Y ésa es la principal causa de infelicidad —zanjó Gaspar—, porque jamás se consigue satisfacer la codicia que, desde muy niños, siembran en nosotros.

—Entiendo. En lugar de enseñarnos a necesitar poco y a ser felices con las cosas sencillas, nos complican la existencia haciéndonos creer que valemos tanto como poseemos.

—Yo no lo explicaría mejor, amigo mío —rubricó el anacoreta, encantado con la clarividencia de su nuevo y joven visitante.

—Realmente sabes explicarte —dijo Ángel, que tuteó al anciano según su deseo.

—A propósito, y ya que creo haber conseguido que abandones los formalismos, mi nombre es Gaspar y me gustaría saber el tuyo.

—Ángel.

A punto estuvo de añadir «para servir a Dios y a usted», tal como exigía la buena educación cuando se conocía a una persona de mayor edad, pero, después de las explicaciones del anciano, renunció a hacerlo. Estaba claro que Gaspar no quería palabras vanas.

—Hermano Ángel —respondió—: creo que vienes oportunamente a mi humilde morada. Tú eres un ser especial, y cuando alguien así aparece en nuestra vida es porque lo necesitamos para aprender de él. Te admito como amigo, como hermano y como maestro, pues eres una parte del Todo, que vienes oportuna a complementarme, como yo lo soy también para ti.

De nuevo las palabras de su reciente amigo sorprendieron al muchacho. Se le planteaban serias dudas acerca de que aquel hombre sabio tuviera nada que aprender de él.

—Entonces, Gaspar, ¿quiere usted... perdón... quieres decir que todos somos parte de un ente superior y que nos complementamos unos a otros como piezas de un mecanismo?

—Eso quiero decir. Y te diré más: no sólo somos partes de un Todo, sino que somos también ese Todo en su unidad primigenia. Todos somos Uno en el Creador, Uno en cada hombre y Uno en la naturaleza. No hay distingo entre la Creación y su Creador. Todo es Creador y es creado. Todo es Uno.

Ahora comprendo mejor el porqué de tu concepto relativo del tiempo, Gaspar.

Ángel empezaba a encontrarse como pez en el agua en compañía de aquel anciano de aspecto humilde, que llevaba dentro de sí mucha de la sabiduría apenas atisbada por el joven en algunos de los libros de filosofía, teología, historia o física que don Hermesindo le brindara. Porque muchas de las cosas que el buen anciano decía no venían en los libros, al menos no en los que el cura tenía.

—En efecto, Ángel. De ahí proviene toda la filosofía que, modestamente, he podido ir edificando, piedra a piedra, concepto a concepto, durante mi ya larga existencia física. Aunque, en realidad, yo no he hecho más que aprehender lo que otros hombres pensaron antes que yo y dejaron escrito para enseñanza nuestra. Soy consciente de que mi edificio estará siempre inacabado, al menos hasta que mi cuerpo deje de limitarme. Posiblemente, el propio artificio de mi filosofía es el principal causante de la ceguera que me impide ver con claridad más allá. La unicidad es difícil de comprender —yo mismo aún no la he comprendido del todo—, pero siento que mis pasos me aproximan a ese conocimiento cada vez más. Ya dejó escrito Platón que, según Sócrates, filosofar es aprender a morir, porque únicamente con la llegada de la muerte corpórea tiene el alma la oportunidad de regresar a sus orígenes y culminar el edificio del verdadero conocimiento. Por el momento, querido amigo, se trata sólo de estar en el buen camino, y de eso sí estoy seguro.

Ángel estaba boquiabierto. ¿Existía realmente aquel hombre o no era más que una ensoñación? Y trató de centrarse para obtener la mayor enseñanza posible de sus sabias palabras.

—Me gustaría que me hablaras más de ti mismo —pidió—, de cómo vives, dónde encuentras tu sustento, a qué dedicas tus horas... Ya sabes. Tus motivos para ser feliz aquí han quedado muy claros, pero mi naturaleza de hombre apegado a las posesiones materiales se resiste a aceptar que este tipo de vida pueda tener atractivo.

Gaspar reflexionó por un instante y luego abrió otra puerta de su hermoso templo espiritual.

—Yo no tengo más que este agujero en que vivo, que ni siquiera es mío porque no tengo una escritura pública que así lo acredite. No percibo salario, pensión ni retribución alguna, ni trabajo para nadie, así como tampoco nadie trabaja para mí. Arranco mi sustento de las entrañas de la tierra y a ella devuelvo todo cuanto me sobra para que otros lo tomen. Una pequeña gruta, que está aquí cerca, donde cultivo champiñones, es mi único medio de vida. Pero no deseo conseguir más de lo estrictamente necesario para mí. Por eso, siempre que puedo, en lugar de vender mi cosecha, la intercambio con los propios mercaderes por algo de comida, ropa u objetos útiles. La permuta es tan vieja como el hombre sobre la faz de la Tierra, y yo soy un hombre tan ancestral y simple como el primero que pisó este planeta hace millones de años. Sin embargo, también soy contemporáneo del primer hombre que, según dicen, tan sólo dentro de unos días pondrá su pie en la Luna. Fíjate bien, Ángel, amigo: del primer hombre en la Tierra... al primer hombre en la Luna, y yo vivo entre ellos dos, de manera intemporal, pues no poseo ni deseo poseer nada. Si eliminas de pronto todos esos adelantos científicos que hipnotizan la mente, verás siempre al mismo *homo sapiens*, recién erguido sobre sus patas traseras, blandir una gruesa rama en sus manos como señal de hostilidad para marcar su territorio. Entonces, ¿no es más afortunado aquél que se posee más a sí mismo y depende menos de su simple cuerpo mortal? ¿No tiene más quien se tiene a sí mismo y se conforma con su poquedad, que el que sufre y se desvive por poseer las mayores riquezas sin conseguirlas jamás? En la medida en que nos desprendemos de lo superfluo somos más ricos en conocimiento y en verdadera sabiduría. Y ése es el único valor imperecedero que el hombre puede y debe atesorar en el mundo, porque es el que lo conducirá a su integración definitiva en el universo, al que está destinado. El dinero, las posesiones, los lujos o la técnica no son más que espejismos que embrutecen y ensucian la mirada del hombre bueno y sencillo.

—Entonces, ¿en la bondad está toda la riqueza?

—Sí, hermano. La bondad es la única riqueza verdadera, y es la más fácil de atesorar.

Por primera vez Ángel escuchaba a alguien decir que la bondad es fácil. No era eso lo que le decía su corta experiencia, pero si Gaspar lo afirmaba... De momento, le pareció que ya había escuchado bastante. Todo aquello era demasiado para su mente, que, en sus diecinueve años de vida, apenas había atisbado algunos pobres y aislados retazos de la sabiduría que aquel buen anciano derrochaba en cada una de sus palabras. Demasiadas cosas para digerirlas sobre la marcha. Ahora debía pensar, quería reflexionar pausadamente sobre todo aquello para poder seguir adentrándose en tan complicada y a la vez apasionante ruta interior.

Sin embargo, algo le llamaba poderosamente la atención. La conclusión que el anciano había esbozado, y a la que llegaba tras una reflexión profunda, era la misma que él había intuido desde pequeño: la bondad era la clave de todo, el principio y el fin, el camino a seguir, y él, un insignificante muchacho de un insignificante pueblo en un insignificante planeta, la llevaba grabada en el corazón desde su nacimiento.

Sí. Quizá también él fuera afortunado.

Tomó de nuevo entre sus manos las del viejo anacoreta y se levantó.

—He de marcharme ahora, Gaspar. Empieza a anochecer y aún tengo dos horas de camino hasta mi casa. Te estoy muy agradecido por todo y te prometo volver tan pronto pueda.

—Así lo espero, hermano. Y no me agradezcas nada; recuerda que la única razón de nuestra existencia es complementarnos. Yo he aprendido más de ti en este rato de lo que tú crees haber aprendido de mí. Eso podrás entenderlo algún día.

—Hasta pronto, amigo.

El anciano lo acompañó hasta la puerta de su gruta y allí permaneció mientras sus ojos pudieron distinguirlo en la distancia, cada vez más lejos, cada vez más abajo. Pero pronto la semioscuridad que el ya cansado astro rey dejaba tras de sí en su retirada borró de su vista la imagen del joven que, por fin, había venido a visitarlo. Tal y como él había esperado desde siempre.

A partir de ese día, Ángel procuró simultanear sus jornadas de faena en el campo con las tardes de los fines de semana en la cueva de Gaspar. Entretanto, en los días laborables, cuando regresaba del campo y hasta la hora de la cena, aprovechaba para seguir buceando en la biblioteca del cura, pero seleccionaba mucho más que antes sus lecturas. Ahora prefería los libros de filosofía. Sin embargo, no conseguía hallar ninguna obra que explicara detalladamente las teorías del anciano Gaspar. Tan sólo alguna referencia dispersa en ciertos autores que, más pronto o más tarde, desviaban la senda de su pensamiento por otros derroteros y lo obligaban a cerrar el tomo sin apenas aclarar ningún concepto. Los libros de teología, por su parte, parecían más próximos a la línea de pensamiento del anacoreta, pero chocaban frontalmente con él en todo lo relativo a la unidad. Bastante dificultad había ya en explicar a los cristianos el misterio de la Trinidad como para complicarlo aún más con la unicidad universal.

Se sentía feliz. La forzada soledad, a la que lo habían empujado desde siempre su incomprendida actitud de servicio a los demás y su renuncia al enfrentamiento con sus semejantes, terminaba ahora gracias a las visitas a su amigo y maestro. Poco importaba el mal concepto que de él hubiese quedado en la escuela; nada le preocupaba la fama que entre los mozos de su edad tenía de poco —o nada— mujeriego; le daba igual que lo señalaran al pasar entre cuchicheos e irónicas sonrisas, como si fuese un títere. Tomaba su mochila y subía, una y otra vez, a la lejana cueva del monte Origo, al encuentro de quien tanto le enseñaba acerca de la vida, de los seres humanos, del mundo y de sí mismo.

Definitivamente, no todo estaba en los libros.

X

«SED BUENOS, SI PODÉIS»

Ángel veía a Tensi de vez en cuando. Aquella niña, compañera de colegio años atrás, por cuya causa el joven tuvo serios problemas, era ahora toda una mujercita en quien la belleza había sentado ciertamente sus reales.

Se cruzaban a menudo por la calle mayor de Torcegada cuando él regresaba del trabajo por la tarde y ella hacía lo propio de la casa de doña Aquilina, esposa de un terrateniente, para quien hacía labores domésticas todo el día por unas monedas. Tensi guardaba siempre una tierna sonrisa para Ángel. No podía olvidar los esfuerzos que él hiciera para ayudarla a salir junto a su madre de la miseria en que vivían. En aquel tiempo, niños aún, no les había sido difícil sembrar una amistad y hacerla germinar y crecer. La inocente mentalidad de esos años había facilitado enormemente las cosas entre ellos. Ahora, sin embargo, el pudor de la adolescencia dificultaba la relación. No les resultaba fácil verse mutuamente como los amigos que habían sido siempre; ahora cada uno veía en el otro un objeto de deseo, un nebuloso punto de referencia para oscuros e inexplorados instintos a los que, a causa de la nula educación sexual recibida, no sabían cómo enfrentarse. Ángel sentía que necesitaba continuar su relación con ella, aunque algo le decía que ya no podía ser igual que unos pocos años antes. Una irresistible fuerza que surgía de su corazón lo empujaba aún hacia aquella hermosa muchacha. Añoraba aquellos ojillos azules de niña vivaracha, ahora convertidos en dos cuerpos celestes con luz propia.

Un día, al encontrarse, Ángel se atrevió a invitarla a dar un paseo por la orilla del río. Antes de aceptar, Tensi dudó, algo desconcertada. Entendía que a él le apeteciera pasear fuera de las miradas de las comadres del pueblo y le agradaba la idea de avivar su amistad con aquel muchacho honesto y generoso, aunque sabía que las cosas no serían fáciles a causa de los disgustos del pasado. Las benéficas iniciativas de Ángel, años atrás, para con Tensi y su madre habían terminado por dañar la relación entre ambas familias a causa de la incomprensión de Teófilo y Flora. No obstante, ambos jóvenes pensaban que ningún obstáculo es lo bastante grande para impedir el afecto.

No tuvieron necesidad de hablar mucho aquella tarde a la orilla del río. Simplemente, se tomaron de la mano y caminaron uno al lado del otro, con la mirada distraída en las cabriolas del agua entre las redondas piedras, que la corriente no podía cubrir del todo. Desde siempre, Ángel había sentido hacia ella una especial responsabilidad. Aquella pobre niña, criada sin padre por una madre enferma que apenas podía mantenerla, siempre despertó en su corazón el más fuerte instinto de protección que jamás sintiera. Y ahora, al hallarse junto a ella, cogidos de la mano, con la música de fondo que les procuraba el agua limpia del río cómplice, lo invadían unas irresistibles ganas de abrazarla, besarla y mimarla. Así lo entendió ella, incapaz de resistir la fuerza de los poderosos brazos de Ángel, quien, con ternura pero con decisión, la atrajo de repente hacia sí, dispuesto a no esperar más. Sin embargo, el honesto joven supo respetar por encima de todo la inocencia aún casi pueril de Tensi y se contentó con depositar sobre sus labios, limpios como el fondo de su alma, un sonoro beso.

Ella, por su parte, creyó descubrir esa tarde sus verdaderos sentimientos hacia su amigo de siempre. Ya no era aquella atracción, mezcla de fascinación y curiosidad, que de pequeña había sentido hacia él. Ahora le bastaba con mirar su sereno rostro de hombre joven, sus hechuras de varón y, sobre todo, sentir una vez más la nobleza y bondad de su corazón para saber que, ciertamente, sentía algo muy especial.

Desde aquella tarde, se hicieron cotidianos sus paseos a lo largo del pueblo, seguidos por la mirada de la gente. No había en Torcegada otra ocupación confesable para las parejas que pasear, pues a nadie se le había ocurrido habilitar un lugar de encuentro para la juventud. En cuanto a las ocupaciones inconfesables, la naturaleza del entorno ofrecía infinidad de rincones apartados, donde dar rienda suelta a lo que no puede ser reprimido. Muchos de quienes habían llegado a pensar en una posible homosexualidad de Ángel tuvieron que desdecirse al verlo de la mano de la bella Tensi. Los compañeros, que se burlaban del celibato que el muchacho había mantenido hasta el momento, observaban ahora envidiosos a la hermosa pareja. Incluso Flora acabó por ver con muy buenos ojos que su hijo por fin pareciera «normal». No le molestaba tanto el hecho de que se tratase de Tensi, por cuya causa había tenido tantos problemas su hijo, como la circunstancia de que la elección del muchacho no hubiese recaído en alguna joven con mejor posición económica.

Ni que decir tiene que la madre de la chica estuvo también encantada cuando los vio llegar una tarde, cogidos de la mano, hasta la puerta de su casa, donde se despidieron con un beso. Siempre había dicho que aquel noble muchacho, que otrora tanto había expuesto por ayudarlas, lo merecía todo, y que le gustaría tenerlo como yerno. Ahora, la situación económica de Tensi y su madre había mejorado sensiblemente. La mujer había conseguido un empleo como asistenta de dos ancianos en una familia pudiente de la zona, lo que, unido al trabajo de su hija, les permitía subsistir modesta pero dignamente.

Desde la cima de la loma en que se hallaba la casa de Tensi podía verse casi todo el pueblo. Un lugar digno de una lujosa mansión con muchas habitaciones, en vez de dar sustento a la humilde casita en que Tensi había crecido. A veces, cuando la pareja no tenía ganas de caminar, quedábase en el porche, cuyo aspecto había mejorado en los últimos tiempos. Allí se sentaban y charlaban, mientras disfrutaban de la hermosa vista. A un lado, Torcegada, que desde la pequeña elevación parecía recuperar su sabor medieval; al otro, la sierra, que servía de muralla infranqueable y apartaba al pueblo del resto del mundo. En esas ocasiones, Hortensia acostumbraba a hacerles compañía, aunque a ratos desaparecía con cualquier pretexto en el interior de la casa, con la intención de no agobiar demasiado a quienes necesitaban disfrutar de cierta intimidad.

Pero la vida está hecha de vicisitudes que escapan al control de sus protagonistas, y las peores parecen presentarse siempre en el momento en que nadie las necesita. Transcurridas varias semanas de idilio, una tarde en que Ángel llegó para recoger a la chica y pasear un rato, como de costumbre, Hortensia le abrió la puerta sin articular palabra y con la contrariedad dibujada en el rostro. La mirada que le dirigió no tenía mucho que ver con la amabilidad y buena acogida a que lo tenían acostumbrado en aquella casa. Al no obtener respuesta a su saludo, Ángel supo que algo no marchaba bien. Cuando salió Tensi y comenzaron a descender por la suave pendiente en dirección al pueblo, el muchacho le preguntó con preocupación el motivo de la extraña actitud de su madre.

—No te figuras el trabajo que me ha costado que me dejara salir esta tarde contigo.

—¿Por qué?

—Verás... es que resulta que... mi madre... —Tensi no hallaba la forma menos dañina de decir a Ángel lo que debía decirle.

—Tensi, por favor, te ruego que me digas qué ocurre. Empiezo a preocuparme de verdad.

—Ya sabes que mi madre cuida a un matrimonio de ancianos en casa de los Salgado, ¿no?

—Sí, lo sé.

—Resulta que la hija de este matrimonio, la señora de la casa, que es de quien depende mi madre como empleada, tiene un hijo de mi edad que se llama Víctor.

—Ya.

—Parece ser que ese Víctor se ha encaprichado de mí y no hace más que dar la lata a mi madre para que yo vaya por allí una tarde a tomar el té con ellos. A pesar de que sus padres, en principio, no me querrán para su hijo, porque es lógico que aspiren a una nuera de su misma posición social, mi madre dice que ese muchacho se sale siempre con la suya. Lo que quiere decir que, si él se empeña en mí, sus padres al final accederán. Incluso es posible que ya lo hayan hecho, porque, según creo, a mi madre le van a subir el sueldo.

Ángel se arrastraba a su lado y escuchaba en silencio. No dudaba de la autenticidad de los sentimientos de su novia hacia él; temía más bien a su propia reacción ante todo aquello.

—Total —continuó la chica—, que han quedado en que mañana pasaré la tarde allí en compañía de Víctor, sus padres, los abuelos y mi madre. Quieren hacer una especie de presentación a la familia, o algo así.

—¿Y tú qué opinas de todo eso, Tensi? —acertó a preguntar el joven, que se debatía entre la irritación y el desaliento.

—Yo... no quiero saber nada de ese muchacho, Ángel. Te quiero, ¿es que no lo sabes?

—Sí, pero hoy he observado en tu madre una actitud de rechazo hacia mí, que me hace pensar que ya decidió por ti.

—Ella no tiene nada contra ti, demasiado lo sabes. Lo que ocurre es que esa gente tiene dinero de sobra, y ella piensa que mi matrimonio con Víctor solucionaría para siempre nuestras vidas. Es lógico que mi madre quiera una buena posición para nosotras. Siempre soñó con ser una gran señora y vivir en una de esas mansiones que apestan a lujo, llenas de sirvientes. Ahora ve llegada la oportunidad que durante toda su vida esperó. Hay que comprenderla.

—Sí, por supuesto. Yo también la comprendo.

—Pero no dudes nunca —añadió Tensi, que lo obligó a mirarla a los ojos— que yo sólo te quiero a ti, seas pobre o rico.

Por la noche, en su cama, Ángel reflexionaba en ausencia del sueño.

«Si yo la quiero realmente —se decía—, debo procurar lo mejor para ella. ¿Cuál es la mayor prueba de amor que puedes dar a una persona? Hacer por ella lo que más le beneficie, aunque ni siquiera ella misma lo vea así. Tensi dice que me quiere, pero, ¿cómo podría yo condenarla a vivir toda una vida de privaciones, de escasez y duro trabajo, aun con todo el amor del mundo, después de haber tenido la oportunidad de ser una señora y disfrutar de cuanto yo jamás podré ofrecerle? ¿No sería egoísta por mi parte retenerla a mi lado y enfrentarla a su propia madre, cuando ahora para ambas se abren las puertas de un futuro próspero?»

Un argumento entreverado en sus cavilaciones empezó a pesar en la balanza de su indecisión. Como por encanto, había venido a su memoria San Felipe Neri, aquel italiano que parecía haber entendido la bondad desde un punto de vista práctico y, a la vez, irónico. «Sed buenos... si podéis» era su mensaje a los jóvenes romanos. La originalidad de la idea, no exenta de sentido del humor, residía en situar los límites de la bondad en lo humanamente posible. No se podía exigir a nadie que diera de sí más de lo que tenía. «Si podéis; sólo si podéis.» Pero, ¿acaso no podía Ángel llevar a cabo lo que pensaba? Él conocía su fuerza y sabía que sí, aunque tenía grandes tentaciones de declararse incapaz.

Pensó en Gaspar. El sabio anacoreta sí sabría qué hacer en una ocasión como aquélla. Lo había hecho ya, mucho tiempo atrás. Le vino entonces a la mente una historia que el anciano le había relatado en su segundo encuentro. Gaspar había sido un honrado y feliz padre de dos hijos, que eran su alegría y el motivo principal de su existencia. Pero su esposa, una mala mujer que siempre lo había utilizado para sus fines, lo abandonó cuando tuvo ocasión y le arrebató lo que él más quería en el mundo. El corazón del hombre quedó destrozado. Durante años fue incapaz de emprender otro camino y recomenzar su vida. Se dio a la bebida y a toda clase de vicios y excesos, que lo llevaron incluso a perder su trabajo, hasta que acabó ingresado, medio muerto, en un hospital de la beneficencia. Rodeado de miseria, convivió con los más desafortunados y supo que el mundo estaba repleto de seres abandonados a su suerte. Durante su convalecencia, y a la vista del ingente número de infelices que arruinaban sus vidas por causa de la mala fortuna, tuvo ocasión sobrada de reflexionar sobre su pasado y darse cuenta de que podía haber un nuevo horizonte para él. Cuando recobró la consciencia se prometió a sí mismo dar un rumbo distinto a sus días. Hizo el firme propósito de mirar en su interior, estudiarse, conocerse, comprenderse y aceptarse, para poder de ese modo superar el caos que lo había llevado a aquel lamentable estado. Supo que tenía que retirarse del mundo para morir y renacer. Y así lo hizo. Pero lo hizo de verdad, por encima de todo y de todos, porque aquel hombre nuevo y distinto sólo tenía una palabra. La promesa que se había hecho a sí mismo, a pesar de ser la más difícil de cumplir de cuantas promesas puede un hombre hacerse, era de obligado cumplimiento. Le iba la vida en ello.

Aquella noche, cuando reflexionaba en su cuarto sobre la peripecia vital de Gaspar, Ángel se hizo también una firme promesa a sí mismo. Y así, al levantarse por la mañana para ir al trabajo, en su pecho habitaba otro hombre. Un hombre que empezaba a vislumbrar su verdadero horizonte.

Durante los días siguientes no volvió por la casa de Tensi. Se dedicó a intentar tropezarse con el tal Víctor, sin revelar su identidad, para conocerlo personalmente y tener una idea más concreta de la clase de persona que era. Lo que vio no le desagradó. Un joven de unos veinte años, alto, de rubicunda y abundante cabellera, bastante atlético para no ser alguien que se ganara la vida con los brazos, y con aspecto y modales refinados, como correspondía a la familia en cuyo seno había nacido. Su rostro no le resultó familiar, porque aquel muchacho nunca había ido a la escuela en Torcegada, sino que había cursado todos sus estudios elementales en la ciudad, donde había obtenido calificaciones y fama de alumno inteligente. Ángel pudo finalmente entablar una breve conversación, pretendidamente casual, con él. De sus labios supo que estudiaba la carrera de medicina en la capital, si bien era obvio que nunca necesitaría ganarse la vida, merced a la fortuna familiar. Por otra parte, le pareció noble de carácter y sincero en sus sentimientos hacia la chica. No había duda de que aquél era un buen partido para Tensi y podía significar una solución para su futuro.

Transcurrida una semana desde su último encuentro con ella, la muchacha fue a buscar a Ángel a su casa, preocupada por si había caído enfermo. No obstante, ella creía saber también el motivo de su desaparición durante los últimos días. Temía que los celos hubiesen hecho mella en él. No se imaginaba cuán equivocada estaba.

Ángel la recibió con un conato de sonrisa, que trataba en vano de disimular su estado. Se sentaron a la sombra en el patio interior, pues era verano y hacía algo de calor.

—Estaba preocupada por ti —lo abordó ella de inmediato—. Llevo varios días sin noticias. ¿Has estado enfermo?

—No, Tensi.

—Entonces, ¿es por lo que hablamos? ¿Por lo de Víctor?

—Sí —Ángel le habló con gran serenidad y dulzura, y procuró evitar el tono de reproche—. Quiero que sepas que, a partir de este momento, estás completamente libre de compromiso alguno conmigo. Ya no somos novios; tienes toda la libertad que necesitas... que necesitáis tu madre y tú para hacer lo que debéis hacer.

—¡Pero Ángel! ¿Qué estás diciendo? —la chica estaba realmente alarmada y sorprendida. Conocía la bondad del muchacho, pero aquello superaba todos los límites de lo imaginable. Jamás había pensado que pudiera llegar a tamaño sacrificio y no podía creer lo que estaba escuchando.

—Estoy diciendo lo que has oído —continuó él, sin alterarse—. He pensado en ti, en mí, en tu madre, en ese chico... Sabes que te he querido mucho, y ésta es la prueba de ello. Quiero que te comprometas con Víctor cuando tu madre y tú lo consideréis oportuno.

—¡Pero yo... nosotros no...! —Tensi estaba a punto de llorar.

—Esto me duele tanto como a ti, pero es lo que hay que hacer. Por favor, no me lo hagas más difícil. Seguiremos siendo amigos, si quieres, pero nada más.

Contrariada y entre lágrimas, la chica trató de asirse al último recurso que le quedaba para retenerlo.

—¡Si ahora rompemos, todo el pueblo volverá a despreciarte como hacía antes, como ha hecho siempre, por poco hombre, por solitario, por raro! ¡Tú sabes que ser mi novio te había hecho recuperar la estima de todos en Torcegada; los que dudaban incluso de tu gusto por las mujeres tuvieron que cerrar sus bocazas al vernos juntos, y ahora lo quieres echar todo a perder por una tontería!

—Ya sabes que no me importan las habladurías. Y no es ninguna tontería; es tu futuro, Tensi; es tu vida y la de tu madre, vuestra gran oportunidad de acabar con las penurias. Además, sé que no te merezco. Después de haber conocido a Víctor, he comprendido lo poco que yo puedo darte. Porque lo he conocido, ¿sabes? Y creo que verdaderamente puede valer la pena. A mi lado jamás tendrías la vida que él te dará.

Hubo un largo silencio. Tensi estaba desarmada, y él parecía muy seguro de lo que decía. La chica notó que, cuanto más insistía, más argumentos y de más peso utilizaba él, y comprendió que era inútil resistirse a su firme decisión. Finalmente, se rindió entre lágrimas cuando Ángel se incorporó lentamente, se acercó a ella y la besó con ternura en la frente. Luego la tomó por el brazo y la acompañó hasta la calle. Allí le regaló una franca sonrisa y un guiño para darle ánimo, antes de cerrar la puerta. Sin embargo, una vez que la chica hubo desaparecido de su vista, sus ojos se humedecieron y la garganta se le trabó. Aquella muchacha lo había significado todo para él; ahora, mientras se arrastraba hasta su cuarto, la sensación de vacío era insoportable. Era un hombre fuerte, pero los sentimientos no pueden apagarse como la llama de una vela. Sabía muy bien que sólo con el efecto sanador del tiempo lo lograría.

Finalmente, con la satisfacción de haber obrado conforme a su corazón, se preguntó si había comprendido bien la curiosa recomendación de San Felipe. ¿Hasta dónde podía llegar la bondad de un ser humano? El santo no había señalado ese límite, porque no es el mismo para cada hombre. Todavía en busca del suyo, Ángel había querido llevar la bondad hasta su máxima expresión, hasta el rincón más hondo del sufrimiento y de la propia conciencia, allí donde muy pocos hombres pueden llegar.

Él podía hacerlo y lo hizo, pero, con aquel paso definitivo más allá del bien, se infligía a sí mismo la atroz condena de ser bueno... hasta sin poderlo ser.

XI

LA FLAUTA DEL ESPÍRITU

Ángel pasó todo el domingo siguiente en la morada de Gaspar. Había salido de casa muy temprano, cuando todavía la oscuridad se empeñaba en robar los primeros instantes a la claridad del día. Por ser pleno verano, no le era necesario llevar apenas ninguna ropa suplementaria. La ascensión al monte Origo se le hacía ahora más llevadera, tanto por la costumbre ya adquirida como por lo benigno del clima. No era Torcegada y su comarca un lugar especialmente caluroso en el estío.

El joven necesitaba, quizá más que nunca, la compañía de su buen amigo ahora que sus ilusiones con Tensi se habían esfumado para siempre. Por otro lado, el anciano era ya un alma curtida en la vida solitaria y daba siempre al muchacho el mejor ejemplo de aceptación de tal circunstancia. En la persona de Ángel veía Gaspar a los hijos que un día perdiera, a quienes tantas veces imaginaba convertidos en hombres. Había mucho cariño de padre en el corazón de aquel viejo, y la amistad con el muchacho había conseguido que nuevamente tuviera un destinatario.

En sus últimas jornadas juntos, el anciano había centrado sus enseñanzas en las prometidas explicaciones acerca de la crianza del champiñón. Aunque la preparación de los micelios era complicada y requería cierta asepsia, Ángel asimiló el proceso y se sintió fascinado por el milagro de la naturaleza y de la vida.

Cuando lo vio llegar aquella mañana, compañero de viaje del sol en su ascensión y hermoso heraldo de un nuevo día de verano, cabizbajo y con el rostro ensombrecido, Gaspar supo que algo lloraba dentro del joven. Éste pensaba afrontar en silencio su tristeza, por considerar que un asunto tan mundano no era digno de las valiosas reflexiones del anciano. Sin embargo, el viejo anacoreta conocía también el remedio para los males del amor y lo invitó a sentarse a su lado, a la puerta de la cueva, donde le mostró un trozo de caña recién cortado, de la misma especie de que estaba hecha su flauta. Pronto adivinó Ángel sus intenciones. Iba a enseñarle a fabricar su propio instrumento, tal y como lo habían hecho los hombres desde el inicio de su deambular sobre la faz de la Tierra.

—Entretanto —ordenó Gaspar—, me vas contando eso tan gordo que te ha sucedido y que te ha cambiado la expresión.

Ángel sonrió al verse descubierto y refirió someramente lo acontecido con Tensi.

No estaba claro, pero eran muchos los que aseguraban que el primer instrumento musical utilizado por el hombre primitivo —aparte de la percusión, para la que servía casi cualquier cosa— había sido precisamente este tipo de flautas, rudimentariamente fabricadas aprovechando la oquedad del tallo de la caña. Sobre éste se practicaban, convenientemente distanciados, los orificios que permitían al músico extraer las notas al ser franqueada u obstruida la salida del aire a través de ellos con las yemas de los dedos. No ha inventado jamás el hombre artilugio más simple, ni tampoco ha alcanzado su inventiva cotas más altas de genialidad.

—Durante un tiempo —le explicó Gaspar— llegué a ganarme la vida vendiéndolas por los pueblos. Por las tardes y parte de las noches las fabricaba y por las mañanas iba a venderlas. Los chiquillos me las quitaban de las manos, pues sólo pedía unas cuantas monedas por cada una, y no encontraban difícil aprender a tocar melodías sencillas. Eso sí, procuraba hallarme siempre cerca de los ríos y humedales, donde no faltan cañas que cortar. Daba gozo escuchar el sinfín de pitidos que inundaba las calles de cada pequeño pueblo al poco rato de llegar, y cómo esa algarabía disonante se convertía, con el paso de unos días, en algo más pausado, más melódico, más parecido a la música, a medida que aumentaba la destreza de los nuevos intérpretes.

Así pues, según las indicaciones de Gaspar *el Anacoreta*, Ángel fabricó su primera flauta dulce. Con sus útiles consejos, el anciano demostró que, en efecto, a lo largo de su ya dilatada existencia había construido muchos de aquellos maravillosos instrumentos. Una vez acabada de fabricar la flauta de su pupilo y durante un buen rato, el viejo maestro se dedicó a conseguir que Ángel colocase los dedos en el lugar preciso antes de atacar el inicio de algún fácil estribillo. Pero, llegado el mediodía y cuando ambos abandonaron su quehacer para reponer fuerzas, el joven ya era capaz de desgranar una melodía completa sin apenas cometer errores, lo que daba muestra de su fino oído musical. Con esta primera incursión en el mundo mágico de la música, el joven comenzó a intuir lo mucho de espiritual que había en ella.

—No es lo que yo había supuesto —comentó mientras comían—. Hasta hoy me había limitado a escuchar aquellas melodías que mi oído encontraba atractivas desde el primer momento, pero ahora me parece que ésa es precisamente la música menos significativa. Al escucharte tocar he descubierto que la profundidad de los sonidos, de las notas, de las escalas y melodías hay que buscarla en su perfecto conocimiento y comprensión, de lo que yo aún disto mucho, y no en el hecho de que conmuevan nuestra sensibilidad con rapidez y facilidad.

—¿Acaso —inquirió Gaspar— a un pájaro le preocupa que al resto de los seres vivos les guste o no su piar? Estás en lo cierto, Ángel. La música es tanto más valiosa para el espíritu cuanto menos evidente es su atractivo, cuanto más se necesita la participación de la inteligencia y del corazón, y menos la del oído, para su comprensión. Una melodía que suene fácil y agradable a tus oídos te alegrará, posiblemente, durante un rato, aunque terminará por aburrirte si insistes en ella. Pero, cuando tras varias audiciones infructuosas descubres que una serie de sonidos te llega allí donde no creías tener sensibilidad alguna, ten por seguro que ésa es tu música, la que tú precisas, la que se hizo para ti. Cuando seas un buen flautista rechazarás la melodía fácil y pegadiza, pues su vida útil en ti será efímera, como la de una mariposa, que, aunque embellece el campo con su colorido, como pocos seres vivos pueden hacerlo, apenas permanece unas horas con vida. ¿No te resultará más sólida la compañía de una tortuga torpe y poco agraciada, lenta y nada grácil, que probablemente aún estará a tu lado cuando llegue tu última hora? Del mismo modo, te inclinarás a la música que surja de ti mismo en cada momento y que, a través de tu pecho, recorra la caña de la flauta para brotar al exterior convertida en una más de las maravillas de la naturaleza. Poco importará que otros capten tu melodía, tu cadencia o tu sentimiento, porque será la música de tu propia verdad. Serás, en definitiva, tú mismo cantando a la excelencia de la Creación.

—Cuando tu flauta suena en el monte —advirtió Ángel—, su sonido no resulta en absoluto extraño al entorno. No es algo artificial, espurio; antes bien, es como si la propia naturaleza, los seres vivos que pueblan la montaña, los árboles y las rocas, también escucharan y comprendieran esas melodías, que parecen formar parte del paisaje. Estos sonidos confieren al entorno salvaje unos matices de color nunca vistos y que complementan a la perfección a los que podemos ver.

—Los filósofos distinguen, querido hijo, entre la naturaleza y el arte. Afirman que aquélla está ausente de todo artificio, en tanto que éste es puro predominio de lo elaborado sobre lo natural. En efecto: el arte imita a la naturaleza, pero en ocasiones es también parte de ella misma, como ocurre en este caso. El sonido de estas flautas nada tiene de artificioso ni de previamente elaborado, pues el hecho de haber cortado y taladrado unos tallos de caña para conseguirlo no lo aleja de lo que hace el propio viento, cuando silba entre los desfiladeros y atemoriza al viajero con su aullido profundo y amenazador. El piar con que los aguiluchos indican a su madre que tienen hambre es tan natural, espontáneo y primitivo como los bellos sonidos que el aliento del hombre consigue extraer de una simple caña.

Ángel se dejó empapar de las hermosas palabras de su maestro, que había comprendido en su más hondo significado, y así permaneció en silencio por unos instantes, pues gustaba de recrearse interiormente con cada nuevo descubrimiento. De repente, recordó una importante noticia que pensaba dar a Gaspar, y que había olvidado por completo.

—¿Sabes, Gaspar, que el hombre ha pisado la Luna por vez primera ayer mismo? Todo el mundo habla de ello. Es el acontecimiento del siglo.

El rostro del anciano se crispó en una mueca de escepticismo.

—¿La Luna? ¿El hombre que se dice civilizado ha llegado a la Luna y aún no sabe construir una flauta de caña como es debido? Sigamos tocando, muchacho.

Durante el resto de la jornada ambos dejaron hablar a sus flautas. Gaspar hacía brotar íntimos sentimientos de paz, alegría y amistad —sí, ahora también de amistad— en comunión con cuanto lo rodeaba, por medio de magistrales escalas que brotaban como agua fresca y cuyo eco parecían devolver los elementos del entorno. Entretanto, Ángel, discípulo precoz, prolongaba sus notas, porque se buscaba todavía a sí mismo en ellas e intentaba —y con frecuencia conseguía— vestir la melodía de Gaspar con aterciopelados sones, ayudado por el estado de elevación espiritual en que la magia del momento lo sumía. La contemplación de la naturaleza, que enmarcaba el bello espectáculo sonoro, estimulaba aún más el ánimo de los dos hombres.

Así los encontró el ocaso, que señaló a Ángel la necesidad de su regreso a casa, tras una jornada muy provechosa. Había aprendido a fabricar su propia flauta y a convertir su sonido en un eco más de la naturaleza. Aunque sus dedos aún necesitarían muchas horas de práctica con el instrumento, el verdadero significado de la música había calado en sus entrañas para siempre.

Antes de abandonar a su maestro, Ángel recordó la boda de Tensi y le dijo:

—¿No vas a hacer ningún comentario sobre lo que te he contado?

—Te refieres al hecho de que tu ex novia vaya a casarse con otro, supongo.

—El mayor drama de mi vida, resumido en cuatro palabras, maestro —ironizó Ángel.

—No hay nada que yo pueda decirte que vaya a cambiar las cosas. Tú sabes muy bien por qué ha sucedido eso. Era lo que tú querías y hay que asumir las propias decisiones. Simplemente, siente el dolor y no te opongas a él. Pasará y seguirás adelante. Es el dolor de tu conciencia el que no podrías soportar, y si estoy en lo cierto, en este caso tu conciencia duerme plácidamente.

A partir de aquella jornada, la flauta se convirtió para Ángel en refugio espiritual y fuente de paz y serenidad para la meditación. A ella recurriría en lo sucesivo siempre que se hallara desconcertado o triste, pues su dulce canto alejaba de su ánimo toda suerte de males y lo inundaba de paz.

Al ir a acostarse aquella noche, cansado pero feliz, pensaba en voz alta en su cuarto, casi a gritos, como si necesitase convencerse de que la experiencia no había sido un sueño.

—¡Hoy he conocido el verdadero espíritu de los seres vivos, que pasea su canto por entre los árboles del bosque! ¡Es el alma misma que canta!

Alarmada por el griterío, su madre se asomó al dormitorio.

—Ángel, ¿qué te pasa? ¿Es que te has vuelto loco?

—No, madre —respondió divertido—. Sólo he aprendido a tocar la flauta. Es el mundo el que está loco.

El transcurso del tiempo acabaría por darle la razón, tal vez a un precio demasiado alto.

XII

LA BONDAD CANSA

Pasaron dos años, sin duda los más felices que el joven había conocido hasta entonces. En 1971 la mayoría de edad estaba legalmente establecida en los veintiuno, que Ángel cumplía ese mismo verano.

«Mayoría de edad, ¿para qué? —se preguntaba—. ¿Acaso quienes gobiernan esta tierra a punta de fusil han considerado alguna vez mayor de edad a alguno de sus ciudadanos? ¿Y de qué me sirve alcanzar la edad a la que en otros países es posible votar, si aquí no votan ni los viejos?».

Su antigua y única novia, Tensi, la de los rojos cabellos rizados y los hermosos ojos azules, que tantos sueños había hecho nacer años atrás en el corazón del muchacho, contrajo finalmente matrimonio con Víctor, quien en otro tiempo recibiera de manos de Ángel, como un delicado presente, el amor de la chiquilla. El joven sintió, sin embargo, sincera felicidad al verlos desfilar tomados del brazo tras la ceremonia en dirección a la salida del templo. Todo Torcegada estaba allí y todos sabían quién había resultado vencedor en aquella lid, que nunca existió. Insistían en que había sido una pugna desigual, pues no se puede pretender competir con un chico apuesto, culto, inteligente, de buena familia y, sobre todo, rico. A pesar de ello y en opinión de muchos, el «blando» de Ángel podía haber hecho más por conservar a su novia, a la que, según aseguraban los más observadores, siempre se la había visto muy enamorada de él. La conclusión generalizada en el pueblo fue la de que no había luchado por ella lo suficiente. ¿Quién, en aquel pueblo de analfabetos, de gentes capaces de matarse unos a otros por un palmo de tierra, de obreros del campo explotados y de supervivientes, hubiera sido capaz de comprender una renuncia como la que él había hecho? Era mejor que no se supiera nunca. ¿Despreciado, ofendido? No importaba; para Ángel siempre había sido así, desde los tiempos de la escuela.

Para ser feliz aquel día, a Ángel le bastó la contemplación del rostro aniñado de Tensi cuando, ya desposada y del brazo de su cónyuge, iluminó con su belleza la tibia mañana de agosto en que daba comienzo su futura vida, bajo la lluvia de arroz de los familiares y amigos, el mismo alimento que a veces escaseaba en los platos de muchos de ellos.

Muy pocos de los asistentes a la ceremonia estaban emplazados para la celebración, que había de realizarse en un elegante restaurante de la capital y de cuyo importe se hacía cargo el padre de Víctor. En realidad, no había ningún gasto en aquella unión que no hubiera salido de los repletos bolsillos del suegro de Tensi. Resignado a no conseguir una rica heredera con la que casar a su hijo, el hombre no había escatimado dinero para que, al menos, tuviese una boda por todo lo alto.

Ángel, por su parte, se cambió de ropa, se despidió de su madre y emprendió camino a la gruta del monte Origo, donde habitaba la sabiduría bajo la apariencia de un anciano solitario. Durante el largo trayecto a pie, el joven no dejaba de pensar en la felicidad que había visto brillar en el rostro de su querida Tensi, y daba gracias al Creador por haberle permitido apartarse del camino de la chica en el momento conveniente para ella. Aquel día le vino especialmente bien la larga y empinada caminata, que le ayudó a gastar energías y a despejar su mente.

Cuando, jadeante, llegó a la entrada de la cueva, le extrañó que Gaspar no estuviese esperándolo allí mismo, sentado sobre la rústica esterilla, como era su costumbre en verano. Gritó su nombre un par de veces, por si se había alejado en busca de leña o de alguna planta medicinal, pero no halló respuesta. Por fin, decidió entrar a la gruta. Para ello, deslizó el pesado tablero que servía de portón, en lo que sus fuertes brazos no hallaron dificultad, y penetró en el largo y angosto corredor que daba paso al habitáculo.

Quedó petrificado ante lo que vio. Gaspar yacía en el suelo cuan largo era, boca abajo, sin poder moverse, y gemía suavemente. No había sido atacado ni había sufrido accidente de consideración, dado que no presentaba heridas ni contusiones. En un momento, el joven cargó a su amigo en brazos y lo depositó sobre el lecho de paja, a pocos pasos de allí. El anciano abrió entonces los párpados y con su mirada agradeció la llegada del muchacho. Era evidente que no había deseado otra cosa desde hacía tiempo, consciente de que él constituía su única tabla de salvación. La oportuna visita de Ángel libraba así al viejo anacoreta de una probable muerte en soledad. Aquel modo de vida podía tener sus ventajas, pero morir completamente solo, sin auxilio ni consuelo, no era digno ni de un animal.

—¿Qué ha sucedido, Gaspar, amigo? —preguntó Ángel, alarmado.

El viejo apenas tenía fuerzas para hablar, pero trató de esbozar una sonrisa tranquilizadora.

—He estado dos días ahí, tumbado en el suelo, sin poder moverme. Y no se está mal del todo, pero es un poco aburrido.

—¿Qué ocurrió? ¿Te caíste?

—Debí caerme, pero no lo recuerdo —sólo un delgado hilo de voz salía de su garganta—. Sé que han sido dos días porque la última imagen que conservo en mi memoria es del viernes pasado. Me levanté temprano, medité un rato y entré de nuevo aquí para recoger unos útiles. De pronto, todo en mi mente se nubla y no recuerdo nada más. Pero no te preocupes, jovencito. Antes o después ha de llegarnos a todos este momento. Para él vivimos toda una vida.

¡No digas eso ni en broma! —protestó él joven—. ¡Te vas a poner bien, porque voy a traer al médico en seguida!

Hizo ademán de incorporarse, pero el anciano se lo impidió con la expresión de sus ojos.

—No vale la pena, hermano. El médico no está obligado a subir hasta aquí y no lo hará; por otra parte, yo ya no lo necesito. El camino que he emprendido ahora no puede interrumpirlo ningún médico en el mundo.

El joven comprendió que quizá Gaspar tenía razón. El médico de Torcegada sólo tenía como pacientes a los habitantes del pueblo, y no estaba previsto que se desplazase a parajes alejados o de difícil acceso. Por ese motivo, en más de una ocasión, algún viejo pastor había fallecido completamente desasistido en una cañada o en algún pequeño refugio de la montaña.

Empezó entonces a reconocer como pudo al anciano. Para ello, le desabrochó la túnica hasta donde fue posible y apretó el oído contra el pecho del enfermo, con el fin de escuchar sus latidos y su respiración. Aunque ahora parecía tranquilo, su rostro denotaba que hablaba en serio cuando decía no necesitar ya asistencia médica. Ángel encontró su respiración algo entrecortada; era evidente que le costaba trabajo llenar los pulmones de aire. Incapaz de descubrir qué convenía hacer, el muchacho comenzó a sentirse muy preocupado. Gaspar, que asistía en silencio a su inquietud, señaló con el dedo la rústica alacena, donde seguramente guardaba algo que podía aliviarlo. Ángel se apresuró a abrirla y oyó al anciano decir:

—Las hierbas... Están en un pote de barro, cubierto con papel de estraza.

—¿Qué he de hacer con ellas?

—Hiérvelas hasta que el agua tome un tono oscuro. Después, dámela a beber. Al menos aliviará mis dolores.

El rostro del anacoreta no revelaba contracción alguna causada por el sufrimiento, pero éste era evidente merced a su rigidez, como si esa actitud lo mantuviese asido a la vida. Sus miembros, tensos por lo enconado del combate interior, mostraban por momentos un agarrotamiento que hablaba del gran mal que padecía.

Cuando la infusión estuvo lista, Ángel vertió un poco en un cuenco y lo arrimó a los labios de Gaspar. Éste, con gran esfuerzo y ayudado por el joven, se incorporó ligeramente, lo suficiente para que el humeante y oscuro líquido no se derramase. Tras unos sorbos se recostó de nuevo y al cabo de unos minutos pareció más aliviado. Sin embargo, su dificultad para respirar seguía siendo evidente, y su rostro no recuperaba el color. Se diría que la sangre se negaba a circular por el cuerpo del anciano y, recluida en alguno de sus rincones, le hurtaba el hálito de vida que le quedaba.

—Además de ser la última, querido Ángel, ésta será la mayor y más útil lección que vas a recibir de mí. No quisiera habértela impartido en el estado en que me encuentro, poco apropiado para quien se dirige a su alumno, pero aún lamentaría más no poder ni hablarte.

La enfermedad no impedía a Gaspar amenizar sus comentarios, como de costumbre, con una pizca de sana ironía. Pero el aire escaseaba en sus pulmones, y le era preciso callar para poder respirar. Había que economizar palabras y dosificar el esfuerzo. Continuó.

—Cuanto nace muere indefectiblemente, pero al mismo tiempo regresa a lo que siempre ha sido. El Todo es inalterable y nunca le podrá faltar una sola de sus partes, porque dejaría de ser lo que es. Vuelvo, por lo tanto, a mi origen, que es también mi destino. Esta pequeña excursión que algunas almas realizamos al mundo terrenal, donde impera la percepción sensorial a través de la materia, lejos de la verdadera esencia del ser, ha de finalizar necesariamente. De hecho, lo que llamamos muerte es la única certeza de futuro de que disponemos a lo largo de nuestra vida. Sabemos que nuestro envoltorio físico es caduco; lo importante es no olvidar jamás que nosotros somos mucho más que esos despojos que dejamos atrás al marchar.

—Lo sé, Gaspar. Y nada me aterra más que imaginarte como prueba empírica de ello. Tu lugar, por el momento, está aquí, entre los vivos, quienes más te necesitamos.

Una triste sonrisa arqueó los pálidos labios del anciano.

—¿Necesitarme? Nada ni nadie es imprescindible, Ángel. Tú mismo lo has comprobado recientemente y has sufrido muchísimo. Tu padre falleció hace años; ¿finalizó por ello tu andadura en el mundo? No hace mucho perdiste —o renunciaste— a la mujer que amabas; ¿acaso no sigues colocando un pie delante del otro para continuar tu camino? No, hijo mío; tú debes recorrer tu propio sendero en solitario, como terminamos por hacer todos. Yo sólo he sido un candil que encendiste en la oscuridad y te indicó la ruta quizá más conveniente, pero, conforme tus pasos te hagan alejarte de mí, de poco te servirá mi luz, que se tornará más y más pobre con la distancia, hasta que sólo te llegue de ella un pequeño destello, tan leve como un suspiro. Debes brillar con tu propia luz.

Las pausas del viejo anacoreta al hablar se hacían más frecuentes y largas, lo que hacía que escucharlo resultara angustioso. El propio Ángel creyó sentir en varias ocasiones una sensación de ahogo, inducida por las dificultades del enfermo para respirar.

—Sea como fuere, mi buen maestro y amigo —le respondió el joven—, tu huella está indeleblemente impresa en mí. Poco importa lo que ocurra, porque tú me has cambiado para siempre.

—Pequeño impaciente... —dijo Gaspar en tono paternal—. ¿Qué me has visto hacer que tanto te haya influido? Sólo me he esforzado en ser un hombre justo y de vida humilde. Eres tú mismo el que ha obrado el prodigio; nadie más hubiera podido hacerlo por ti. Y añado que ese cambio que mencionas no ha hecho más que empezar. Ahora que me muero, aún siento que hoy he cambiado con respecto a ayer, pues he seguido aprendiendo cosas nuevas, y la jornada de mañana tendría reservadas para mí, si viviera, nuevas enseñanzas. Se nos termina antes la vida material que el camino del conocimiento, mi querido Ángel. Y sucede que, cuando se intenta ser justo y sencillo todo el tiempo, se muere uno pronto, porque el ejercicio de la bondad cansa. Yo llevo tan sólo treinta años en ello y ya ves, aquí me quedo. No puedo más.

Ángel permaneció pensativo. A Gaspar le parecía

poco tiempo haber invertido treinta años de su vida en buscarse a sí mismo, porque, aunque contaba con más de setenta vividos, su vida anterior no le parecía tal; su verdadera existencia había empezado realmente cuando se dio cuenta de que no podía seguir malgastándola.

—Yo siento que mis fuerzas se multiplican —respondió el muchacho—. Aún no he conocido el cansancio, porque todo cuanto sucede a mi alrededor contribuye a aumentar mi necesidad de ser quien soy.

—Esa vitalidad es lógica en ti —explicó Gaspar—, porque tú no buscas la bondad, que ya ha nacido contigo, como tu hígado. Lo que te ha de matar a ti será el cansancio de los otros, que no soportarán por mucho tiempo a alguien que los hace reflexionar y con su actitud los obliga a escuchar a sus conciencias. Tu presencia los hará sentirse incómodos, vacíos y mezquinos, y eso no podrán resistirlo.

Una nueva pausa jadeante obligó al muchacho a comprobar el pulso de su maestro, que halló demasiado débil. Recuperado el aliento, Gaspar volvió a hablar, pero ahora sus ojos permanecían cerrados, como si reuniese todas sus escasas fuerzas en articular palabras para dar al joven su último mensaje.

—Siento aproximarse el frío de la muerte. Oigo sus pasos que zumban en mi cabeza y en mi pecho, cada vez más fuerte. Debo despedirme, querido amigo. Ocurra lo que ocurra, nunca olvides, Ángel, que se nos muere el cuerpo, pero aquello que somos vive para siempre.

Un violento ataque de tos interrumpió las palabras del anciano, que ya no pronunciaría ninguna más. Abrió los ojos y durante unos segundos clavó su mirada, ahora nebulosa, en el rostro de Ángel, anegado de lágrimas. Finalmente un leve quejido dio paso al silencio total. Su pecho quedó inmóvil, sus párpados se entornaron, y una paz definitiva se le dibujó en el semblante.

El joven se secó los ojos, tomó una de las manos de su maestro y la apretó con todas sus fuerzas. Sentado en el suelo, junto al lecho de paja en que el más sabio de los hombres había exhalado su último suspiro, veló su cadáver durante el resto del día y por toda la noche. Las últimas palabras de su maestro resonaban con insistencia en su memoria, que parecía susurrarlas constantemente en sus oídos para que no las olvidase jamás: «Se nos muere el cuerpo, pero aquello que somos vive para siempre».

En efecto, Ángel había recibido la mayor lección de su vida al ver morir, agotado, a un hombre justo y sencillo. Y quiso morirse también a su lado.

SEGUNDA PARTE

I

EL FUTURO

Flora estaba aún allí cuando regresó a casa, después de la misa por Gaspar. Miró con ternura los cansados ojos de la mujer que lo trajera al mundo, quien le indicó que sobre la mesa le esperaba un plato con su cena. Quizá habría que recalentarla, pero no debía dejar de tomarla. Ángel titubeó un instante y finalmente se sentó con desgana delante del plato, para no contrariarla, el ánimo poco propicio para el alimento del cuerpo. El dolor por la pérdida de su buen maestro, aunque algo mitigado por los tres años transcurridos, se había reavivado en su pecho, y no sentía necesidad de comer. Desde que el anciano falleció, él había seguido visitando la que fuera morada del maestro. Allí todavía encontraba paz, pero extraña y distinta a la que había experimentado en vida de su amigo. La sensación de sosiego que ahora lo invadía, por alguna causa que no alcanzaba a comprender le resultaba insatisfactoria. Y, poco a poco, se convencía de que la paz incompleta que le ofrecía el paraje no obedecía tanto a la ausencia de su guía espiritual como a la suya propia. Su mente y su cuerpo vivían aún lejos de allí.

Gaspar había significado muy poco para el pueblo de

Torcegada. Una simple anécdota en la vida de algunos. A nadie le importaba que, cada año, Ángel fuera el único asistente a la misa de aniversario que don Hermesindo celebraba por propia iniciativa. ¿A quién le interesaba recordar a un viejo loco que, en lugar de vivir como las personas civilizadas, había escogido como morada un agujero en medio de ninguna parte? Algunos reconocían haber recibido de él buenos consejos; otros incluso admitían haber sanado de alguna dolencia gracias a sus cuidados, siempre basados en plantas medicinales y en remedios naturales, pero la ingratitud y la soberbia hacían que, año tras año, a todos les resultara imposible acudir a la iglesia a orar por su alma. Siempre había alguna excusa, si bien la única verdad era que todos se hubieran avergonzado de participar en la misa por el alma de un loco. Y nada peor en un pueblo pequeño que andar en boca de la gente.

No es que la celebración tuviera para Ángel demasiada importancia. Ciertos ritos de la Iglesia le resultaban lejanos, apartados de su realidad y de la del mundo en que vivía. Lo que resultaba inamovible era su fe en el Creador. Y si los que se decían representantes o ministros suyos en la Tierra ofrecían como vehículo hacia su palabra, entre otros, la celebración del sacrificio de la misa, Ángel no iba a contradecirlos —al menos no a don Hermesindo, que lo merecía todo y a quien había que agradecer su piadoso recuerdo de la persona de Gaspar—. En absoluto tenía por qué estar reñida esta actitud de Ángel con su elección personal de un modo menos ritual de comunicación con lo eterno.

Cuando hubo terminado su cena se levantó, besó a su madre, que lo miró con los ojos de preocupación con que se había habituado a mirar a su hijo menor desde que lo echara al mundo, veinticuatro años atrás, y subió a su cuarto. Estaba cansado y debía madrugar al día siguiente. Se dejó caer sobre la cama sin desvestir. Necesitaba pensar en la cuestión que le había rondado la mente durante los tres últimos años. Había tenido que acostumbrarse a reflexionar en soledad y sobreponerse al choque que había supuesto para él dejar de contar con la clarividencia, el buen ejemplo y la sabiduría de Gaspar. Su principal problema ahora, desaparecido su guía, era qué hacer con su vida. La cuestión lo perseguía casi desde el mismo instante en que asistió al último aliento de su maestro. A lo largo de ese tiempo, había intentado centrarse en la lucha cotidiana por la mera subsistencia, había tratado de plegarse a las pasiones de los hombres mediante la búsqueda en el mundo material de aquello que su afligido corazón se resistía a buscar en otros mundos. Pero el desasosiego seguía siendo grande tras no haber hallado nada de valor en la huella de su pie sobre la tierra estéril; nada en el cuerpo de una mujer, que se hacía suya por unos minutos sin otro sentimiento que el puro deseo; nada en el alcohol, cuya fuerza no es otra que la que roba al espíritu del hombre. Aquella manera de vivir no le había parecido en ningún momento completa ni auténtica. Era lo más alejado de cuanto había atisbado durante su breve período de acercamiento a sí mismo, de la mano de quien se había aproximado bastante a la verdad última. Era consciente de que no podía ni debía instalarse en la penumbra quien había hollado senderos de luz.

Unos golpecitos en la puerta del dormitorio lo sacaron de su abstracción. Su madre la entreabrió despacio y entró.

—¿Había mucha gente en la iglesia? —le preguntó, preocupada.

—Nadie.

—Lo siento, hijo. Ya me olía yo que iba a pasar lo mismo de siempre. ¿Recuerdas el año *pasao*, que tampoco fue nadie? Y el anterior creo que tampoco.

—Nunca ha ido nadie a las misas por Gaspar, madre. Hasta en la misa de *corpore insepulto*, el día de su entierro, estábamos únicamente don Hermesindo, su acólito, tú y yo.

—Hoy también me hubiera *gustao* acompañarte, hijo, pero ya sabes que últimamente casi no puedo salir de casa, con esta dichosa espalda que cada vez me duele más.

—Lo sé, madre. No te preocupes; de todas formas creo que él poco ha de necesitar ya nuestras plegarias. Antes bien, debe de estar completamente entregado a velar por nosotros desde su magnífica atalaya. ¿Sabes? Él siempre fue amante de las alturas, por eso se fue a vivir a una cueva en el monte Origo, la montaña más alta de toda esta comarca. Ahora sí que está muy, muy alto. Más arriba de lo que jamás llegaremos la mayoría de nosotros. Imagínate, pues, lo que han de suponer para él unos fieles más o menos en los bancos de una iglesia.

—Pero él no creía en *na* —Flora no sabía cómo expresarlo—; eso es lo que se decía en el pueblo.

Ángel se incorporó en su lecho y pellizcó cariñosamente con sus dedos pulgar e índice la barbilla de su madre.

—Era más creyente que cualquiera de los que lo criticaban. Gaspar era esencialmente un buen hombre, además de un sabio. Por supuesto, respetaba la figura del Creador, pero no entendía por qué entre un hombre y su dios ha de haber intermediarios.

—Te refieres a los curas.

—Me refiero a la Iglesia y sus jerarquías. De la hermosa labor de los curas tenemos aquí el mejor ejemplo en don Hermesindo. Nunca encontré nada de incompatible entre la forma de vida de Gaspar y la doctrina católica, si bien la única autoridad que él reconocía como indiscutible era la del Supremo Hacedor.

Al escuchar la locuacidad de su hijo, Flora creyó encontrarlo receptivo para lo que había venido a decirle.

—Ángel, ¿y tú...? ¿Qué piensas hacer? ¿Vas a seguir toda la vida subiendo a esa cueva del monte *pa* pasar allí los domingos completamente solo? ¿Tanta falta te hace eso de la *miditación* y todas esas cosas raras? Los muchachos de tu edad se juntan en algún bar de la carretera, y los que pueden se van los domingos a la ciudad a divertirse. No trabajan toda la semana en el campo como bestias *pa* encerrarse el domingo en una cueva, como los osos. La mayoría de tus antiguos compañeros de la escuela salen con chicas *pa* pasarlo bien. Muchos tienen novia y algunos se han *casao* ya.

Mientras la mujer hablaba, Ángel se había vuelto a tumbar sobre su cama con una leve sonrisa en los labios y la escuchaba con paciencia. Ella continuó:

—Hijo, yo no quiero que pienses que estoy quejosa de ti. Has sido siempre un bendito y cuando nos diste algún disgusto fue porque eras un crío y por tu afán de hacer el bien a *to* el mundo. Nadie en el pueblo ha sabido comprenderte, y aquella chica... —titubeó un instante— creo que tampoco se dio cuenta de lo que hiciste por su bien. En fin, lo que yo quiero decirte es que no voy a vivir eternamente *pa* ocuparme de tu ropa, tu comida y tus cosas. Llegará el día en que te encuentres solo, Ángel, y no deseo esa vida *pa* ti. Busca una moza que te merezca y cásate.

Ángel se levantó, besó a su madre en la frente y la estrechó con suavidad entre sus brazos.

—Gracias, mamá, por preocuparte siempre por mí. Aunque viviera mil años no tendría tiempo suficiente para agradecerte tu constante sufrimiento por este hijo tan extraño que tuviste.

Flora comprendió que la charla había terminado y salió del cuarto con la sensación, ya familiar, de haber hablado en vano.

Al día siguiente, domingo, el joven visitó según su costumbre la cueva del monte Origo. Desde la muerte de Gaspar, Ángel se había ocupado de que todo allí siguiera intacto. Comió algunas bayas que había recogido de los matorrales que bordeaban el sendero. Se sentó en el suelo a la puerta de la gruta, mientras una fina lluvia empezaba a salpicar el paraje. Las gotas, casi imperceptibles, se dejaban sentir un instante como inocuas agujas, para evaporarse al contacto con el calor de la piel. Extrajo su tosca flauta de la mochila y, después de respirar profundamente con los ojos cerrados, empezó a tocar con mucha suavidad.

Era su ritual de meditación, que a diario practicaba en casa pero que, en aquel lugar señalado, tan lleno de significados y de energía espiritual, cobraba todo su sentido. El lento desgranar de las notas que sus dedos, muy hábiles tras años de práctica, extrajeron del instrumento, lo situó con facilidad en el estado de concentración necesario. Sus ojos permanecían cerrados en todo momento, y su cuerpo se balanceaba lentamente al compás de la melodía surgida de la comunión consigo mismo. Conforme transcurrieron las horas, el rostro se le iluminó. Su música sonaba cada vez más pura y primitiva hasta que, casi inadvertidamente, el canto de su flauta se vio acompañado del trino de los pájaros que, en los árboles próximos, se unían al silbar de su caña y trenzaban escalas en maravillosas armonías, que no eran otra cosa que la expresión del idioma del cosmos. Durante esos breves instantes, Ángel sintió la manifestación del latido único que gobierna todo cuanto está vivo en el universo, y llegó a experimentar la presencia del pulso de la vida: el poder del Creador.

Cuando empezó a anochecer y mientras encendía el candil, acabada su hermosa meditación, había tomado la decisión de su vida. Le había costado tres largos años de zozobra, pero era el momento de resolver todas sus dudas. No era el impulso repentino provocado por un instante de euforia, ni siquiera una vana ilusión en la mente alocada de un joven. Había escuchado de su corazón el mensaje que esperaba desde mucho tiempo atrás, su eco vibraba en las paredes de la morada de Gaspar, y su espíritu pudo por fin percibirlo con claridad.

Seguiría el camino trazado por el buen anacoreta; abandonaría el pueblo y se retiraría a vivir en aquel paraje agreste, dominado por la gruta del monte Origo, allí donde había empezado y terminado su relación terrenal con el sabio anciano. Desde aquel lugar, para él sagrado, haría el bien a cuantos semejantes lo necesitaran. Ésa sería su única misión en lo sucesivo. Había recibido de su viejo maestro las indicaciones para hallar su camino, pero otros muchos hombres tendrían necesidad de escuchar a quien pudiera abrirles los ojos. Alguien debía permanecer allí y esperarlos.

La llovizna que lo había acompañado toda la jornada había agotado su tímido caudal por aquel día. Algunas nubes rezagadas desaparecían por el este como un gastado y gigantesco telón, que daba paso a la única protagonista de la noche, una Luna llena que iluminaría su marcha de regreso a casa.

Allí iba a encontrar a su madre preocupada, porque nunca, excepto cuando murió Gaspar, había regresado tan tarde. Cuando, en pocas palabras, le comunicó su determinación, Flora no pudo reprimir el llanto. Conocía bien a su hijo y sabía que una decisión como aquélla no era fruto de un sueño pasajero. Era duro aceptarlo de repente, pese a que, en realidad, ella siempre había sido consciente de que en Ángel dominaba aquella especial inquietud, que le impedía ser como los demás. Tal vez ella había necesitado confiar en que finalmente no lo haría, o se había resistido a creerlo capaz de dar ese paso. Ahora tenía que protestar, aunque fuera en vano.

—¿Cómo vas a vivir tú solo allá arriba y dentro de un agujero? ¿Qué comerás? ¿Qué pasará si te pones malo?

El silencio de su hijo no le valía en esta ocasión como respuesta y continuó.

—¿Y cómo crees que vas a hacer el bien lejos de la gente, si allí no hay más que árboles y pájaros? Aquí mismo, en el pueblo, estás rodeado de vecinos a los que puedes agobiar con tu manía de la bondad, o incluso en la capital. Si quieres podemos hablar con tu hermano *pa* que te busque algo allí.

—Gracias, madre, pero mi decisión está tomada —Ángel hablaba con suma delicadeza, sabedor de que las protestas de Flora eran fruto del cariño—. Me hago cargo de que no comprendes muy bien lo que me propongo y trataré de aclarártelo: en primer lugar, me marcho a la montaña porque allí he hallado la paz que busco desde niño. Esa paz me permite profundizar más y más en el conocimiento de mí mismo y del universo que me rodea, y ése es el camino que me ha de llevar a volcar todo mi amor y dedicación en mis semejantes. Pero, para ello, debo apartarme de un mundo hostil en el que no hallan cauce mis inquietudes, como bien sabes. Por otra parte, allí arriba estaré siempre a disposición de quienes quieran visitarme, podré aconsejarles, hacerles pensar, meditar con ellos o, simplemente, mostrarles las mil maneras de combinar la música con el silencio para sanar los males que la civilización produce en el alma de los hombres. ¿Sabes hasta qué punto cambió mi vida el encuentro con Gaspar? Ni te lo imaginas, madre. Ahora que él ya no está, considero un deber sagrado continuar su callada labor, consciente de que jamás podría llegar a parecerle ni remotamente. Me conformo con dar lo que tengo; nada más. Respecto a tu pregunta acerca de cuál será mi medio de vida, puedo decirte que Gaspar cultivaba champiñón de modo artesanal en una gruta cercana a la que habitaba. Con los años había depurado su técnica y conseguía buenas cosechas, que cambiaba en el mercado por víveres y útiles de primera necesidad. Otras veces los pastores compraban el producto para luego revenderlo. Si a él le bastaba con eso, ¿por qué no había de bastarme a mí?

Como siempre, los argumentos de su hijo desbordaban la capacidad de respuesta de Flora que, además, podía palpar la profunda convicción que impregnaba todas las afirmaciones del joven. Sus esperanzas de que aquel hijo tan querido, tan llorado por ella, fuera algún día un feliz padre de familia que la rodease de nietecillos traviesos, se desvanecían. El paso de los años ya la había obligado a reconocer que no podía contar con el mayor de sus vástagos, Teo, quien en un principio había marchado a la capital a estudiar y, cuando hubo acabado los estudios y encontró trabajo, se dio a sí mismo un breve plazo para asentarse definitivamente en el puesto y en la vida de la metrópoli. Pero los años habían transcurrido con mayor velocidad de la esperada y aquel hijo, su primogénito, el de brillante porvenir, seguía limitándose a remitir una carta cada dos o tres meses, como prueba de su permanencia en el mundo de los vivos. Aquellas promesas que ella y su difunto marido se hicieran un lejano día, acerca de la tabla de salvación que significaba para ellos el mayor de sus retoños, habían sido barridas de su ánimo por el vendaval de los años, frenéticamente disipados sin apenas ser vividos.

Y ahora, como un colofón a su carrera de madre, el segundo de sus hijos, aquél que había llegado a ser el clavo al rojo vivo, que quema cuando se agarra pero que evita la caída al vacío, se disponía a retirarse de la circulación en busca de quién sabía qué extrañas interioridades. «¿Quién ha *fallao* aquí —se preguntaba la mujer—, ellos o nosotros?».

Tan definitiva era la determinación de Ángel, que al día siguiente marchó al trabajo con la única intención de hablar con el capataz y despedirse. Cuando les comunicó su decisión, sus compañeros y el encargado no daban crédito a lo que oían. Seguramente, aquel muchacho había perdido la razón después de varios años de frecuentes visitas al viejo loco del monte Origo, cuya influencia, sin duda, había sido nefasta.

El propio Conde de Luna, terrateniente para quien había trabajado todo aquel tiempo, enterado de la noticia, quiso entrevistarse con él. Lo hizo acudir a su mansión, que distaba unos kilómetros de Torcegada, y trató de convencer a Ángel de que su proyecto era una locura. Aquel hombre, habituado a las ganancias millonarias y a las grandes operaciones de mercado, era incapaz de asumir que alguien abandonase un puesto de trabajo, donde era bien considerado, para meterse en un agujero en lo alto de la sierra, como un salvaje. Así se lo hizo saber al muchacho, que, por respeto, escuchó y agradeció las categóricas y autoritarias afirmaciones del que hasta entonces había sido su patrono. No obstante, su prominente panza, su congestionado rostro y el enorme cigarro puro, que humeaba entre unos dedos gruesos y torpes como boniatos, hablaban de una vida entregada al dinero y los placeres, lo que distaba mucho de constituir el ideal de futuro soñado por él. Así, agradeció su interés y se despidió.

Ya en casa, después de comer, preparó un fardo con ropa de abrigo, algunos libros y su flauta, y besó a su madre en la frente, tal como acostumbraba, si bien ahora lo hizo con más fuerza que nunca para transmitirle toda su gratitud y su cariño. Flora parecía resignada. Había dedicado la noche a pensar en todo aquello y se mostraba más tranquila que el día anterior. Pero aquella aparente conformidad no era sino simulación, para hacer menos difícil a su hijo la partida, y finalmente no pudo evitar que las lágrimas, delatoras de su verdadero sentir y puntuales a su cita con el dolor, hicieran acto de presencia. Al verla en aquel estado, Ángel se sentó a su lado. Lamentaba ser responsable de lo que probablemente fuera el último disgusto de su madre por su causa. Se sintió egoísta, porque abandonaba a la mujer que lo había traído al mundo y había vertido ríos de lágrimas por él, que quedaba sola en aquella casa vacía de calor humano, acompañada sólo de recuerdos. Le destrozaba el corazón dejar atrás a la única persona que jamás lo hubiera abandonado a él. En el tormentoso debate que entabló consigo mismo, los argumentos chocaban y le hacían debatirse entre la euforia y el desánimo. Jamás hubiera abandonado a su madre de haberse hallado enferma o impedida. Sin embargo, Flora tenía buena salud, con la excepción de sus dolores de espalda, que no le impedían valerse. Tampoco la abandonaba en la indigencia; los ahorros de sus años de trabajo en el campo quedaban a disposición de ella, que además ahora contaba con una pequeña fuente de ingresos al ocuparse de una pareja de ancianos a los que asistía a diario en pequeñas labores domésticas. Pero la conciencia de Ángel buscaba incesantemente argumentos en contra de aquella locura, en tanto que su corazón le gritaba que estaba en el buen camino.

Entonces, como traído de la mano del destino, apareció como una exhalación don Hermesindo, el cura. Sus golpes de nudillos en la puerta, nerviosos y apresurados, decían mucho de lo que traía en su cabeza. Flora abrió y, en dos zancadas, el sacerdote se plantó ante Ángel, lo agarró por la pechera y lo agitó como si fuera un muñeco de trapo.

—¿Es verdad lo que me han dicho, Ángel? ¿Es eso cierto?

Era obvio que la mano de Flora estaba detrás de aquella tempestuosa irrupción del páter. Él era su última esperanza antes de ver partir a su hijo.

—No sé qué le han dicho, don Hermesindo —fue la tranquila respuesta del muchacho.

—Debe de ser una tontería, a buen seguro —ironizó el cura—. Imagínate que he oído que se te ha ocurrido la peregrina idea de marcharte a vivir al monte Origo, en la cueva donde vivió el pobre Gaspar, que todos sabemos cómo terminó. Espero que su estrambótica filosofía no acabara por convencerte de que esa vida es la mejor para ti. Dime que no es verdad y reiremos juntos.

—Me marcho al monte, es cierto —Ángel habló en voz muy baja, apenas perceptible, pero con seguridad—. Y lamento contradecirle, don Hermesindo, porque la estrambótica filosofía de aquel buen hombre es lo único razonable que me han contado en los años que llevo en este mundo.

Descorazonado, el cura soltó la presa que había hecho en las ropas del joven y descolgó sus brazos en señal de desesperación, al tiempo que negaba con la cabeza. Hizo un verdadero esfuerzo para controlar su irritación y, en tono sereno ahora, tal vez porque presentía lo inapelable de la decisión del muchacho, habló como para sí mismo.

—Ya supuso bastante disgusto para mí tu negativa a ingresar en el seminario, que hubiera supuesto mucho para una persona como tú, con tus inquietudes espirituales, con ese corazón que no cabe en este pueblo, con tu inteligencia y gusto por el estudio. Resignado, te abrí mi casa para que pudieras acceder libremente a mi biblioteca, mi más preciado tesoro en este mundo. Así, al menos, me aseguraba de que adquirieras toda la formación y la cultura que había de necesitar tu espíritu inquieto. Y bien que lo aprovechaste. Traté de impedir que una mente como la tuya se desperdiciara labrando campos, porque para eso ya hay suficientes mozos en el pueblo con buenos brazos y poco cerebro. Y ahora, por si faltaba algo, me entero de que lías el petate, abandonas a tu pobre madre y te largas con viento fresco a vivir como un animal en una cueva. ¡Muchacho, cometes un grave error!

Durante la alocución del religioso, su tono había ido *in crescendo*. Sus esfuerzos por autocontrolarse, por no elevar demasiado la voz, por no parecer excitado, fracasaban estrepitosamente ante el hervor de su sangre. Ángel había bajado la cabeza, siempre respetuoso ante la autoridad moral que para él representaba aquel buen cura, pero, llegados a este punto, el joven creyó necesario hacer valer sus motivos, que intentó exponer razonadamente.

—Permítame una pregunta, don Hermesindo. ¿Por qué es usted sacerdote?

—la interrogativa de Ángel, pese a lo respetuoso de su formulación, cayó como una pesada losa en medio de la estancia.

Desconcertado, el cura apartó la mirada durante unos segundos mientras trataba de elaborar una respuesta adecuada y honesta a la vez.

—Porque sentí la vocación para ello —dijo finalmente—. Pero no sé a qué viene ahora...

—Perdóneme, padre, pero opino que hay una razón anterior y más importante que la vocación para que usted fuera sacerdote —respondió Ángel sin abandonar su cauteloso hilo de voz—. Esa razón no es otra que la voluntad del Creador. Él es quien, en suma, permite que suceda todo cuanto acontece en el universo. Usted es sacerdote porque Él así lo dispuso, y para ello le infundió lo que llamamos vocación.

—Bien, ¿y qué hay con eso?

—Si Él permite que yo haga lo que estoy a punto de hacer, y resulta que transcurre el tiempo y yo sigo haciendo lo que pretendo, ¿no significaría que el Creador también ha dispuesto que éste sea mi camino? ¿No se ocupará Él mismo de impedir que vaya por un camino equivocado? Si en usted depositó la semilla de la vocación religiosa para que, al seguirla, lo sirviera de la forma maravillosa que usted lo hace, igualmente habrá hecho conmigo, pues también soy hijo suyo, aunque sea el más insignificante de todos.

—¿Me estás diciendo, Ángel —preguntó el cura gratamente sorprendido—, que el impulso que te lleva a retirarte al monte es una especie de vocación y que sientes que el mismo Dios es quien te llama?

—Más o menos y salvadas las distancias —el joven asintió con una sonrisa que pretendía quitar hierro al enfrentamiento dialéctico.

Don Hermesindo apreció la honestidad del razonamiento del muchacho, a quien tanto había querido y en quien tantas esperanzas depositó un día. Por eso, le devolvió la sonrisa.

—Que tengas mucha suerte, muchacho —le dijo de corazón—. Tengo mis dudas, pero tal vez sea también voluntad de Dios que tú conviertas aquel agujero en una antesala de su reino. Cada uno ha de seguir su sendero, ésa es la única verdad.

Luego saludó con un gesto a Flora, que escuchaba sentada, y abandonó pensativo la casa, esta vez sin su portazo habitual. El cura acababa de verse a sí mismo, cuarenta y cinco años atrás, retratado en la firmeza de la mirada de aquel joven.

Contrariamente a lo que el propio don Hermesindo hubiera sospechado, su figura representaba para el muchacho un ejemplo y un estímulo. Ángel lo imaginó en sus primeros años, cuando, seguramente, había atravesado por el amargo instante que él ahora vivía. También sus padres debieron de llorar cuando él sintió en su pecho la llamada y una fuerza desconocida e imparable le hizo dar aquel paso decisivo en su vida. La congoja familiar no había bastado para detenerlo en su determinación. Hizo lo que debía hacer; nada más.

Por eso él, ahora, tenía que sobreponerse a las lágrimas de su madre, a la que había visto sufrir por su causa y que había gastado su juventud en la crianza de dos vástagos, que finalmente la abandonaron. Sabía que ella nunca podría comprender aquel abandono en la soledad de una casa donde tanta vida hubo en otro tiempo y tan poca quedaba ya, para ir a enfrentarse con una incierta forma de existencia, que tampoco se sabía a quién podía beneficiar.

Tras recoger su escasa impedimenta, Ángel volvió a besarla, acarició con el dorso de la mano su rostro, surcado por la huella indeleble del tiempo y ahora inexpresivo, y se dirigió a la puerta, no sin antes mentirle por última vez.

—Bajaré a verte con frecuencia, madre.

Camino de la cueva, sentimientos encontrados pugnaban en su pecho. La euforia de quien emprende la aventura de su vida, el dolor por la madre querida que quedó atrás y el vértigo ante un futuro ignoto y, sin duda, lleno de dificultades, se alternaban en su ánimo, sólo aliviado por el paso ligero y agotador que imprimió a su marcha. Era consciente de que en ese momento crucial de su existencia huía de todo, incluso de sí mismo. Y experimentó la desagradable sensación del vacío delante de los pies.

Tampoco ignoraba que la culpa, esa taimada compañera del miedo y enemiga de los hombres, iba a perseguirlo por el resto de sus días, y así lo aceptó como justa carga por el dolor causado. Lastrado con ella, trató de acomodarse a su nuevo espacio en el mundo y concentró todas sus energías en cada nuevo paso de sus botas de montaña, mientras no cesaba de repetirse, como si aún le costase trabajo aceptarlo, el eco de las últimas palabras de don Hermesindo: «Cada uno ha de seguir su sendero; ésa es la única verdad.»

II

EL HIJO DE LA MADRE TIERRA

En aquella primera noche que Ángel pasó completamente solo en la cueva de Gaspar, su flauta sonó hasta la madrugada. Su música, viva como nunca, llovió en oleadas al capricho del viento sobre los inertes tejados del viejo pueblo, como una inusitada bendición.

Cuando, al día siguiente, la noticia de la marcha definitiva de Ángel al monte Origo se extendió por Torcegada, se formaron corrillos en la plaza y no hubo otro tema de conversación. Alguien tuvo la ocurrencia de llamar a aquel lugar la Cueva del Hombre Bueno, no se sabía muy bien si en memoria de Gaspar o a causa del nuevo inquilino, y con tal nombre fue por muchos conocido desde entonces el agujero que Ángel había elegido como nuevo hogar. Otros, sin embargo, menos proclives a creer en la grandeza del alma humana y a considerar a sus semejantes capaces de sacrificio alguno, habían preferido denominarla, ya en tiempos del anciano solitario, la Cueva del Loco. Así, la población de Torcegada se fue dividiendo, en cuanto a los inquilinos de la primitiva morada del monte Origo, en dos grupos: los detractores y los indiferentes. Pero nadie osaba declararse abiertamente a favor de la iniciativa del muchacho.

Transcurrieron varios días en los que la soledad no pesó demasiado en el ánimo del joven aprendiz de anacoreta. Antes bien, se sentía magníficamente acompañado por sus recientes amigos, los árboles ancianos, las gastadas rocas, tan viejas como la propia Creación, el aire fresco y su especial habilidad para silbar en su oído preciosas melodías imposibles de transcribir en un pentagrama, y las aves, que con su vivaracha presencia le alegraban la vista y con sus cantos, el alma. Su entrega a la meditación y al conocimiento de sí mismo era total, y dedicaba apenas un rato de cada jornada al alimento y al aseo personal, únicas servidumbres que la necesidad hace ineludibles en toda circunstancia.

Una tarde apareció por allí un pastor, conocido de Ángel desde la niñez. Habían sido compañeros de escuela. Aquel muchacho, de nombre Tomás, nunca había mostrado inclinación por los estudios ni por ocupación alguna que lo retuviera durante un rato en un mismo lugar. Tal vez por eso había abandonado las aulas en los primeros años, tras cosechar un desastroso expediente académico. Con frecuencia, la condición de bruto para asuntos de letras conlleva la de bruto en el arte de encajar cachetes. Por eso, los maestros se ensañaban con él, que permanecía impávido bajo la somanta de palos, cualquiera que fuese la parte de su anatomía en que éstos fuesen administrados. Siempre que Ángel lo veía rodeado de sus cabras y con su jauría de perros —todos ellos más inteligentes que él—, pensaba que aquella vida era la mejor que Tomás había podido escoger. Su única obligación consistía en deambular por montes, cañadas y prados en busca del pasto más fresco y, desde luego, a prudente distancia de cualquier objeto que le recordara ni remotamente a una página escrita. El joven anacoreta pensaba, divertido, que si los seres humanos naciesen con el nombre de su futura profesión grabado en la frente, Tomás habría venido al mundo con la palabra pastor inscrita en preciosos tipos carolingios.

Le traía una carta de su madre que alguna de las pocas personas instruidas del pueblo le había hecho el favor de escribir para él. Ángel creyó, incluso, reconocer la letra de don Hermesindo y le enterneció imaginarlos a ambos conspirando en un desesperado intento de atraerlo de vuelta a casa. Se dispuso a leerla algo contrariado, convencido de que iba a resultarle muy difícil hallar la paz bajo una constante andanada de reproches. Sin embargo, se quedó helado cuando comprobó que, en pocas líneas, Flora le comunicaba su decisión de marcharse a la capital con Teo, su hijo mayor, quien le había hecho el ofrecimiento tan pronto como supo que se había quedado sola. Añadía que, en vista de la irrevocable decisión de Ángel de apartarse del mundo, no tenía para ella sentido alguno permanecer en aquel pueblo, cada vez más abandonado por todos.

Las lágrimas inundaron los ojos de Ángel y dificultaron su lectura de las últimas líneas. Sin embargo, no halló en éstas una especial intención de reproche, ni siquiera resentimiento. Conocía a su madre y sabía que con aquellas letras dejaba tan sólo traslucir la tristeza de quien da por terminada una misión hermosa y difícil a la vez. Ella había aceptado la voluntad de su hijo, porque no había hecho otra cosa en toda su vida que acatar los deseos de los hombres que la rodearon, observar cómo ellos vivían y bendecirlos.

Un hondo sentimiento de añoranza invadió el ánimo del joven. Algo le decía que nunca más volvería a verla. Se enfrentaba así al primer trago amargo que su nueva vida, tan ansiada, le obligaba a paladear. El desapego, que para su maestro Gaspar había constituido un pilar fundamental en el camino espiritual, no iba a resultar nada fácil de alcanzar. Aquella noche, Ángel no fue capaz de llevarse la flauta a los labios.

Pasaron las semanas, y el solitario joven encontraba difícil acostumbrarse a su nueva vida. A pesar de las innumerables enseñanzas prácticas del viejo Gaspar, no conseguía alimentarse mínimamente bien y pasaba frío por lo inadecuado de sus ropas. A pesar de que la cueva mantenía una temperatura prácticamente constante a lo largo de todo el año, era preciso cubrirse con una manta para no helarse de noche, y durante el día, a la intemperie, mientras meditaba o en cualquiera de sus actividades, podía Ángel sentir también el aviso del incipiente invierno. Acostumbrado a las comodidades de una casa, a poder usar un cuarto de baño o a dormir en una cama, la caverna le resultaba hostil y no parecía dispuesta a admitirlo fácilmente como inquilino.

Pronto tuvo que prescindir de las ropas que había traído de casa. Sus pantalones se enganchaban constantemente en las zarzas, y las prendas apenas resistían unos lavados en el arroyo a golpes de piedra. Así, recurrió a la técnica aprendida de Gaspar, que consistía en tejer prendas fuertes a base de fibras vegetales con tallos finísimos de plantas cuyo nombre desconocía, que, una vez secos y fuertemente entrelazados, parecían resistir bien los esfuerzos de la vida al aire libre y, desde luego, daban mejor resultado que las fibras sintéticas.

Por otro lado, empezó a dedicar largos ratos a practicar el cultivo del champiñón, cuyos secretos también Gaspar le había transmitido con detalle. Buena parte del material utilizado por el anciano había permanecido intacto en la cueva, y pronto Ángel aprendió a sacar provecho de él. Por supuesto, el anciano había utilizado siempre la técnica de reproducción vegetativa, que consistía en utilizar un trocito del llamado carpóforo o sombrero de un buen ejemplar de champiñón que, sumergido en un caldo de cultivo especial, era capaz de dar lugar al micelio o semilla del hongo. El caldo de cultivo que Ángel utilizaba, generalmente con éxito, consistía en una cierta cantidad de agua en la que hervía previamente una patatas cortadas sin pelar. Ese caldo quedaba dentro de unos recipientes sellados. Al cabo de unos quince días, empezaban a aparecer los pelillos blancos del micelio, que pronto se extendían por el frasco. La siguiente etapa consistía en la multiplicación del micelio, que Ángel conseguía con la introducción en los susodichos recipientes de unos granos de trigo hervido y escurrido, cuya presencia aceleraba el proceso, hasta que el micelio invadía todo el recipiente y llegaba a semejar a una bola de algodón. El anciano anacoreta había enseñado también a Ángel que el sustrato más usual y fácil para la siembra de la simiente del champiñón era el de paja. Una vez hervida y húmeda, estaba lista para sembrar en ella los micelios, después de colocarla dentro de bolsitas de plástico, a modo de pequeños invernaderos, y practicar unos agujeros para permitir respirar al cultivo. Así debía permanecer unos treinta días, en que la temperatura de la gruta donde se realizaba el delicado trabajo no debía variar demasiado. Una vez transcurrido dicho período, Ángel retiraba las bolsas de plástico para dejar salir a los hongos, que empezaban a surgir al cabo de unos sesenta días más. Entre el otoño y la primavera podía el joven seguir recolectando champiñón, repartido en varias cosechas, lo que le permitiría alimentarse y vender una parte de ellas.

A tal fin llegó a un acuerdo con Tomás, el pastor, su único visitante por aquellas fechas, quien, a cambio de algunos kilos del preciado hongo, le solía dejar unos cuantos litros de leche de cabra, importante fundamento en su alimentación. Con el tiempo, Tomás conseguiría que el joven anacoreta le confiase su cosecha de champiñón, para venderla él mismo en el pequeño mercado de Torcegada y en pueblos vecinos. Aun a sabiendas de que gran parte de las ganancias en metálico quedaba en poder del pastor, Ángel le entregaba los canastos que iba llenando de hongos, y exigía a cambio tan sólo algo de comida, pan, verduras y frutas, así como algunos utensilios de uso habitual. Pronto esta modalidad de comercio entre ambos hombres, tan antigua como la humanidad, se convirtió para ellos en costumbre, y si uno tenía la sagrada obligación de conseguir la mejor cosecha posible de hongos, era misión ineludible del otro darles la mejor salida en el mercado y aprovisionar así al solitario habitante del monte Origo. Esta primitiva *permuta* se producía, al menos, una vez cada quince días mientras el cultivo seguía dando fruto. El único aspecto de la vida de Ángel que el pastor no comprendía era su absoluto desprecio del dinero, lo que, sin embargo, a él le reportaba ventajosos negocios y le tenía encantado.

Por supuesto, Ángel visitaba a diario la gruta del champiñón, en la que su medio de vida crecía a ojos vista, y recolectaba uno a uno aquellos hermosos milagros en forma de parasol, que el magnífico poder de la naturaleza hacía brotar con un poco de ayuda por su parte. El champiñón era muy apreciado y se pagaba bien por su escasez. Era necesaria mucha paciencia y habilidad para conseguir cosechas medianamente aceptables, y pocos tenían la disposición necesaria para tal empresa. Pero Ángel tenía tiempo, mucho tiempo, y la tenacidad había sido siempre una de sus virtudes más descollantes.

Sus amaneceres en aquellas soledades eran sinónimo

de meditación. A ella solía dedicar un largo rato cada día, siempre frente a la salida del Sol, que se prolongaba hasta que el astro se hallaba bien alto en la bóveda celeste, momento en que procedía al ritual de la ablución en las transparentes y frescas aguas del arroyo cercano. Después solía dar un largo paseo por los bosques de los alrededores, donde se dedicaba a la recolección de raíces, bayas y frutos silvestres, así como al acopio de leña, siempre imprescindible.

Por la tarde, antes del oscurecer, se sentaba en cualquier roca, dejaba en reposo sus extremidades y, con los ojos cerrados, escuchaba en profundidad la vida a su alrededor. De esa forma podía oír sonidos de la naturaleza en los que nunca antes había reparado. Era como si los árboles, pájaros, insectos y alimañas, que en buena vecindad compartían el paraje, se esforzasen por susurrar a su oído palabras de amistad en los más diversos idiomas, voces pronunciadas sólo para él, negadas al resto del género humano.

Era frugal en las comidas, consciente de que el estómago demasiado repleto dificultaba la capacidad de meditación. Con ello, además, fortalecía su espíritu, ya de por sí habituado al sacrificio y la renuncia.

Terminaba siempre su jornada entregado a la flauta durante horas. Gozaba al interpretar melodías que dictaban las hojas de los árboles, suavemente mecidas por el fresco viento de la montaña, arropado con eficacia por los coros de pájaros, que esperaban pacientemente el inicio del diario recital, fieles a su cita cotidiana con aquel extraño ser que portaba el sonido de la paz.

Un hombre sencillo en medio de la naturaleza, como parte integrante e inseparable de ésta, que a su vez lo abrazaba como hijo suyo. Hombre y naturaleza en feliz encuentro en medio del paraíso, aún presente sobre la faz de la Tierra. No era fácil para el ser humano, forzado durante milenios a trazar líneas divisorias entre la Creación y él mismo, volver a integrarse en la que siempre había sido su casa, su seno materno, el útero primero que el Supremo Hacedor había utilizado para gestarlo. Con el transcurso de los siglos, el hombre había dado la espalda al medio natural y se había acostumbrado a acercarse a él de forma excepcional, como un acontecimiento, en lugar de hallarse en su seno como un recién nacido en brazos de su madre. Pero ahora un hijo pródigo regresaba al hogar, al que había sido siempre el nido de la especie humana, y regresaba para quedarse, para volver a ser lo que nunca debió dejar de ser: el hijo de la madre Tierra.

III

NADA ES FÁCIL

Uno de los perros de Tomás solía anticiparse a la llegada de éste, lo que ponía sobre aviso al joven anacoreta. Cuando el animal veía al pastor encaminar sus pasos hacia la zona rocosa del monte Origo en la que se hallaba la cueva de Ángel, se plantaba en una carrera a la entrada de la gruta y ladraba, como si quisiera advertir a su ocupante que nada menos que su amo estaba por llegar y merecía ser bien recibido.

Tomás constituía el único contacto humano de Ángel desde hacía meses, por eso no podía evitar sentir agrado cuando el rudo cabrero se presentaba, siempre portador de enseres preciosos en aquellas soledades. El neófito solitario agradecía que se mantuviera vivo, al menos por el momento, aquel débil nexo con la sociedad organizada. No resultaba fácil para quien había vivido sus veinticuatro años en la civilización —si es que Torcegada no se encontraba más bien en la periferia del mundo civilizado— apartarse de ella física y mentalmente de la noche a la mañana. En muchas ocasiones lo asaltaban irrefrenables deseos de bajar al pueblo, pasear por sus angostas calles y tropezarse con sus vecinos de toda la vida, incluidos los que nunca lo apreciaron. Era consciente de que el pastor, habitante a medias del pueblo y de sus agrestes alrededores, era también, con toda certeza, el único que había aprendido a extraer lo esencial de ambos entornos. También de él, pese a su ignorancia, había mucho que aprender. Ángel lo recibía con sincero gozo y gustaba de escuchar sus noticias que, a grito pelado, quebrantaban el impresionante silencio de las alturas.

Pero esta vez Tomás no traía consigo alimentos, utensilios ni chismorreos para el anacoreta; tan sólo le entregó una carta. Ángel, que cuando vivía en el pueblo jamás había mantenido correspondencia alguna, se sorprendió considerablemente al recibir una nueva misiva precisamente ahora, tras interrumpir su contacto con la sociedad. ¿O era, quizá, por eso mismo?

Al leer en el remite las señas de su hermano Teo, con quien había perdido todo contacto hacía ya varios años, presintió que nada bueno iba a leer, máxime cuando su madre vivía ahora con el remitente. Mientras rasgaba el sobre, el trasluz reveló un escrito ciertamente breve, de apenas unas líneas. Y su corazón adivinó, aun antes de leerla, lo que la carta decía:

>«Querido Ángel:
>Me dirijo a ti después de varios años de recíproco silencio para darte malas noticias. Nuestra madre falleció ayer, día nueve de noviembre, atropellada por un autobús cuando regresaba de su paseo diario. Parece que el clima seco de la ciudad le había sentado bien a su espalda y se encontraba mejor. Fue una imprudencia por su parte intentar cruzar la calle en una esquina con el semáforo de peatones en rojo. Nunca llegó a acostumbrarse a la vida en la capital; creo que hubiera sido

mejor para ella haber permanecido en Torcegada, donde siempre vivió. Pero no soportaba la soledad a que se había visto relegada, y la necesidad la obligó a venir a vivir conmigo, lo que le ha costado la vida.

Sin embargo, no veas en estas letras reproche alguno, pues también yo busqué egoístamente mi futuro, sin volver la vista atrás ni por un momento. Supongo que es ley de vida.

Ignoro tu exacto paradero, así que remito la presente al párroco de Torcegada en la confianza de que tendrá la bondad de hacértela llegar. Supongo que cuando la leas ya será tarde para que acudas al entierro, que se celebra hoy. Al menos he cumplido con mi obligación de comunicarte el trágico final de nuestra querida madre.

Un abrazo.

Teo.»

La misiva había sido escrita cuatro días antes de la fecha en que llegó a manos de Ángel. Tomás ya conocía la mala noticia, que había llegado al pueblo antes que la carta, pero don Hermesindo era demasiado mayor como para subir en persona a comunicársela, y nadie más había querido molestarse en ello hasta que apareció el cabrero. Éste, cumplida su misión y algo incómodo por la situación, dio al extraño habitante de la cueva unos golpecitos en el hombro, en señal de pésame, recogió su zurrón y la larga vara que usaba para el manejo del ganado, silbó a sus perros y marchose por donde había venido.

Ángel no reaccionó hasta pasados unos minutos. Había quedado de pie, en la misma posición en que Tomás lo dejó, con la carta en la mano, los brazos caídos a lo largo del cuerpo y la mirada perdida de un náufrago en la lejanía del bosque, que se extendía a su alrededor como un vasto océano de destierro. Buscaba con desesperación pero sin éxito el rostro de su madre en su memoria. Podía recordar a la perfección todos y cada uno de los detalles del salón de su casa en Torcegada, la chimenea, la mesa y las sillas de anea, casi todas con el asiento deshilachado; recordaba la oscura escalera que daba acceso a la planta superior y a su mundo interior; su dormitorio, tierra de libros esparcidos por encima de la cama y por el suelo; la cocina, donde tantas horas al día pasaba su madre... Pero las tiernas facciones de la mujer que le diera la vida y le entregara su salud se habían borrado de aquel cuadro. Al cabo de un rato, se le encharcaron los ojos de dolor y resbalaron por sus mejillas, casi de adolescente, las lágrimas, que discurrieron tibias y espesas sin que nada las detuviera en su camino hasta mojar la tierra, ahora su única y definitiva madre.

Sin embargo, su tristeza no provenía sólo del hecho de aquella muerte. Según las enseñanzas de Gaspar, ella no se había extinguido; tan sólo había alcanzado la liberación de su atadura física al mundo material, para integrarse en la divinidad de la que cada alma procede y a la que ha de regresar. Para ella se había cumplido el ciclo. No, las lágrimas de Ángel no brotaban sólo por la muerte de Flora, sino porque comprendió con horror que ella, sin duda, permanecería aún en el mundo de los vivos de no haber tomado él la decisión de abandonar el pueblo y marcharse a la montaña. De nuevo la culpa, su constante y tenaz persecutora, lo asaltaba y se hacía con él. No era justo que su madre hubiera muerto de aquella forma, atropellada en una calle de la capital. El egoísmo de su hijo menor la había empujado a un mundo hostil e inhóspito, en busca de quien pudiera acompañar su vejez.

Tenía razón Teo en sus reproches y no valía para nada que intentara disimularlos en su carta.

No existe en la vida de una persona una sola acción u omisión que no pueda serle reprochada más tarde. De todos y cada uno de los pasos que damos en nuestro camino, o de sus consecuencias, siempre habrá alguien que intente hacernos sentir culpables. Nada es inocuo ni anodino. Todo duele o dolerá; todo destruye o causará destrucción; todo actúa en contra de la voluntad, del interés o del deseo de alguien. Y entonces el miedo, ese compañero inseparable de la culpa, causa y a la vez consecuencia de ésta, hace su devastadora aparición y atenaza el corazón con sus gélidas garras.

Durante muchas noches, la flauta del hombre del monte Origo permaneció muda. Ángel pasaba horas tiritando, más de miedo que de frío, en las entrañas del macizo rocoso, recelaba de cualquier crujido extraño, apenas asomaba al exterior, y confundía el día con la noche en un *continuum* temporal sin ciclos; comía cuando sentía necesidad y dormía cuando podía, siempre en un frágil duermevela que se quebraba como una hoja seca; aborrecía su pasado, le disgustaba su presente y le horrorizaba el porvenir, que asociaba sin remedio a una muerte lenta y cruel. Todas sus expectativas se habían venido abajo entre las fauces del miedo, y en el fondo, agazapada entre los pliegues de su corazón, la culpa extendía sus raíces, implacable.

En medio del infierno, otra carta de su hermano lo sorprendió de nuevo. Le anunciaba su decisión de renunciar a cualquier derecho que pudiera corresponderle sobre los pocos bienes que la familia poseía en Torcegada, que se reducían a la vieja casa, ruinosa desde la muerte de su padre, y unos pequeños corrales vacíos. Parecía como si Teo deseara fervientemente romper cualquier vínculo con el pueblo que lo vio nacer y, por ende, con su pasado. Hacía muchos años que pertenecía a otro mundo. Inmerso en la vorágine de la gran ciudad, tenía un buen empleo en un bufete, que le reportaba ingresos más que suficientes para llevar una vida acomodada, y cualquier referencia a su pasado en aquel pueblucho olvidado de todos estaba de más.

Mientras contemplaba cómo el caro papel de alto gramaje ardía en la lumbre, Ángel sintió que tocaba fondo. No podía estar más solo ni podía ser más desgraciado. Nada podía reprochar a su hermano, porque tampoco él quería otras ataduras con su pasado que los meros recuerdos. Probablemente, tanto a Teo como a él les viniera de familia aquella facilidad para desligarse de personas, hechos y lugares pretéritos. Tan distintos y sin embargo tan parecidos, los dos hermanos habían elegido romper con su vida anterior, si bien el mayor había escogido sumergirse de lleno en la civilización, el dinero y la prisa, en tanto que él prefirió la soledad y el silencio de las boscosas alturas. Gaspar siempre le había hablado del desapego como un bien espiritual a alcanzar. Sólo mediante el alejamiento de lo que más daño puede hacernos, porque lo amamos, podemos estar en nosotros mismos con plenitud. Y el terrible caos espiritual por el que atravesaba Ángel era una muestra evidente de que no había logrado ese encuentro consigo mismo a causa del remordimiento, la culpa y el temor consiguiente. El resultado era un castigo insoportable que él mismo, inadvertidamente, se infligía.

Así pues, aprovechando aquel instante de lucidez, el joven anacoreta se encaminó hacia Torcegada. Estaba transtornado y la mala vida de los últimos días lo había debilitado en extremo, pero la situación no admitía demoras. Tenía que terminar de una vez por todas con la tortura de su vida pasada.

Dos horas de camino más tarde se hallaba en el pueblo. Buscó a don Hermesindo en la iglesia, lo halló ocupado en el confesionario y se sentó a esperar en uno de los bancos. Levantó la vista hacia el altar, un excelente retablo barroco con profusión de artesonados y oropeles en torno a una hermosa talla del Crucificado. Siempre le había enternecido la visión del rostro de aquel hombre, surcado por hilillos de sangre que brotaban de la frente y las sienes, donde se clavaban las espinas de la atroz corona. Los ojos de aquella representación, aun revelando infinito sufrimiento, mostraban ante todo una serenidad incomprensible en tales circunstancias, detalle que desde niño había llamado poderosamente su atención. ¿Cómo podía alguien conservar aquella dulce mirada mientras se hallaba clavado en un madero, coronado de espinas y tras haber recibido mil inmerecidos castigos corporales? ¿No exageraban los pintores, imagineros y escultores de antaño los rasgos de divinidad en sus imágenes sacras? Y aquellas inocentes preguntas, que durante toda su vida se había hecho ante la imagen del Cristo de Torcegada, recibían hoy por fin sencilla respuesta. Los ojos de esa efigie no veían lo mismo que quienes lo azotaban, escupían y crucificaban; esos ojos veían al Creador mismo. No veían el odio, el desprecio y la burla de quienes lo maltrataban; aquellos serenos ojos daban amor a quien les escupía, paz a quien los violentaba, humildad a quien los despreciaba, vida a quien los asesinaba. ¿Cabía en ellos sentimiento alguno, distinto de aquella serenidad? No; los antiguos artistas no se equivocaban. El Hijo del Creador miraba así.

Una mano se posó repentinamente en su hombro e interrumpió sus reflexiones.

—¿Querías verme, hijo mío? —le preguntó el cura, que

trataba de disimular su emoción por ver de nuevo a su hijo predilecto.

—Sí, don Hermesindo. ¿Cómo está usted?

Ángel tomó la mano del sacerdote entre las suyas para besarla, pero éste, con una hábil sacudida que evidenció su fortaleza física, se la arrebató tal como era su costumbre. Sus manos pecadoras no eran dignas de ser besadas por nadie.

—Para empezar, tengo mejor aspecto que tú, muchacho. Al menos yo procuro dormir en una cama decente y alimentarme bien, hasta donde la templanza aconseje y mientras la divina Providencia lo permita. Lo has pensado mejor, ¿verdad? Me refiero a esa decisión tuya de abandonarlo todo.

—No, padre, no es eso. Le supongo enterado de la muerte de mi madre.

—Sí, hijo, y lo siento mucho. Ella fue una de las mujeres más decentes de este pueblo, y cuando digo decentes aludo a todos los órdenes de la vida.

—Sí que lo fue, padre. Lástima que sus hijos no supiéramos nunca corresponder a sus desvelos.

—No debes culparte, hijo mío —le advirtió el cura—. Ya hablamos de ese tema, ¿recuerdas?. Y nuestra conclusión fue que cada uno debe hacer su vida y seguir su vocación.

—No podría olvidar aquella conversación, don Hermesindo. Significó mucho para mí comprobar que usted también...

—A ver, a ver —interrumpió ahora el sacerdote, pudoroso—. ¿Qué querías decirme a propósito de la muerte de tu madre?

—Resulta que mi hermano Teo ha renunciado a sus derechos sobre la casa de mis padres en Torcegada, y yo he pensado que, como tampoco necesito la vivienda ni el dinero que ésta pueda valer...

—...quieres que yo la venda —completó el cura, que lo conocía mejor que él mismo— y distribuya el dinero entre quienes considere más necesitados.

—Así es. ¿Querrá usted hacerlo?

—Hijo mío, el Señor debe de tenerte reservado un cómodo asiento a su lado. O fuiste tocado por la mano del Altísimo o estás loco de remate, y todavía no sé cuál de esas dos posibilidades pueda ser más cierta ni, sobre todo, más peligrosa.

—Si usted no lo sabe, imagínese yo, padre. Así que estamos obligados a comprobarlo —bromeó Ángel, con una franca sonrisa.

Unos días más tarde, firmaba la donación de los bienes de su familia a la iglesia de Torcegada, con expresa mención del fin que había de darse a los mismos. Ningún documento podría borrar de su corazón la memoria de sus seres queridos, pero sus ataduras materiales con el pasado estaban definitivamente disueltas.

Durante los días siguientes tuvo que encontrarse con el cura en diversas ocasiones con motivo de los trámites legales de la donación. Ésas entrevistas y la siempre positiva disposición que en el sacerdote encontraba ayudaron a limpiar la mala conciencia del joven anacoreta, y le infundieron nuevos bríos para acometer su durísima vida con mejor ánimo. No obstante, pese a disiparse su dependencia del pasado, un nuevo apego surgía en su corazón. Aquel hombre de sotana, que se empeñaba en disimular su extraordinaria sensibilidad, tal vez el único ser sobre la faz de la Tierra capaz de comprender sus inquietudes, se hacía acreedor a un cariño y gratitud inmensos. ¿Por qué siempre había de sentirse ligado a alguien?

Durante el siguiente año, el habitante de la gruta del monte Origo consiguió, poco a poco, adaptarse a la vida sencilla pero penosa del retiro en la montaña. Extinguidos en buena medida los miedos y las culpas, su espíritu se hallaba cada vez más preparado para la soledad. Empezaba a atisbar que el aislamiento puede conllevar mucho más que tristeza, nostalgia o huida. El mundo seguía allí, donde siempre, a un par de horas de camino; pero él se había convertido en un buscador de sí mismo y el alejamiento era requisito fundamental para un noviciado que la civilización podía entorpecer con facilidad. No obstante, no bastaba con la renuncia a las comodidades, ni con buscar su propia verdad en un sombrío rincón entre los peñascos; Ángel era consciente de que, antes o después, necesitaría regalar su experiencia sin esperar reconocimiento ni pago alguno. Había aprendido mucho en sus veinticinco años de vida, especialmente en los dos últimos, en que había tomado el rumbo que había de conducirlo —estaba convencido— al encuentro consigo mismo. En tan breve tiempo se había convertido en un intruso del Ángel que en otro tiempo fue, pues mucho había caminado su saber desde la última vez que pernoctó en una casa construida por la mano de los hombres. Ahora procuraba no mirar atrás; el horizonte que ante él se desplegaba cada amanecer era demasiado hermoso como para desperdiciar la vida en otra cosa.

IV

LO QUE NO MATA FORTALECE

Una madrugada, cuando aún la noche no había rendido sus armas ante el ímpetu del nuevo día, lo despertaron voces agitadas en el exterior de la cueva. Con el candil encendido caminó hacia la salida, convencido de que encontraría a Tomás, el único que solía aparecer por allí, si bien jamás lo hacía a tan temprana hora. Descorrió el madero que cubría el acceso a la gruta y vio que se aproximaban dos inconfundibles siluetas. La oscuridad era aún mucha, pero la forma de los tricornios, dibujada sobre el apenas insinuado claror matutino, no dejaba lugar a dudas.

—¿Quién vive? —preguntó con autoridad uno de los visitantes.

—Un hombre —respondió Ángel con tranquilidad.

—¡Identifíquese a la Guardia Civil!

Con la linterna que portaba, el guardia apuntó al rostro de Ángel, que hubo de ladear la cabeza, encandilado.

—Mi nombre es Ángel Gascón —dijo—. Soy el hijo menor de Teófilo y Flora, de Torcegada.

—¡A ti te veníamos a buscar! ¡Acércate despacio y con las manos en alto! —el guardia siguió iluminando la entrada de la caverna, mientras su compañero apuntaba con el arma hacia el anacoreta.

Ángel obedeció extrañado, consciente de no haber cometido delito alguno. Sin embargo, cuando la luz de la linterna dejó de cegarlo y alcanzó a ver el rostro del guardia más próximo, comprendió que, en realidad, aquella visita no obedecía a una operación rutinaria en busca de una persona extraviada o de algún delincuente huido a las montañas. Los guardias venían a por él, seguramente enviados por el sargento comandante del cuartelillo.

Cuando llegó junto al primero de ellos, éste extrajo las esposas de su cinturón y se dispuso a colocárselas, de lo que desistió tras un gesto de su compañero. No obstante, le advirtió:

—Si intentas escapar te aso a tiros.

—Me gustaría saber de qué se me acusa —inquirió Ángel, que trataba de conservar la calma.

—De momento tenemos orden de llevarte al cuartelillo. Si se te acusa de algo o se te detiene, ya te lo dirán en su momento.

—¿Tengo obligación de acompañarlos, aun sin estar detenido ni acusado de nada en concreto?

—No estás obligado, pero te conviene hacerlo, muchacho. ¿O prefieres que suba hasta aquí a buscarte el sargento en persona? Te advierto que no le gusta nada subir montañas y suele hacerse trajes con el pellejo de los que incumplen sus órdenes.

La chulesca amenaza sonó ridícula a los oídos de Ángel, pero era consciente de que cualquier problema que surgiera con aquellos hombres se volvería, con toda seguridad, en contra suya. Accedió, pues, a acompañarlos sin oponer resistencia, más por un acto de prudencia que por la credibilidad de las advertencias del uniformado.

—Puede usted bajar ese arma, porque no voy a escaparme —díjole al guardia, consciente de que no le haría el menor caso, mientras comenzaban a caminar monte abajo en dirección al pueblo.

Ya había recorrido el sol un buen trecho en su cotidiano paseo por la bóveda celeste cuando los pasos de los tres hombres se dejaron oír en las callejuelas de Torcegada. La gente abandonaba sus quehaceres o se detenía para observarlos. Y, como ya era una tradición, los pareceres eran tan diversos como los individuos. Algunos sonreían satisfechos, los mismos que nunca habían simpatizado con el joven Ángel, ni siquiera cuando era niño, incapaces de admitir que alguien pudiese sacrificarse por un ideal. Otros, sin embargo, lamentaban que la benemérita empleara sus efectivos en incordiar a quien, a buen seguro, nada malo había hecho, en tanto que los abundantes rateros, constante pesadilla de algunos terratenientes de la zona y de no pocos habitantes del pueblo, actuaban a sus anchas.

Llegados al cuartelillo, Ángel fue llevado a empujones ante el sargento García, un tipo mal encarado, con grueso bigote, que ya encanecía, barriga prominente, que delataba agotadoras jornadas de trabajo con las piernas en alto, y, dibujado en el rostro, el hartazgo de la vida de uniforme y el ansia por alcanzar la jubilación, para la que aún debían de restarle al menos dos lustros.

Sin saludar a Ángel, se entretuvo durante unos segundos en repasarlo con la mirada de los pies a la cabeza, y dejó asomar una sonrisa despectiva, que acabó convertida en una mueca de asco.

—No estás detenido... Ángel Gascón —había mirado uno de los papeles que tenía ante sí, en el escritorio, para recordar el nombre—, pero puedes estarlo tan pronto como a mí me dé la gana. O puedo elegir no detenerte y explicarte las cosas de otra manera. Te aconsejo que no me pongas a prueba y colabores conmigo.

—Usted dirá en qué puedo ayudarle, sargento —fiel a su temperamento apacible, Ángel trataba de aclarar el malentendido, cualquiera que fuera.

—¿Ayudarme tú? Escúchame bien, vagabundo: estás metido en un lío muy gordo, y aquí soy yo quien puede ayudarte a ti. Y te va a hacer falta.

—Entonces, sargento, le agradeceré que lo haga, porque francamente no sé a qué viene todo esto.

—¡Cállate la boca! ¡Habla sólo cuando se te pregunte! —estalló García, que continuaba empeñado en dejar claro quién mandaba.

Un largo silencio siguió a los berridos del sargento. Ángel entornó los párpados y se obligó a ralentizar la respiración. La calma regresó a su pecho.

No se podía decir lo mismo del sargento, quien, no del todo convencido de que dominaba totalmente la situación, insistió en su tono colérico.

—Escúchame bien, santurrón de las narices: el caudillo ha muerto. Sí, él, el generalísimo de los ejércitos, aquél que un día condujo a la patria al aplastamiento definitivo de la horda roja, ha sido vencido por su único enemigo posible: la enfermedad —mientras formulaba su panegírico, púsose en pie sin darse cuenta—. Tengo órdenes expresas de detener a cualquier sujeto que, por el motivo que sea, despierte el recelo de la población, y aplicarle de inmediato la ley de vagos y maleantes. Y tú, por supuesto, eres uno de los que más suspicacias ha levantado en los últimos tiempos en Torcegada, con esa extraña conducta tuya que nadie entiende. Algunos incluso sospechamos que tu alejamiento del pueblo no es producto de esas extrañas ideas, que dicen que te transmitió aquel viejo loco. Creemos más bien que estás en contacto con grupos subversivos, es decir, con hijos de puta, que esperaban que sucediera lo que hoy ha sucedido con nuestro caudillo para lanzarse como alimañas contra el pacífico pueblo, con la oscura finalidad de hacernos tragar el jodido comunismo. ¡Y eso, jamás! ¿Qué tienes que decir a esto?

—No conozco a nadie relacionado con esos grupos a los que usted se refiere, sargento. En realidad, no sé de qué clase de subversivos se trata. Yo estoy en el monte Origo por propia decisión, para vivir en plena naturaleza y alejado precisamente de los asuntos mundanos. Mis únicos ideales son la meditación, la música de mi flauta y el bien de mis semejantes, en la medida en que me sea posible hacerlo —contestó Ángel.

—Tú mismo lo has dicho: «el bien de mis semejantes». Mira, fantoche, llevo demasiados años en la Guardia Civil. Toda mi vida me las he visto con monigotes como tú, que se creen tan listos que pueden engañar a un profesional. Pero mi experiencia me permite conoceros al vuelo. Puedo oleros cuando pasáis a mi lado, porque el crimen huele, ¿no lo sabías? Pues sí, huele como la mierda, Ángel Gascón, y tú apestas.

Ángel guardó silencio y de nuevo recurrió a su respiración. No podía creer las torpes acusaciones de que era objeto. Jamás había pasado por su imaginación que alguien pudiera odiarlo tanto como para levantar falso testimonio en contra suya, de aquella manera tan burda. ¿Quién estaba interesado en hacerle daño? ¿A quién perjudicaba él con su forma de vida?

Súbitamente, el sargento García se levantó de su silla, aproximó el rostro al de su interlocutor y lo agarró de un tirón por la peluda barbilla.

—No voy a preguntártelo más que una vez, payaso. ¿Con quién has tenido relación desde que abandonaste tu casa del pueblo y te recluiste en ese agujero de los locos?

—El único que me visita regularmente es Tomás, el pastor. No recuerdo su apellido. Él me proporciona algo de leche y al mismo tiempo se lleva el fruto de mi trabajo para venderlo en el mercado. Tenemos un pequeño acuerdo que a los dos beneficia.

—¡Conozco perfectamente ese contacto, imbécil, pero no es a ese cabrero a quien yo me refiero! ¿Nadie más?

Ángel negó en silencio.

—¡Está bien, ya veo que no piensas soltar prenda! ¡Cabo! ¡Cabo Fuertes! ¡Venga ahora mismo! —vociferó.

Un tipo musculoso y malhumorado surgió en camiseta de un cuartucho semioscuro, donde Ángel supuso que dormía hasta que tronó la voz del sargento. Se cuadró ante éste y recibió sus órdenes.

—Llévese a este desgraciado y ayúdele a cantar, que lo encuentro algo afónico.

El cabo agarró a Ángel por el brazo y de un tirón se lo llevó con él, escaleras abajo, hacia lo que parecía un sótano. Tras descender buen número de escalones, la oscuridad impidió durante unos segundos que el joven pudiera ver dónde se hallaba, pero, cuando sus retinas se acostumbraron a la penumbra, observó que además del cabo había otro hombre. Era uno de los números que habían subido a buscarlo a la cueva. Igual que el cabo, también se había aligerado de ropa, y Ángel tuvo la impresión de que lo esperaba. En los rincones del amplio sótano se amontonaban trastos bañados en polvo y telarañas. Era evidente que el lugar sólo se usaba ocasionalmente para determinados quehaceres.

Lo hicieron sentar en una silla cuyos reposabrazos y patas delanteras tenían unas correas muy rústicas, que a la legua se adivinaban fabricadas por los mismos guardias. Una vez sujetos con ellas sus antebrazos, hicieron lo propio con los tobillos, que quedaron atados cada uno a una pata de la silla, lo que hizo que Ángel se sintiera realmente incómodo. Sólo podía ocurrir una cosa a continuación. Consciente de ello, el anacoreta cerró los ojos y preguntó:

—¿Por qué me vais a golpear?

Pero no recibió respuesta de quienes no hubieran sabido qué responder. ¿Por qué lo iban a golpear? ¿Y ellos qué sabían? Sólo cumplían órdenes de un amargado, que casualmente era su superior. Se sentían poderosos e invencibles mientras agredían al desgraciado de turno, aunque luego, en la calle, a menudo debían desviar la mirada para no encontrarse con que unos ojos heridos les escupían a la cara su cobardía. Lamentablemente, en todas las instituciones de un Estado de por sí corrupto se daba la presencia de personajes indignos de ocupar un cargo o de vestir un uniforme.

En vista de que no iba a recibir explicación alguna, Ángel se preparó para el inminente tormento. Vació su mente, flexibilizó sus músculos y articulaciones y limitó toda su atención al proceso de la respiración. La dura vida en el monte le había hecho atravesar momentos difíciles. Se había encontrado enfermo y solo, había sufrido heridas de diversa consideración, a veces muy dolorosas, pero siempre la madre naturaleza, guiada por la mano del Creador, le había entregado los medios para que la vida siguiera su curso. Todo ello había fortalecido su carácter y su capacidad de sufrimiento. Ángel sabía que aquel castigo no podía ser mucho más duro que algunas de sus malas experiencias en soledad. Había aprendido que cuanta más resistencia se opone a un dolor, sea del cuerpo o del alma, más intenso se hace éste, precisamente a causa de la lucha enconada que se entabla. Era mejor permitir que el sufrimiento pasara por él como a través de un cedazo, dejarse invadir por su empuje, sentirlo y plegarse a su punzante presencia, hasta que, por sí solo, el horror se diluyera en el tejido blando de su voluntad.

Ambos guardias se habían situado a su espalda. Un primer golpe cayó sobre su coronilla, pero no dolió en la superficie del cráneo sino dentro de su cabeza, en la masa encefálica. En una fracción de segundo, Ángel supo que no era un palo o estaca, pues el dolor superficial hubiera sido intensísimo. Tampoco era una fusta ni nada parecido, ya que no había escuchado un chasquido sino un golpe seco. Hizo un gran esfuerzo por no gemir de dolor, siguió respirando y lo consiguió. Otro golpe. Silencio. El sufrimiento era atroz, pero él lo acogía, lo dejaba atravesar sus carnes, sus huesos, sus fibras nerviosas, y lo obligaba a evaporarse con su nula oposición. Finalmente, cuando ya su cabeza había soportado media docena de esas sacudidas sin que de su boca hubiese escapado quejido alguno, comprendió que se trataba del viejo truco del periódico grueso enrollado. Siempre había oído decir que algunos torturadores utilizaban este método porque, si bien resultaba muy doloroso, no dejaba marcas ni heridas en las que la víctima pudiera luego basarse para una reclamación por torturas. En una ocasión, alguno de sus verdugos erró el golpe, que vino a estrellarse contra su cara, lo que aumentó considerablemente la sensación de dolor. Pero Ángel sólo respiraba, y pensaba en respirar, y observaba que pensaba en respirar. Seguía con atención el recorrido del aire en su pecho y continuaba respirando, y mientras su cuerpo se abría y aceptaba el maltrato, él volvía a respirar y seguía pensando en ello, y nada ni nadie podía interrumpir el torrente circular de su concentración. Ya no existía el tiempo, detenido en su pecho, y la dimensión espacial había quedado reducida al latido de su corazón.

Al cabo de unos minutos, los guardias, cansados y sudorosos, cesaron en su tarea. Ángel sentía un tremendo dolor de cabeza y vértigos, pero no eran más que sensaciones que su voluntad había aceptado. Aquel sótano no tenía ventilación, por lo que el aire se había vuelto espeso y dificultaba su proceso interior, pero él sería más fuerte. Tras el esfuerzo, los dos indignos agentes, cansados y sedientos, se sentaron y bebieron sendos botellines de agua, que en ningún momento ofrecieron a su víctima. Luego, sorprendidos por la entereza del joven, comentaron entre ellos:

—Durillo el tipo éste, ¿eh? ¡No se ha quejado ni una sola vez y no da su brazo a torcer!

—¿Hablarás, andrajoso, o tendremos que matarte?

Al oírlos, el anacoreta levantó la cabeza, que reposaba inclinada hacia delante, los miró y les dijo:

—Cuando mi hermano me golpea, se golpea a sí mismo, porque ataca aquello que odia de su persona al verlo reflejado en mí. Más duele esto en mi corazón que vuestros golpes en mi cuerpo. Podéis hacer conmigo lo que queráis, pero no lograréis que os odie.

Los dos hombres, que habían reído mientras él les hablaba, cambiaron el gesto y se miraron como asaltados por una repentina duda. En un instante prorrumpieron en nuevas risas, ahora estridentes. Risas insinceras, carcajadas desaforadas e irracionales. Reían sus bocas, sus mandíbulas, sus gargantas, pero no sus corazones, que no podían ignorar las palabras de aquel hombre, al que necesitaban considerar un desecho humano. La actitud y las palabras de Ángel habían sembrado en ellos la semilla de la duda y de la disconformidad. Llevaban años obedeciendo ciegamente órdenes, justas o injustas, de un fanático amargado al que jamás habían encontrado el suficiente valor para cuestionar. Más tarde, quizá meses, quizá años después, ambos replantearían sus vidas como quien abandona la senda errónea y comienza a caminar campo a través, para así llegar por fin a alguna parte. Pero en aquel momento no podían consentir que una especie de vagabundo los venciera. Era demasiado para su orgullo de hombres rudos. Así, como para acallar el eco de sus conciencias, renovaron sus bríos y dispusiéronse a continuar con la paliza. Ángel cerró nuevamente los ojos, consciente de que ahora podía ya soportarlo todo. La prueba de fuego estaba superada. Nada podían hacer aquellos infelices para turbar la paz de su alma.

Nuevos golpes sacudieron su ser hasta las mismas entrañas; azotes descargados cada vez con más fuerza, con más odio, con más saña. Pero, al igual que en la primera andanada, no consiguieron arrancar el menor quejido de la reseca garganta del anacoreta. Cuando el tormento terminó, el mareo le impedía detener la mirada en un punto concreto y le parecía que su cabeza iba a estallar de dolor. Comprendió que, de no haber sido por las correas que sujetaban sus muñecas y tobillos, estaría desplomado en el suelo. Sus torturadores se habían hartado de derrochar energías y estaban agotados, lo que les hizo desistir de una tercera acometida. Dejaron a Ángel abandonado tal como estaba, apenas sostenido sobre la silla, mientras ellos, entre bufidos y maldiciones, salieron del oscuro sótano en dirección al piso superior.

No supo Ángel cuántas horas habían transcurrido desde que los oyó alejarse escalera arriba hasta que despertó en otra pequeña estancia. Estaba en el único calabozo de la comandancia, tumbado en uno de los dos camastros de pura herrumbre y sin colchón alguno. Las paredes estaban alicatadas hasta el techo, y los azulejos, de color verde oscuro, estaban mugrientos, lo que sumía la celda en una triste penumbra. Una persiana de madera, que cubría la ínfima ventana, filtraba algunos rayos de sol, cuya visión le ayudó a recobrar el sentido. Estaba aturdido y sentía unas fuertes ganas de orinar.

—Tienes un par de cojones, ¿eh, payaso? —acertó a escuchar al sargento, que había irrumpido en el calabozo y se había situado en pie a su lado—. Bien. Veamos si, ahora que conoces al cabo Fuertes, respondes a lo que te pregunté. ¿O prefieres que te envíe a pasar otro delicioso rato en su compañía, como ayer?

Al oír esto, Ángel comprendió que había transcurrido toda una noche. De ahí su necesidad de aliviar la vejiga. Entonces supo que había perdido el conocimiento tras la paliza. Aquellos salvajes habían estado a punto de matarlo.

—Necesito ir al baño, sargento —dijo en voz muy baja e intentó incorporarse, pero todo daba vueltas a su alrededor, y se desplomó sobre el catre.

—Muy bien. El señor tiene ganas de mear. ¡Guardia, traiga un orinal para este caballero, que aún no puede levantarse! —ordenó García, divertido.

Al momento, el torturador que había acompañado al cabo en su tarea apareció con un desportillado orinal de loza, que colocó delante de Ángel. Éste, en un nuevo y enorme esfuerzo, se incorporó en el camastro y, como pudo, se alivió en presencia de los dos uniformados, que lo observaron entre burlas. Cuando hubo finalizado, el sargento impidió que el otro retirase el orinal, mientras Ángel se dejaba caer nuevamente en el camastro, incapaz de mantenerse erguido. García se aproximó y recuperó el tono amenazador.

—¡Está bien! ¡Se acabaron las tonterías! ¿Vas a decirme con quién has conspirado durante este tiempo en el monte Origo? ¿Sí o no?

—Ya le dije, sargento, que no he conspirado jamás en mi vida.

Perdida la paciencia, el sargento se abalanzó sobre él, lo agarró por la pechera de la túnica y lo levantó en vilo.

—¡Quedas detenido, hijo de perra! ¡Quedas detenido en aplicación de la ley de vagos y maleantes, por no tener oficio ni beneficio, por ser un parásito social y por conspirar contra el glorioso régimen del caudillo, a quien Dios tendrá siempre en la Gloria! —mientras así gritaba, el sargento trataba de introducir la cabeza de Ángel en el orinal que acababa de utilizar.

—¡Tendrá usted que demostrar todos esos cargos, García! —tronó súbitamente una voz desde la puerta misma del cuartelillo, mientras se oían los gritos del otro guardia, que redoblaba sus esfuerzos para impedir la entrada al recién llegado.

El sargento, que no reconoció la voz, soltó su presa y salió hacia la puerta en busca del osado que se atrevía a desafiarlo de aquella manera. Ángel se arrastró, renqueando y apoyado en la pared, hasta la puerta del calabozo; quería escuchar la voz de quien intercedía por él en el peor momento. La puerta principal estaba abierta, y desde la calle se abría paso entre la penumbra de la comandancia un torrente de luz, sobre el que se dibujaba una silueta con sotana. Don Hermesindo, cruzado de brazos y en actitud resuelta, aguardaba la respuesta del sargento, que había quedado petrificado al verlo. Si respetada y temida era en el pueblo la figura del guardia civil, más aún lo era la del clérigo, quien, sobre estar revestido de la autoridad divina, se había ganado el respeto de la mayoría de los habitantes, creyentes o no, por su actitud indiscriminadamente justa y generosa.

—Don Hermesindo, le ruego que no intervenga... —desorientado, el sargento no sabía cómo reaccionar.

—¡Deje marchar a ese hombre inmediatamente! —le ordenó el sacerdote, con una dignidad que atemorizó al suboficial.

—Está detenido, don Hermesindo. Me he visto obligado porque la gente...

—¡Me importan muy poco las habladurías de la gente, sargento! ¡Libere ahora mismo a Ángel Gascón si no quiere usted tener problemas de verdad!

Pillado por sorpresa, el sargento comandante del puesto aguardó en vano unos instantes en busca de alguna salida que le evitase aquella humillación ante sus hombres, pero, en vista de la firmeza del sacerdote, a quien jamás había visto tan enfurecido, ordenó con un gesto al guardia que hiciera salir al detenido y lo dejara marchar.

En un instante, don Hermesindo y Ángel se hallaron en la calle. El maltrecho anacoreta caminaba muy lentamente, apoyado en el hombro del sacerdote.

—No sé cómo agradecerle, don Hermesindo...

—No me agradezcas nada, hijo mío. Esto era de justicia. Afortunadamente, un alma caritativa os vio llegar ayer, cuando te conducían al puesto de la guardia civil, y me avisó. Aunque tú no lo creas, aún queda gente en Torcegada que te aprecia. Y ahora dime, ¿de dónde han sacado estos brutos que tú tienes algo que ver con los comunistas?

—Usted mismo lo ha dicho, padre. Aunque todavía quede en este pueblo alguna persona que no me mire con malos ojos, reconozcamos que la mayoría sí lo hacen. Cualquiera pudo difundir el rumor, que, desde luego, no tiene fundamento.

—No les guardes rencor, hijo mío. Están nerviosos, ya sabes... La muerte del general... Ahora todo el mundo se pregunta qué va a pasar en este país.

—¿Rencor? No, don Hermesindo, nada de eso. No actúan de mala fe; sólo están equivocados. Si supiera quién de entre todos los habitantes de este pueblo me ha acusado de conspirador, iría a buscarlo y lo abrazaría. Su error ha propiciado esta experiencia, que no ha hecho más que fortalecer en mí las creencias que Gaspar me inculcó.

—Todo eso está muy bien, muchacho, pero nunca olvides a Dios. Ya ves que Él no se olvida de ti.

—¿Puede alguien olvidarse de respirar, de comer, de dormir? El Creador es una necesidad básica para el ser humano, don Hermesindo. Nadie, por más que lo niegue, puede prescindir de Él, y yo menos que nadie, pues soy la más humilde e indefensa de sus criaturas. Lo de menos es cómo quiera representarlo cada uno en su imaginación. Allí donde vivo puedo verlo a mi alrededor, por todas partes y bajo todas las formas.

El cura, buen conocedor de la mezquina mentalidad de muchos de los habitantes del pueblo, se lamentó en voz baja.

—¡Ay, Torcegada, pueblo querido! ¡Bien puesto tienes el nombre, pues la ceguera de tu torre, contagiada a tus habitantes, te impide ver y aceptar que engendraste a un ser realmente puro! ¡Por eso lo maldices y lo emponzoñas, hasta destruirlo!

—¿Comprende usted, don Hermesindo, que prefiera vivir en mi cueva?

—A este paso terminaré por comprenderlo, hijo mío. Pero ahora vendrás a casa conmigo. Jamás llegarías a tu agujero en ese estado.

Ángel no tuvo más remedio que asentir, maltrecho y agotado como se encontraba. Mientras caminaban hacia su modesta vivienda, el sacerdote reflexionaba. ¿Cómo decirle a aquel alma en pena que su retiro de la civilización era forzado, principalmente, por ese rechazo sistemático que el hombre civilizado, es decir, falseado, embrutecido y violento, siente por todo aquél que se resiste a adoptar sus mismas pautas de conducta? Para don Hermesindo, la propia bondad natural de Ángel lo había llevado al ostracismo, pues no había lugar para su corazón limpio en un mundo de seres deformes, de cuyo grado de deformidad dependía nada menos que su supervivencia. O así lo creían ellos.

¿Cómo decirle aquello?

Tal vez algún día, en la mansa mirada del joven y en sus silencios, descubriría que él también lo sabía.

V

BIENVENIDOS

En la primavera de 1980, a punto de cumplir los treinta años, Ángel había llegado a ser una más de entre el infinito número de criaturas que poblaban aquellos elevados parajes del monte Origo. Nada lo diferenciaba del ser vivo más autóctono del macizo rocoso; en nada se distinguía su humilde y sencilla vida, en brazos de la madre Tierra, de la de cuantos seres silvestres habitaban el lugar, y era evidente que hasta el más insignificante de ellos lo había acogido en su bien avenida familia. No era poca la alegría del anacoreta cuando se percataba de que, a su paso, no dejaban de piar los pájaros desde las ramas, a diferencia de lo que ocurría si el visitante les era extraño. Sentía cómo la suave y fresca brisa de los atardeceres acariciaba su barbado rostro, con la misma familiaridad y amoroso celo con que antaño lo hicieran las manos de su madre, la de carne y hueso, en la piel del niño inocente que fue. La soledad ya no pesaba en su ánimo; ahora la sentía nacida en el mismo parto que él e hija del mismo vientre. En sus primeros tiempos de retiro, cuando aún no era más que un extraño incómodo y perdido en el entorno natural, había sentido especialmente su azote en determinados momentos, pero hoy todo era distinto. La oquedad en el monte Origo, que como útero materno lo cobijaba en sus entrañas, y la vida salvaje, que daba sentido a todo aquello, habían abierto sus brazos en definitiva acogida, atraídas por el enorme manantial de bondad natural que de aquel ser humano brotaba.

Del mismo modo, había alcanzado gran disciplina en la práctica de la meditación. En su cotidiano ejercicio, el momento álgido se daba cuando, tras haber alcanzado la máxima elevación, guiado por la música de su flauta, ésta quedaba depositada a su lado, sobre la esterilla, y él se entregaba al más absoluto desprendimiento del cuerpo y elevaba su espíritu por encima del mundo tangible, para abrazarse a su verdadero yo, el que se limitaba a ser sin matices ni condiciones. Entonces, el espacio y el tiempo se reducían a un punto invisible en un recóndito instante de la Creación, sin apenas importancia ni sentido alguno.

En ese estado se hallaba una mañana, aún fresca, del mes de abril a la puerta de su cueva, sentado en la posición del loto, con los ojos cerrados y en pleno disfrute del éxtasis, cuando unas risas juveniles quebraron el silencio del paraje. Ahora sí habían enmudecido los cantos de las aves, y la atenta mirada del Origo parecía estudiar de soslayo a los recién llegados. Un grupo de chicos y chicas, de alrededor de dieciséis años y en número no superior a seis, se detuvo, tras abandonar el sendero que no llevaba a ninguna parte, frente a la morada de Ángel.

A la puerta de la gruta, sentado en extraña posición sobre una tosca esterilla, encontraron a un hombre muy delgado, con la barba y el pelo muy largos, y vestido con una especie de túnica, que no parecía confeccionada con las telas al uso. Los jóvenes quedaron atónitos por aquella extraña presencia, pues, si bien en el pueblo les habían hablado de la existencia de una especie de santón en aquellas montañas, habían dado por hecho que no se trataba más que de una leyenda y nunca creyeron que encontrarían a nadie interesante allá arriba.

Por su parte, Ángel no pareció reparar en la presencia de los visitantes. Su estado de abstracción era tan intenso, y de tal profundidad su encuentro con la esencia misma de su ser, que todo lo relativo al mundo físico le era ajeno en aquellos instantes. A causa de lo imperceptible de su respiración, la primera duda que se plantearon los recién llegados fue la de si aquel hombre estaba o no vivo. Su inmovilidad era tal que algunos llegaron a aventurar la posibilidad de que hubiera muerto de frío durante la noche. Permanecieron indecisos por unos segundos, sin atreverse a aproximarse demasiado, pero tan fascinados por el hallazgo que la idea de marcharse de allí quedaba totalmente descartada. Finalmente, acordaron sentarse a prudente distancia y esperar un rato, a ver qué sucedía. Así, dejaron sus mochilas a un lado, se acomodaron y guardaron silencio.

Transcurrido un buen cuarto de hora, la voz de Ángel sonó de pronto y sobresaltó al grupo.

—¿Qué os ha traído por aquí? —el anacoreta no se había movido ni un ápice para hablar y sus ojos permanecían cerrados.

—¡Está vivo! ¡Está vivo! —cuchicheaban los jóvenes entre sí con voces temerosas. Se habían puesto de nuevo en pie, impulsados por la repentina resurrección del hombre, y no sabían qué responder. Por fin, el más osado acertó a hacerlo.

—Hemos venido a pasar el día en la montaña y por el sendero hemos llegado hasta aquí.

Sin abandonar su postura de meditación ni abrir los ojos, Ángel siguió preguntando.

—¿De dónde venís?

—De la capital. Los fines de semana nos gusta hacer excursiones por los alrededores.

—Hoy habéis venido algo más lejos.

—Dicen que esta zona de la sierra no está aún muy explotada por los domingueros, y nos apetecía conocerla. ¿Vive usted aquí o ha venido, como nosotros, a pasar el domingo?

De no ser por la actitud de respeto que los jóvenes mostraban ante el anacoreta, semejante pregunta hubiera parecido una burla. Era más que evidente que Ángel no era un excursionista.

—Entonces, ¿hoy es domingo? —preguntó, y sembró el desconcierto entre los muchachos—. Para mí los días no tienen nombre, a pesar de ser todos diferentes. Vivo aquí, en efecto, desde hace algunos años.

Animado por la amabilidad del solitario, otro de los jóvenes preguntó:

—¿Y por qué vive aquí? ¿No estaría mejor en el pueblo?

Los ojos de Ángel se entreabrían lentamente a medida que avanzaba la charla, y sus miembros empezaban a recuperar la movilidad largo rato olvidada.

—Allí nací, pero mi destino está aquí. Los caminos de los hombres no son paralelos. ¿Qué sería de la humanidad si todos emprendiéramos el mismo rumbo?

—Bien —terció una de las chicas—, pero, ¿por qué precisamente tuvo que venir a vivir aquí? El monte no es mal sitio para pasar un día de excursión, pero para vivir no debe de ser nada cómodo.

Ángel respondió a su vez con más preguntas.

—¿Por qué el pajarillo que os observa desde la última rama de ese gran pino, a mi izquierda, tiene su nido aquí? ¿Por qué ese matorral, junto al que os habéis sentado, crece precisamente sobre ese pedazo de tierra y no en otro cualquiera? Hay una ley natural que todo lo gobierna y rige los destinos de los seres vivos. Es la primera ley establecida por el Creador, por la que todo cuanto existe tiene su razón de ser. Nada es por casualidad, ni se dan acontecimientos fortuitos en el universo. Si me halláis sentado aquí, en meditación como es mi costumbre, y no en otro lugar de la Tierra, es porque éste es mi sitio. Así lo quiere Él.

—Entonces, ¿nosotros los humanos no decidimos nada? ¿Es que no somos dueños de nuestro propio destino? —los chicos empezaban a apasionarse con aquel chiflado y ya preguntaban varios a la vez.

—No se trata de ser propietario del destino como se poseen los bienes materiales. Es más bien cuestión de encontrar el verdadero destino para el que hemos sido creados cada uno de nosotros. Esa búsqueda es el fundamento de la vida; en ella reside la libertad de elección, y si llegamos a encontrar ese destino cierto, es entonces cuando nos sentimos libres de verdad.

—¿Por qué, cuando empezó usted a hablarnos, lo hizo con los ojos aún cerrados y sin moverse?

El rostro de Ángel dibujó una leve sonrisa para explicar:

—De la misma forma que para entrar en meditación he de hacerlo poco a poco, por medio del lento abandono del contacto con mi propio cuerpo y vaciando la mente muy despacio, así también para seguir el camino opuesto, es decir, para regresar a mi estado de percepción física y sensorial habitual, me es necesario un proceso que requiere cierto tiempo. Cuando llegasteis no os percibí, pues me hallaba en un estado alterado de conciencia y volaba muy lejos de aquí, pero cuando comencé a regresar pude veros y oír vuestros murmullos. Entonces supe que tenía compañía y que debía atender a mis visitantes.

—¿Sabe usted a dónde conduce este sendero por el que hemos venido?

—preguntó, curiosa, otra de las chicas—. Al parecer no termina aquí, frente a su cueva.

—En realidad no termina nunca. Ese sendero es el trazado de las vidas de quienes jamás encuentran su destino y se ven condenados a una peregrinación perpetua. A mí me trajo hasta aquí, a otros los lleva más lejos, pero no tiene un término, porque en realidad no conduce a ninguna parte. ¿Habéis oído hablar del infierno?

Todos asintieron.

—Pues ese sendero es lo más parecido al infierno que se me ocurre. Algunos se empeñan en caminar por él sin abandonarlo jamás, hasta que se encuentran de nuevo en su punto de partida, más viejos y cansados que cuando comenzaron su andadura. Ése es el castigo eterno al que el hombre justo debe escapar. Por eso, más pronto que tarde es necesario abandonar el sendero, con todas sus consecuencias.

Ahora el silencio se podía cortar. Tras escuchar las palabras del anacoreta, por nada del mundo ninguno de los muchachos se hubiera atrevido a seguir el estrecho sendero que los había llevado hasta allí. Cada uno de ellos se había ensimismado y reflexionaba sobre su propia vida. Lanzaban miradas furtivas al sendero, que serpenteaba entre los troncos de los árboles cercanos y desaparecía unos metros más allá, tras unas grandes rocas, con destino incierto. Igual que ellos mismos.

Los pensamientos de aquel hombre no eran de este mundo y, como más tarde comprobarían, de regreso a sus vidas cotidianas, habían dejado en ellos la impronta indeleble de la verdad. Ahora ninguno dudaba que les sería necesario encontrar un sentido a sus vidas y que de ellos dependía trazar sus respectivos caminos.

Luego, Ángel acompañó a los chicos a la gruta del champiñón, donde les explicó someramente las fases de su cultivo, en el que ya era un consumado experto. Les mostró también el interior de su cueva, si bien alguno de los visitantes hubo de vencer la natural claustrofobia que producía el angosto lugar.

Llegado el mediodía, los estómagos de los jóvenes comenzaron a presentar sus quejas; la larga caminata desde el pueblo requería reponer fuerzas. Ángel les hizo saber de la imposibilidad de servir comida para todos, dada la extrema pobreza en que vivía, pero los muchachos, agradecidos por la nobleza del hombre y por sus buenos consejos, extrajeron de sus mochilas las abundantes viandas que portaban y las compartieron con él, mientras continuaban la charla. De la mano del astro rey, la benigna temperatura colaboró en la placidez del festín.

Hacía años que Ángel no saboreaba ciertos alimentos como el jamón, que le supo a gloria; de igual forma, los jóvenes aprendieron de él un par de maneras de preparar el champiñón, que encontraron exquisitas.

—Debe de parecerle un sueño saborear de pronto alimentos como éstos, acostumbrado a privarse de casi todo —dijo uno de los jóvenes al anacoreta—. ¿No supone esta comida una ruptura con sus normas, con sus preceptos o con su austeridad?

—Precisamente para mí supone todo un banquete, en tanto que para vosotros no pasa de ser una comida más, pues estos mismos alimentos que traéis, y que yo saboreo con deleite, están cada día en vuestra mesa. ¿No se convierte así el festín en costumbre, y no es la costumbre el más insípido de los manjares?

Cuando un rato después despidió a los muchachos,

Ángel era consciente de haberles regalado una pizca de lo mucho que había atesorado durante aquellos años de soledad, y supo que nunca volverían a ser los mismos. Pero, una vez más, dio gracias al cielo por ser él mismo quien más enseñanzas había extraído de aquella jornada. La llegada de los chicos no había sido fortuita; sin ser conscientes de ello, habían venido a aportar un sentido nuevo a su existencia: la revelación de que él podía y debía enseñar mucho a los demás. Al comprender esto, su corazón se alegró y dibujó una limpia sonrisa en el rostro, porque aquel día había sido uno de los más importantes de su vida.

Su propio sendero también estaba ahora más claro.

VI

HOMO HOMINI LUPUS

Varios meses de apacible vida en soledad transcurrieron hasta que, una mañana, los lejanos gritos de un hombre rasgaron el impresionante silencio de las alturas y obligaron a Ángel a escuchar con atención. Pronto adivinó que se trataba de la voz del desastre, el alarido impotente de quien contempla la faz más brutal de la vida. Nada bueno presagiaba aquello para el pacífico hombre del monte, que se incorporó, sorprendido y alarmado. Solía percatarse con rapidez de cualquier presencia por los alrededores de la gruta, ya que identificaba perfectamente los sonidos naturales de su entorno y los distinguía de los producidos por el hombre, pero aquel día no había escuchado nada fuera de lo habitual, hasta aquel mismo instante.

El rastro sonoro de los incesantes aullidos y lamentos lo llevó monte abajo, casi a la carrera, cada vez más convencido de que una tragedia lo aguardaba. Mientras corría, hizo un esfuerzo por conservar la calma; alguien podía necesitar de su presencia de ánimo. A la vez, un extraño sentimiento de angustia atenazaba su corazón. Un ser humano sufría no lejos de él, algo que jamás había podido consentir.

Habría descendido unos trescientos metros cuando divisó, al final de un repecho, a un grupo de cuatro o cinco personas que parecían formar corro, unos en pie, otros agachados. Un hombre fuera de sí gesticulaba, gritaba y lloraba, mientras el resto hacía lo posible por calmarlo. Conforme se aproximaba en su carrera, Ángel pudo distinguir que a los pies de los extraños yacía un cuerpo. Al llegar a su altura comprobó que se trataba del cadáver de una niña de unos doce años, ensangrentada y con las ropas desgarradas. Aquello sólo podía ser obra de una alimaña o de un perturbado, y en la comarca no había animales salvajes peligrosos. Por las frases —ahora ya inteligibles para él— que el hombre desesperado gritaba, comprendió que se trataba del padre de la chica. Entre los presentes reconoció a algunos vecinos de Torcegada, que probablemente habían subido hasta aquel paraje para acompañar al padre de la criatura. Otro de ellos no era conocido del anacoreta, pero, por su indumentaria, debía de ser un pastor de los que pasaban por aquella zona muy de vez en cuando. Al parecer, él había encontrado a la chica y dado la voz de alarma. Estaba claro que el hallazgo del cadáver acababa de producirse, ya que aún no había hecho acto de presencia la guardia civil, a la que Ángel supuso avisada. Su estremecimiento era grande, pero fue mayor su voluntad de prestar ayuda, y se acercó respetuosamente.

—¿Cómo ha sucedido este horror? —preguntó en voz muy baja.

Todos lo miraron con recelo; le pareció que los vecinos del pueblo no lo habían reconocido, nada extraño a causa de su poblada barba y sus cabellos largos y descuidados. Sus miradas, desencajadas por el espectáculo y preñadas de rabia, parecían ansiosas por hallar un culpable sobre el que descargar sus deseos de venganza. El padre de la chica, arrodillado junto al cadáver y ciego de lamentos, llantos y blasfemias, no dio la menor señal de haberse percatado de la llegada de Ángel. Pero el resto de los presentes, convencidos de que quien hubiera cometido aquel salvaje crimen no podía hallarse demasiado lejos, comenzaron a centrar su atención en el recién llegado. Su apariencia de vagabundo y las pobres vestiduras con que se cubría fueron los detonantes de lo que tenía que ocurrir.

—¿Y tú de dónde sales, harapiento? —le espetó un hombre joven y fornido, que parecía ansioso por hacer gala de su poderío físico.

La necesidad de violencia ante la visión de la misma es una reacción humana, comprobada y real. Impresionadas y con los ánimos exaltados, aquellas personas querían destrozar a alguien con sus propias manos, como el asesino de la niña había hecho con ella unas horas antes. Sólo necesitaban una excusa para dar rienda suelta a su rabia, y la encontraron. Ángel no respondió a la provocación.

—¡Te he preguntado que de dónde sales, escoria! —insistió.

—¡Este tipo me da mala espina! —dijo otro.

—¡Debe de ser el vagabundo ése que dicen que vive por estas alturas como un perro salvaje! —añadió un tercero, vecino del pueblo y conocido de Ángel, como si no hubiera tratado durante toda su vida a su familia.

Al oírlos, el compungido padre de la chica levantó por fin la cabeza, para clavarle unos ojos enrojecidos por el dolor y la furia, y se incorporó como un felino.

—¡Seguro que has sido tú, canalla, asesino! ¡Tienes que haber sido tú, porque eres el único que no estaba anoche en el pueblo! ¡A ti no te controla nadie!

Mientras gritaba, se abalanzó sobre Ángel y lo agarró por el cuello con la intención de estrangularlo. Los otros se abalanzaron sobre él, pero no para impedir la agresión, sino para colaborar en su linchamiento, a juzgar por los insultos que proferían. Ángel no quería emplear la violencia para defenderse; antes bien, intentó guardar la calma a pesar de que los primeros golpes ya caían sobre él, y la furibunda presa en el cuello le cortaba la respiración. Los segundos se le hicieron eternos, y ya creía llegado su fin cuando escuchó, como si proviniese del cielo, una voz imperiosa que al anacoreta le resultó extrañamente familiar.

—¡Suelten a ese hombre!

El cabo Fuertes y el otro agente no podían haber sido más oportunos. Los propios guardias hubieron de emplear la fuerza para conseguir que los desaforados vecinos aflojaran sus manos crispadas sobre el cuerpo del hombre solitario, que no se defendía. Una vez que se restableció la calma, los agentes lo detuvieron, lo esposaron y lo llevaron al cuartelillo. Con aquella oportuna aparición salvaban su vida, pero no acababan con sus problemas. Ahora tendría que vérselas con el sargento García y, aún peor, con una más que probable acusación de asesinato.

Durante el largo trayecto hasta el cuartelillo, vigilado por los guardias y escoltado por algunos de sus agresores, Ángel no abrió la boca, pese a que los insultos no cesaron en ningún momento. Ya en las calles del pueblo, arreciaron los gritos, y una multitud de curiosos se sumó a la comitiva, cada vez más enardecida. Los dos guardias hubieron de emplearse con violencia para repeler varios intentos de agresión por parte de los vecinos, hasta que finalmente optaron por llevar a Ángel a la carrera hasta el cuartelillo. Una vez ante el sargento García y con la algarabía de la muchedumbre en la calle, Ángel tan sólo

articuló una frase, pronunciada con voz serena.
—Yo no he cometido esa atrocidad.
Después de llenarlo de improperios y de propinarle alguna patada, García —que no podía disimular su deleite— optó por hacer las cosas legalmente, ahora que aquel fantoche ya no iba a escapar de la justicia. En esta ocasión, ningún don Hermesindo podría sacarlo del apuro tras ser acusado de tan grave delito. Todavía humillado por la intervención del sacerdote, años atrás, en su anterior enfrentamiento con el anacoreta, el sargento paladeaba su inminente venganza.
—Muy bien, payaso, se han acabado tus días de gloria. Ahora ese cura sólo servirá para darte la extremaunción. De momento vas a estar en el calabozo hasta que el juez se haga cargo de ti.
—¡Vamos! —ordenó a los guardias—. ¡Encerradlo de una maldita vez!
Mientras era conducido a trompicones al calabozo, casi siempre vacío, Ángel aceptaba aquella nueva prueba como parte del tortuoso camino a recorrer durante su estancia física en el mundo, pero encontraba demasiado horrible e injusto ser acusado de un crimen que, además de aterrorizarlo, le resultaba inconcebible. Del mismo modo, concluyó que no emplearía largas argumentaciones para defenderse. Se limitaría tan sólo a responder con la verdad a las preguntas del juez. Él nada tenía que ver con el asesinato de aquella criatura y, aunque todo parecía indicar que el universo entero conspiraba en su contra, hacía grandes esfuerzos por convencerse de que la verdad acaba por imponerse siempre. Lo que no lograba alejar de su memoria era el rostro desfigurado de la pobre chiquilla, que aún no había dejado atrás los años de la infancia cuando ya una muerte atroz le había salido al paso. La extrema crueldad de los hombres era uno

de los aspectos de la vida que Ángel se reconocía menos capacitado para entender. ¿A quién había beneficiado la muerte de esa niña? ¿Qué mente humana podía estar tan perturbada como para extraer provecho alguno de semejante horror?

Atormentado por preguntas sin respuesta y francamente asustado, vio transcurrir todas las horas de aquella interminable jornada en la celda, hasta que llegó la noche. A pesar de estar sucio y raído, el colchón del calabozo refrescó en su memoria el bienestar ya olvidado. Cuando se dejó caer sobre él, su espalda extrañó el abrazo mullido y cálido del camastro, y se permitió abandonarse a él, siquiera por unos minutos. El agotamiento por la tensión de aquel día horrible pesaba ahora más que toda su preocupación y su temor por el rumbo que habían tomado las cosas. No tenía ansias para sentarse en la posición del loto y meditar, como era su costumbre. Necesitaba dormir, desaparecer por unos minutos de aquella realidad con trazas de pesadilla. Entornó los párpados, y su respiración se hizo más profunda y relajada. El peso de su cuerpo derrengado se multiplicaba por momentos, hasta que se hizo infinito y lo sumió en un benéfico sopor. Pese a todos, su conciencia limpia le permitió, una noche más, dormir en paz.

Cuando despertó, se incorporó y trató de buscar alguna luz para orientarse en la total oscuridad de su encierro. Ignoraba cuántas horas habían transcurrido desde que entró en aquella celda, con una diminuta ventana cerrada como única fuente de luz natural. Tenía que ser de noche. Además de la total oscuridad, los gritos en la calle habían enmudecido, y no se escuchaba ruido alguno en el cuerpo de guardia contiguo. Consideró entonces lo terrible que había de ser vivir durante años privado de libertad en un lugar como aquél. Acostumbrado a tener el cielo por techo, la inmensidad de la naturaleza por frontera, las criaturas del bosque por amigos y el aire puro y limpio de la sierra por imprescindible medicina, no se sentía capaz de resistir mucho tiempo enclaustrado, algo que muy probablemente podía sucederle.

Por otra parte, era de prever que el juez, espoleado por la presión popular, no se anduviera con miramientos a la hora de castigar al culpable, aunque en este caso el inculpado fuera, probablemente, el ser más inocente de cuantos habitaban la Tierra.

Lentamente, como presagio de una jornada decisiva en su futuro, el contorno del ventanuco del calabozo se fue dibujando ante sus ojos, a la vez que por el estrecho corredor que daba al cuerpo de guardia se derramaba una claridad perezosa, que devolvía a los objetos su color ceniciento y su consistencia física. El corazón del anacoreta volvió a golpear con fuerza en su pecho, presa de la inquietud.

Entretanto, a pesar del supuesto éxito en la captura del criminal, la guardia civil no había cesado de rastrear la zona. Era obvio que, por muy sospechoso que Ángel resultara a los ojos de todos, no existían pruebas suficientes para acusarlo formalmente. Entonces ocurrió algo que cambió por completo el cariz de las cosas. Una pareja de guardias, venidos de poblaciones cercanas para ayudar en la búsqueda de indicios, encontró, en el fondo de una hondonada, bastante lejos del lugar de los hechos, a un individuo de edad próxima a los sesenta años, desconocido en la comarca y malherido a causa de una caída. Tan pronto vio a los guardias, confesó que, en su frenética huida, tras cometer el crimen y debido a la profunda oscuridad de la noche, había caído rodando hasta el fondo de aquel pequeño precipicio. Varios huesos rotos y múltiples magulladuras le habían impedido continuar su fuga. Tan horribles fueron los dolores que a la mañana siguiente tuvo que pedir auxilio a voz en grito, consciente de que las manchas de sangre de su ropa y los restos del forcejeo con la niña asesinada iban a evidenciar su culpabilidad al primer golpe de vista.

Aquel nuevo tropiezo con Ángel supuso un tremendo disgusto para el sargento García, que vio cómo el «payaso» del monte Origo se le escapaba nuevamente de las manos. El anacoreta fue puesto en libertad de inmediato por orden del juez, quien, a su vez, se hizo cargo del verdadero criminal. Pero el magistrado quiso aprovechar su visita a Torcegada, con motivo de la tragedia, para conversar con el hombre solitario de los montes. Hasta sus oídos habían llegado comentarios acerca de su tranquilidad y paciencia desde el mismo momento de la detención, así como de que apenas abrió la boca para defenderse. Un ejemplar humano como aquél aportaba una pizca de interés y curiosidad a su onerosa tarea de impartir justicia entre legajos, expedientes, autos y alegaciones de los picapleitos. Si realmente existía un hombre justo y limpio de corazón, tenía que conocerlo.

—¿Por qué no se defendió usted con más ahínco, cuando era inocente? —le preguntó—. Según me han dicho los guardias civiles, apenas hizo uso de la palabra en el momento de su detención ni durante su estancia en el calabozo. ¿Estaba acaso dispuesto a pagar por un crimen que no había cometido?

—De nada hubiera servido gritar mi inocencia, señoría —respondió Ángel—. Hubiera sido condenado igualmente, de no haber aparecido ese desdichado. ¿O acaso mis palabras, por mucho que hubiese gritado mi inocencia, habrían sido tenidas en cuenta, convencidos como estaban todos de mi culpabilidad?

—Quizá tenga usted razón —concedió el magistrado—, pero, ¿cómo pudo reprimir la natural ansiedad de protestar por una acusación falsa?

—Los años en soledad y mi entrega a la meditación me han enseñado algunas cosas, que los hombres comunes ignoran por vivir en la vorágine del mundo. Simplemente, esperé a que la verdad por sí sola saliera a flote, como el trozo de corcho que, a pesar de ser sumergido en el mar con toda la fuerza imaginable, acaba siempre por aparecer de nuevo en la superficie.

—Pero, ¿y si no hubiera sucedido como dice y se le hubiera condenado? ¿Es usted consciente de que podía haber pasado el resto de su vida en prisión?

—Mentiría si negara que he sufrido, señor juez. De haber ocurrido como usted dice, estoy seguro de que habría recibido mi compensación por otro lado. El equilibrio de la creación es admirable, y he aprendido a ser paciente; sólo sentarme y esperar. Yo no merecía ser encarcelado ni ajusticiado por un delito que no cometí, por lo que aguardé a que el culpable se pusiera por sí mismo en manos de la justicia. Creo que los seres humanos concedemos demasiada importancia al modo en que se desarrolla nuestro paso por esta existencia, que llamamos vida, y me parece que lo realmente importante es ser siempre nosotros mismos y sentirnos limpios de corazón, cualquiera que sea nuestra circunstancia en cada momento. La vida es un instante, un suspiro, una estrella fugaz condenada sin remedio a extinguirse en un punto desconocido del infinito. Cuando eso ocurre, hasta la materia que fuimos acaba por dejar de ser ella misma y sólo la memoria de unos pocos nos mantiene vivos. Al final, lo único por lo que vale la pena preocuparse es ese otro desconocido que vive dentro del envoltorio físico. Eso es lo que de verdad somos, y en ese estado viviremos siempre.

—No sé si le entiendo bien, amigo —respondió el magistrado, mientras meneaba la cabeza, confuso—. Pero le agradezco su paciencia con el error que se ha cometido con usted y también sus reflexiones, que me vendrá muy bien considerar cuando tenga un respiro. En el fondo, le envidio. También yo quisiera mandarlo todo al infierno, créame. Y ahora, debo ocuparme de ese chalado que acabó con la vida de la niña.

—Por cierto, señor juez —añadió Ángel—: no sea muy duro con él. Ya lleva consigo el castigo. Mírelo a los ojos.

Cuando Ángel abandonó el cuartelillo, don Hermesindo lo esperaba lleno de júbilo.

—¡Hijo mío! ¡Ahora sí que te he visto cerca de la perdición! ¡Hazme caso de una vez y abandona esa vida tuya, que no hace más que ocasionarte problemas! ¡Mira que la gente no entiende a los hombres que buscan algo más allá de sus narices!

Por toda respuesta, Ángel lo abrazó y se despidió después de darle las gracias. Necesitaba recuperar su hábitat natural. Allá arriba aguardaban su regreso las criaturas del monte, silenciosas y vivas como él mismo, que ya debían de estar empezando a creer que el hombre pacífico que vivía entre ellos no volvería.

Entretanto, en el cuartelillo, el magistrado se acercaba de nuevo al asesino para observarlo ahora con más atención. Durante el interrogatorio, su señoría apenas había levantado la vista de sus papeles, ocupado en tomar notas. Pero ahora, tras su encuentro con aquel anacoreta de ideas hermosas pero extrañas, intentaba ver en la mirada del desgraciado criminal el horror al que Ángel había aludido. En efecto, los ojos del delincuente vagaban en el vacío; tenía la mirada perdida del loco que se fue de sí mismo para no regresar. El juez quedó pensativo durante unos segundos y admitió que había visto ya muchas veces esa clase de mirada. El hombre del monte tenía razón: el asesino llevaba consigo el dolor de su culpa, tal vez el único residuo de su lucidez y, por ello, su peor castigo.

De regreso a su pétrea morada con la luz del crepúsculo, Ángel se abandonó durante horas a su flauta. Lo necesitaba para elevar el ánimo, muy afectado por todo lo ocurrido. Sin embargo, el canto del silbante instrumento no vibraba alegre y jubiloso como en tantas otras ocasiones; más bien se revestía de una languidez serena, como si guardara luto por la pobre criatura muerta. Y también por su asesino.

Así, en las horas mudas de la noche pudo escucharse en el pueblo el remoto y triste eco que venía del monte Origo, que de nuevo lloraba música sobre Torcegada, revestida de un luto sentido y cruel. Parecía que el propio monte arrullara al pueblo en una hermosa y doliente elegía intemporal, para alivio de sus recientes males. Era la música de la verdad. La verdad de un hombre justo e inocente.

VII

ALMAS GEMELAS

Los sucesos de aquel día en el monte Origo corrieron de boca en boca, no sólo en Torcegada, sino en toda la provincia. Como ya venía siendo habitual en todo lo referente al anacoreta, hubo opiniones y conclusiones para todos los gustos. Algunos indecisos, que nunca habían sabido cómo enjuiciar la actitud de Ángel Gascón al abandonar la civilización para vivir en el retiro de la montaña, admitieron los nobles motivos que lo habían llevado a hacerlo. Otros muchos se empeñaron en ver fortalecidos los argumentos en su contra, pues opinaban que nunca había quedado suficientemente demostrada la inocencia del anacoreta en el asesinato de la niña, ya que la detención de un asesino confeso no eximía al primer sospechoso de serlo también.

—Un hombre que siempre está solo no tiene coartada alguna —decían con evidente mala fe—. La soledad no es buen testigo ante un juez.

Detrás de la magna injusticia, se escondía el recelo de aquellas mentes simples y maliciosas por todo lo que les resultara extraño. Hacía ya algunas décadas que en aquel país no se podía ser diferente, y de serlo, era indispensable mantenerse en el anonimato para sobrevivir.

Tan fuerte seguía siendo la presión de quienes abominaban del hombre solitario, que el propio Tomás, el pastor que le hacía las veces de mensajero y proveedor, y principal beneficiario de la producción de champiñón de Ángel, se vio forzado a interrumpir sus periódicas visitas y no volvió a acercarse por la cueva nunca más. La inesperada circunstancia planteaba un serio problema para el futuro de Ángel en el monte Origo. Su único enlace con el pueblo se interrumpía así definitivamente, lo que impedía que su cosecha tuviese salida y, al mismo tiempo, lo dejaba sin suministro de leche ni medicamentos básicos. Tampoco podría recibir las noticias importantes que, como en el caso de la muerte de su madre, no habían encontrado otro transmisor que el propio Tomás. Resultó entonces patente que sólo el interés económico había movido al pastor a frecuentar la compañía del anacoreta, y que, finalmente, pudo más el peligro de saberse criticado por su colaboración con él que la amistad que supuestamente los había unido.

Ángel no reprochó nada al cabrero, comprendió su necesidad de mantener tratos con la gente del pueblo, muchos de los cuales compraban la leche y el queso de sus cabras, y se dispuso a afrontar sus nuevas limitaciones con resignación y esperanza. No en vano, él había escogido conscientemente aquella vida apartada, y desde el primer instante había comprendido que habría de valérselas por sí mismo. Cualquier ayuda era bienvenida, pero, en ausencia de ésta, la naturaleza le procuraría lo imprescindible para la subsistencia.

Sin embargo, una noche alguien dejó atada una cabra a la puerta de la cueva, con la clara intención de que al menos no faltara la leche en la dieta del solitario cavernícola, que agradeció mucho el anónimo gesto con el que alguien acallaba su propia conciencia. Las enflaquecidas fuerzas del anacoreta necesitaban ese básico sustento, y se sintió reconfortado por ese último acto de auxilio.

Frente a las maliciosas opiniones que suscitó el asesinato del monte Origo entre los habitantes del pueblo, existía cierto número de vecinos que, por supuesto, dijeron maravillas acerca de la nobleza de carácter del extraño habitante de la montaña. El silencio y la sumisión de Ángel durante las terribles horas en que vio peligrar seriamente su libertad, y aun su integridad física, constituyeron comentario generalizado, y mucha gente empezó a mirar con otros ojos su enigmática figura. Entonces empezó a suceder lo insólito. Algunos de ellos, en claro desafío a los comentarios maliciosos, se atrevieron a visitarlo, para comprobar *in situ* su bondad de carácter y la extraordinaria sabiduría que, según se decía, había acumulado a lo largo de muchos años de vida retirada.

Todos eran recibidos de buen grado en la rústica morada del anacoreta, que solía dejar de lado sus quehaceres para atender gustoso a quienes acudían a él. Cuando el tiempo no acompañaba, los hacía pasar al interior de su morada y procuraba acomodarlos lo mejor posible. A todos impresionaba la agradable temperatura que reinaba siempre dentro de la oquedad, fenómeno que los más ingenuos atribuían a algún mágico prodigio, obra de su anfitrión. Una vez sentados en rústicas alfombrillas fabricadas por el propio anacoreta, les servía un caldo muy caliente que preparaba con hierbas nutritivas y acto seguido escuchaba con atención las dudas o preguntas que quisieran plantearle. Si, por el contrario, era verano, les proporcionaba agua fresca y una buena sombra donde reposar. La ascensión a pie hasta las escarpadas alturas se hacía especialmente trabajosa en plena canícula, lo que hacía que los visitantes agradecieran especialmente tales atenciones.

Además de responder con buen juicio a sus interrogantes, Ángel intentaba iniciarlos en la meditación, para lo que se servía de su inseparable flauta. Entre el anacoreta y sus visitantes llegaba a crearse un ambiente de recogimiento, paz, relajación e interiorización, que propiciaba que muchos marcharan imbuidos de una nueva energía, que perduraba el resto de sus vidas.

A veces, sobre todo durante los fines de semana, llegaban a formarse grupos de hasta quince o veinte personas ante la caverna. La paz del lugar se disipaba entonces, para disgusto de Ángel, atropellada por la invasión de adeptos y curiosos. Pese a ello, cuando empezaba a hacer sonar su flauta o les dirigía la palabra, un impresionante silencio volvía a reinar a su alrededor y contagiaba a la fauna del entorno, que retomaba sus trinos. Tal era la expectación que despertaba el loco del monte Origo entre sus seguidores.

El colmo del delirio llegó cuando alguien se aventuró a llevar hasta aquellas alturas a un enfermo en camilla, con la vana ilusión de que Ángel lo sanase. Ni que decir tiene que quienes aceptaron la terrible tarea de cargar con el doliente hasta la cueva llegaron al final del trayecto en peores condiciones que el propio enfermo al que portaban. La gente de buena fe, dispuesta a creer en todo con tal de ver cumplidos sus anhelos, no hacía distinción entre la bondad y sabiduría de un hombre y su improbable capacidad para hacer milagros. Pasmado por la expectativa que había despertado en algunos de sus simpatizantes, el anacoreta asumió como propio el error de haberlos inducido a pensar que poseía tales dones, y les advirtió severamente que él no era curandero ni mago, como tampoco médico. Le aterrorizaba pensar que alguien pudiera considerarlo a él como su última esperanza de vida.

—Es el Creador quien sana a los hombres, según su voluntad —se apresuró a explicar Ángel—. A mí me veréis morir un día como cualquiera de vosotros. ¿Por qué recurrís a mí que ni tan siquiera sé curarme a mí mismo de mis muchos males del cuerpo y del alma? ¿En qué os fundáis para creer que una criatura tan insignificante pueda ser capaz de hacer algo más que hablar con vosotros?

Desde aquel suceso, el anacoreta empezó a sospechar que la afluencia de simpatizantes atraídos por su leyenda constituía un problema, tanto para su pretendido aislamiento del mundo —claramente superado por las circunstancias— como para los propios visitantes, que en muchas ocasiones mostraban una peligrosa tendencia a convertir sus consejos y reflexiones en los preceptos de una secta. Era cierto que su aspiración primera había sido, desde siempre, compartir su modo de entender la vida con sus semejantes, a la manera en que Gaspar lo hiciera años atrás con él. De poco servía recorrer el camino del conocimiento de uno mismo si con ello nadie más podía beneficiarse. Pero los acontecimientos le obligaban a ser sumamente cauteloso y evitar a toda costa verse convertido en un personaje pintoresco, objeto de peregrinaciones masivas y protagonista de sanaciones milagrosas. Así, se impuso limitaciones en el número de visitantes diarios y se mostró cada vez menos proclive a pronunciar charlas a grandes grupos. A fin de cuentas, él era un hombre retirado del mundo, y la soledad constituía un valor irrenunciable.

Durante los siguientes años, entre sus cada vez más escogidos visitantes, Ángel se reencontraba en ocasiones con rostros conocidos de su anterior vida en Torcegada. Un día, cuando regresaba del arroyo cercano donde hacía sus diarias abluciones, vio a una solitaria mujer aproximarse por el sendero. La considerable distancia no le permitía aún distinguir su rostro, pero se le antojó elegante, y sus movimientos le revelaron que no demasiado joven. Conforme la veía venir a lo lejos, mientras ascendía lentamente la empinada senda, pensaba el anacoreta en lo extraño del hecho de que una mujer sola subiera a verlo. Con toda seguridad no debía de ser ninguna de las vecinas del pueblo, que hubiera sido poco menos que lapidada en la plaza mayor por subir a entrevistarse a solas con un hombre, especialmente si ese hombre era él.

Cuando la mujer se halló a pocos metros, súbitamente creyó reconocerla. Aquel rostro había quedado años atrás marcado a fuego en sus retinas. No era otra que Celia, mal llamada la Loba, la prostituta a la que una vez había dedicado la mirada más tierna y ausente de maldad con que ella se había tropezado en su vida. En efecto, la mujer, años atrás, cuando comprendió que el joven había sido empujado a visitarla por la necedad de otros, y consciente del inmenso respeto que a él le inspiraba, había dejado por un momento su representación de hembra de vida alegre para convertirse en su amiga. En aquel lejano instante, Ángel había sentido, como pocas veces en su vida, que alguien penetraba en su interior y se identificaba con su pensamiento y sus torpes sentimientos. Él también se había sentido impresionado por el sufrimiento diario de aquella desafortunada, que había de ganarse el sustento en un sucio camastro de burdel. La sintonía entre ambos había resultado perfecta y permanecía en sus memorias como uno de esos vínculos que el paso del tiempo no logra disolver.

Ahora, años más tarde, se miraron de nuevo largamente a los ojos. Las sonrisas que se dedicaron, de alegría ella, de sorpresa él, lo decían todo. Ángel se inclinó con la intención de tomar su mano para besarla, pero Celia, rápida de reflejos, tomó la suya y la besó primero.

—Únicamente a los sacerdotes y a las mujeres se les considera dignos de tal cortesía —protestó él, azorado.

—También yo creía —respondió ella— que sólo se besaba la mano a las grandes señoras.

—Tú jamás dejaste de serlo, Celia.

—Y tú, Ángel, eres para mí tan digno de respeto como cualquier sacerdote de los que he conocido.

—Veo que no conociste a don Hermesindo —objetó Ángel—. Es el cura de Torcegada y él merece mucho más que un besamanos. Nosotros mejor besémonos en las mejillas, como buenos hermanos.

Así lo hicieron y, tras sentarse en sendas alfombrillas, se pusieron al corriente mutuamente de los avatares de sus respectivas vidas. Ella estaba muy informada de las andanzas del hombre que vivía en el retiro y la pobreza, ya que en la comarca no se había hablado de otra cosa desde el desgraciado suceso de la niña asesinada. Él, en cambio, no había vuelto a tener noticias suyas desde el día en que la conoció en el cuartucho maloliente de aquel tugurio de carretera.

—Desde que te vi entrar —recordaba Celia—, asustado pero sobre todo tierno y compasivo, me percaté de que te empujaban los que no veían en mí más que un cuerpo donde vaciar sus ansias. Y al mismo tiempo comprendí que estaba ante alguien muy especial. Nada que ver con aquellos machos salidos.

—Me sorprendió —respondió Ángel— que una mujer acostumbrada a tratar con ese tipo de hombres supiera ver la ternura que despertaba en mí, y comprendiera que lo que me llevaba ante ella era únicamente la malicia de otros. Donde yo esperaba burla y menosprecio encontré un corazón enorme, con el que me hubiera gustado coincidir en otras circunstancias. Entonces comprendí que, bajo tu preciosa envoltura corporal, ocultabas por pura necesidad un alma grande, empeñada en preservar siquiera un ápice de su primitiva inocencia. Desde siempre pensé que un hombre y una mujer pueden encontrarse en un cruce de caminos y mantener una limpia relación de amistad en la que no necesariamente esté incluido el sexo.

—Esa rara limpieza de pensamiento y tu ausencia de malicia hizo que tu presencia me resultara aún más llamativa —recordó Celia—. Estoy segura de que, de haber podido, me habrías sacado de allí en volandas para llevarme a donde fuera respetada y no necesitara venderme para vivir.

—Ésa fue la necesidad que sentí, y si no lo hice fue porque era demasiado joven y no sabía qué podía suceder. Realmente hubiese sido una locura.

—Tal vez no —arguyó ella, divertida—. Tú eras un rebelde y, como ves, la vida te ha llevado a proclamarlo a los cuatro vientos. Aquélla hubiera podido ser otra manera de empezar a gritar.

—¿Me hubieras acompañado?

—Hubiera destrozado tu vida y la mía. Imagínate los titulares: «Con dieciocho años recién cumplidos, se escapa con una prostituta mayor que él. Los padres del joven acusan a la mujer de corrupción de menores. Él acaba en un correccional y ella en la cárcel.»

Ambos rieron de buena gana.

—Pese a todo, lograste que me sintiera respetada por primera vez. Es algo que no olvidaré jamás.

—¿Qué hiciste de tu vida desde entonces? —quiso saber Ángel.

—Aún permanecí en aquel antro durante cinco años más hasta que conocí a un hombre maduro, ya jubilado, que me pidió en matrimonio. Estaba desesperada y acepté como único medio de salir de allí. Nuestra convivencia fue breve, pero suficiente para que yo llegara a amarlo de verdad. Dos años más tarde falleció. Siempre lo recordaré con afecto, porque me sacó del prostíbulo y me dio un apellido y una vida digna. Hizo de mí una verdadera señora. Entonces tuve la sensación de volver a nacer a los ojos del mundo, pues residía en la capital, donde nadie me conocía. ¿Sabes que es maravilloso poder pasear con la cabeza bien alta, mirar a los ojos a todo el mundo y saberte respetada como la que más? Fueron un par de años hermosos, aunque los constantes achaques de mi esposo nos impidieron disfrutar de todo aquello como ambos hubiéramos deseado. Al morir me dejó bien situada económicamente, y hoy puedo decir que he hallado la paz, o mejor, que ella me ha encontrado a mí. Durante estos años de viudez me he entregado a mis dos grandes pasiones, nunca antes satisfechas: ayudar a los demás y la lectura.

—¿Y de qué manera has encauzado esa ayuda a los demás? —preguntó Ángel, muy interesado.

—Como sabes —respondió Celia—, estas cosas no deben contarse, porque entonces pierden su valor, pero haré contigo contigo una excepción y te lo diré. Varias veces a la semana visito un asilo cerca de la capital. Allí colaboro con las monjas para atender a los ancianos. Son pobres viejos que carecen de casi todo y a quienes la sociedad no ha reconocido ni retribuido, siquiera mínimamente, el esfuerzo que en sus años mejores hicieron por ella. Tendrías que ver la mirada agradecida de un abuelo de noventa años cuando le das la sopa, cucharada a cucharada, como si fuera un bebé. O los besos estruendosos que te da una pobre octogenaria, a la que ayudas a vestirse y acompañas al salón a ver la televisión o a la capilla a oír misa. Hay mucho amor en cada arruga de esos ancianos. Amor que espera, como el fruto maduro, a que algún alma limpia se acerque y lo tome. Todo el cariño que durante sus vidas quisieron dar y no pudieron; todo el que merecieron y no recibieron jamás, está en ellos apenas oculto, pues con los años ya rebosa para aquél que quiera servirse. Los ancianos devuelven el ciento por uno de cada pequeño apoyo que se les presta. Por eso no quiero que nadie me agradezca lo que hago; soy yo la que busca allí aquello de lo que siempre he carecido: el amor que a ellos les sobra, porque nadie pasó a recogerlo.

—Ciertamente, tu vida es ahora muy hermosa, Celia —dijo Ángel—. Y has escogido una magnífica manera de entregarte a los demás. Tocar de pronto las alturas, después de tantos años de vivir en el fango, es un privilegio sólo reservado a almas limpias como la tuya.

—No sé si me creerás —prosiguió ella—, pero incluso algunos de los hombres con los que en mi juventud tuve que yacer por unas monedas comen hoy día en la mesa donde yo sirvo la comida. Si supieras qué satisfacción siento al atender con especial mimo, sobre todo, a quienes disfrutaron humillándome e insultándome mientras gozaban en mi compañía... A veces pienso que estoy chalada.

—Nada de eso, querida amiga —respondió Ángel—. Ésa es la máxima aspiración de todo corazón noble y, a mi juicio, el más hermoso y duro mensaje de aquel otro loco maravilloso que fue Jesucristo: pagar con amor los golpes del otro; procurar atenciones y cuidados a quien nada le importamos; mimar a quien nos maltrató; inundar de vida a quien tiene el alma muerta. Una tarea muy dura, pero sumamente gratificante para quien sea capaz de desempeñarla.

—La satisfacción es sin duda la mejor recompensa

—asintió Celia.

Aquellas dos almas, gemelas en su pulcritud, continuaron charlando durante horas, amparadas por la bonanza de un hermoso día. A medida que relataban múltiples experiencias, veíanse reflejados el uno en el otro. No habían sido muy afortunados en su existencia hasta el día en que, por caminos distintos, ambos hallaron un sentido a todo, que no consistía en otra cosa que el servicio a los demás. Lo que podría parecer una curiosa coincidencia se revelaba para ellos como verdad universal.

Ahora, aquel jubiloso encuentro había venido a reconfortar el itinerario vital de los dos incansables buscadores de sí mismos.

—Debo marcharme ya —dijo ella—. Pero antes, ¿puedo preguntarte algo?

—Sabes que sí.

—Para llegar hasta aquí seguí ese sendero, hasta que lo abandoné para acercarme a la cueva. Pero observo que el camino continúa y se pierde detrás de aquellas rocas. ¿A dónde conduce?

—A ninguna parte, Celia —fue la escueta respuesta del hombre solitario.

A diferencia de otros, ella sí comprendió.

A ambos los asaltó la misma extraña sensación de que aquel adiós era definitivo. No se dijeron nada, pero supieron que sus caminos, precisamente por ser ahora paralelos, estaban condenados a no encontrarse nunca más. Jamás los dos raíles de una vía de tren llegan a tocarse, pese a tener un mismo destino final.

Mientras seguía con la vista la marcha de la mujer, sendero abajo, las lágrimas rodaron por las mejillas del anacoreta. Era consciente de que siempre recordaría el día en que fue visitado por Celia, en otra vida llamada la Loba. Hijos ambos del mismo padre, el sufrimiento, y de la misma madre, la incomprensión, sus almas seguían siendo hermanas, ahora hijas adoptivas del amor y la verdad, esos padres huidizos y parcos en palabras y en presencias, a los que muy pocos llegan a conocer.

VIII

LOS MERCADERES

A pesar de las restricciones que Ángel se había impuesto para recibir visitas en su cueva, un considerable número de personas continuaban acercándose a él en busca de respuestas. Por allí pasaban desde altos ejecutivos con el sistema nervioso destrozado por la presión de una sociedad regida por el dinero y la prisa, hasta estudiantes púberes que atendían las explicaciones del hombre solitario sin apenas pestañear. Ángel daba por bien empleadas las horas que dedicaba a atender a todos. Jamás aceptaba retribución alguna distinta de la satisfacción que experimentaba en su corazón al entregarse como siempre había deseado, y la que creía observar en muchos de sus visitantes cuando se despedían para regresar a sus cotidianos quehaceres. A causa de su pobre concepto de sí mismo y su carácter reservado, Ángel no gustaba de las aglomeraciones ni le agradaba hablar en público. También era consciente de ser objeto de las burlas de no pocos de los que por allí se asomaban. Por eso fue estricto en cuanto a no permitir grupos numerosos de personas, para lo cual, y pese a las esperas a que daba lugar, no recibía nunca a más de cinco visitantes a la vez. No obstante, una vitalidad desconocida e infinitamente más poderosa que cualquier otra consideración se apoderaba de él cuando comprendía que sus palabras eran de utilidad para alguien. Ángel luchaba contra lo que consideraba una actitud egoísta: vivir su retiro en completa soledad sin compartir sus conocimientos, atesorados durante largos años de apartamiento.

Pero, tal como había venido comprobando desde sus tiernos inicios, hacer el bien resultaba en la teoría mucho más fácil que en la práctica. De ello no faltaban pruebas a menudo. En una ocasión vinieron a visitarlo dos hombres que muy pronto evidenciaron no buscar ninguno de sus consejos, ni tampoco mostraron una especial admiración hacia nada de lo que él representaba. Se trataba de dos responsables de la única televisión nacional, que pretendían grabar un reportaje sobre su persona y su modo de vida. Para ellos, la noticia estaba en lo desusado de la actitud del hombre del monte Origo, un individuo completamente antisocial y anacrónico. Con esa premisa, le propusieron ser protagonista de una crónica televisiva, que formaría parte de una serie de programas sobre personajes pintorescos. La idea sonó a broma en los oídos de Ángel, pero pronto hubo de convencerse de que hablaban en serio, cuando uno de ellos extrajo de su mochila un periódico muy arrugado y mostró al solitario habitante de las alturas una fotografía suya, de considerable tamaño, que acompañaba a un amplio reportaje con toda clase de pormenores acerca de su persona. Entonces conoció que la prensa escrita ya se había ocupado de él, aunque nadie había solicitado su parecer para publicar aquellas fotografías y explicar a todo el mundo quién era y a qué dedicaba su existencia, inexactitudes y mentiras sensacionalistas incluidas. De repente se dio cuenta de que su intimidad había sido invadida, en un abuso de confianza por parte de quienes lo visitaban. Algunos se empeñaban en tomarle fotografías, decían que para conservar así un recuerdo suyo. Lejos de la vanidad, Ángel accedía si de ese modo podía hacerlos más felices, pero jamás había imaginado que algunas de aquellas instantáneas pudieran ser utilizadas para vender periódicos.

Estaba claro que aquellos enviados de la televisión, que no habían tenido más remedio que mostrar sus verdaderas intenciones, pretendían hacer lo propio. Pero no era lo peor. Por los comentarios de los recién llegados —a quienes la naturaleza no había adornado con la virtud de la discreción—, el anacoreta llegó a la conclusión de que las autoridades del pueblo habían tenido mucho que ver en la campaña de propaganda que se había organizado en torno a su persona. Se trataba, dedujo, de atraer al turismo mediante los atractivos de la zona, entre los que seguramente debía de figurar el curioso espécimen humano que habitaba, completamente solo, en una oscura gruta del monte Origo. Todo un cebo para curiosos ávidos de lo pintoresco, que con toda seguridad dejaban buenos dineros en los establecimientos de Torcegada y de toda la comarca.

La paciencia del anacoreta estaba colmada.

—Tan pronto me tachan de loco o me acusan de crímenes horrendos como se enriquecen a mi costa —dijo, indignado, a los periodistas—. Al parecer, todo es válido para ganar dinero; hasta la buena fe de la gente es objeto de comercio para los hombres sin escrúpulos. No obstante, me reconozco culpable, pues el orgullo de sentirme escuchado y la satisfacción de creerme comprendido me hicieron reanudar mi relación con un mundo del que había huido años atrás, defraudado por el egoísmo y la maldad que todo lo invaden. Gran equivocación la mía, que no habrá de repetirse, pues si algo bueno tienen los errores es la enseñanza que nos dejan. Estoy seguro de que hay miles de personas que matarían por aparecer en sus panfletos sensacionalistas. Vayan a buscar sus noticias a otro lugar y, por favor, no vuelvan jamás.

La vida de Ángel seguía jalonada de desengaños, precio inevitable de su entrega a los demás. Pero, a partir de aquel día, el anacoreta rehuyó toda visita de cuya identidad e intenciones no tuviera clara constancia. Ello supuso un nuevo y definitivo deterioro de sus relaciones con los vecinos del pueblo, que quisieron ver en su actitud la postura endiosada y soberbia de un perturbado. La corporación municipal se vio obligada a modificar su propaganda turística para el Origo y limitarla a exaltar las excelencias del paisaje, el clima y la tranquilidad de aquel paraje natural. Se hacía ahora inevitable, sin embargo, una somera referencia a la figura grotesca de un anacoreta de conducta «poco sociable», que aportaba el toque pintoresco, si bien se desaconsejaba al visitante cualquier intento de relación con él.

Ajeno a tales manejos, el apacible Ángel se daba por satisfecho con que se respetara su privacidad. Así, durante los meses siguientes, a pesar de que la afluencia de excursionistas a la zona se incrementaba merced a la reciente campaña publicitaria, pocos eran los que se aproximaban a la primitiva morada del anacoreta. Unos por desconocimiento o desinterés y otros por temor a la reacción de quien imaginaban como una especie de homínido salvaje, poco a poco fueron relegando en el olvido su figura, lo que le permitió recuperar su añorada soledad. De paso, Ángel había aprendido una triste verdad: el primer rasgo distintivo del hombre frente a otras especies animales es su capacidad de comerciar.

IX

EL CALOR DE LA AMISTAD

Corría el año 1985 y el ya veterano anacoreta alcanzaba los treinta y cinco de edad aquejado de una extrema delgadez y frecuentes estados de debilidad, que le habían hecho convencerse de que su salud no era buena. Desde que Tomás, el pastor, dejara de visitarlo, su único alimento era el champiñón que él mismo cultivaba, además de la poca leche que lograba extraer de la cabra. Algunos frutos silvestres completaban una poco ortodoxa alimentación.

Se encontraba un día en la gruta del champiñón, ocupado con paciencia de su cultivo, cuando escuchó pisadas en el exterior. Se asomó con cautela y descubrió que un visitante se había detenido frente a la entrada de la otra cueva, que hacía las veces de vivienda. Desde su escondrijo, Ángel podía ver quién se aproximaba a su morada sin que su presencia fuera advertida, lo que le permitía eludir visitas no deseadas. Normalmente, terminaban por aburrirse y se marchaban en busca de otros puntos de interés.

En aquella ocasión, el visitante parecía algo más joven que él y su aspecto no le resultaba del todo desconocido. Tras deambular por los alrededores, el recién llegado comenzó a llamarlo por su nombre en voz alta. Sorprendido, Ángel esperó aún unos minutos pues, aunque había algo en aquel hombre que le inspiraba cierta tranquilidad, era mucho el recelo que su corazón había acumulado hacia los extraños. Finalmente, ante la insistencia de las llamadas y en contra de lo acostumbrado, resolvió dejarse ver. Hacía al menos tres meses que no contactaba con ser humano alguno y ése fue el principal motivo que lo impulsó a atender a aquel hombre. A pesar de estar acostumbrado a la más absoluta soledad, aún quedaba en su corazón un ligero poso de los años vividos entre sus semejantes, y el regusto de algunas compañías no resultaba fácil de olvidar.

Así, abandonó su escondite y surgió ante el visitante como una aparición. Éste, sobresaltado, permaneció quieto por unos segundos, pero en seguida avanzó hacia él resueltamente y abrió los brazos con ánimo de abrazarlo. Ángel permaneció quieto ante la gruta del champiñón mientras trataba de desentrañar a quién pertenecía el rostro agradable y curtido del hombre que se le aproximaba. Cuando ya no los separaban más de siete u ocho metros, Ángel reconoció las facciones de cazador avispado y aventurero de su viejo amigo Ricardito *el Culebras*.

Visitante y anacoreta se fundieron en un efusivo abrazo, en el que la fortaleza de Ricardo contrastó con el poco vigor de los brazos de Ángel. Permanecieron unos instantes todavía abrazados mientras se miraban a los ojos para terminar de reconocerse. Se habían añorado el uno al otro durante una eternidad, cuando no les separaban más de dos horas de camino.

Ángel lo hizo pasar al interior de su hogar para mostrarle su modo de vida y poder sentarse a charlar. Allí le ofreció un tazón del sabroso caldo caliente, que preparaba con ciertas plantas cuyas propiedades alimenticias había descubierto Gaspar años atrás. Mientras el visitante bebía, el anacoreta revivió en voz alta episodios de los años pasados. No podía creer que a su lado estaba Ricardo, su amigo y compañero de la infancia, que en la niñez había terminado por rechazar su amistad, avergonzado al no ser capaz de entender su actitud inofensiva ante los ataques de otros; Ricardo, el amigo que se había visto superado por la nada rencorosa actitud de Ángel tras la pesada broma que le preparó. No se habían visto en once años desde el día en que Ángel tomó la definitiva decisión de abandonar el pueblo y marchar a vivir a la montaña, apartado del mundo. El Culebras, en cambio, había permanecido todo aquel tiempo en Torcegada. No se sentía atraído por la capital, tan grande, tan inhumana, con tan aparentes oportunidades, pero deshumanizada y preñada de peligros para alguien criado entre rebaños. Su padre, jornalero como todos, había conseguido prosperar con el tiempo y, pocos años antes de morir, había dejado en sus manos la explotación de un número considerable de cabezas de ganado y algunas tierras, lo que le permitía ganarse bien la vida y mantener a su anciana madre. Nunca contrajo matrimonio, por una simple ausencia de candidatas, circunstancia corriente en un pueblo donde la aspiración de los jóvenes no era otra que huir a la capital tan pronto como podían, en busca de un futuro mejor.

Charlaron largo rato acerca de sus vivencias infantiles y juveniles; recordaron la escuela y, por supuesto, la ingeniosa encerrona que Ricardo urdiera un día para poner a prueba los límites de la nobleza de su amigo, con la pobre Catalina como víctima propiciatoria.

—Quiero pedirte perdón nuevamente por aquella jugarreta, Ángel —se sinceró Ricardo—. Sentí la necesidad de probarte, aunque en el fondo no esperaba nada distinto de lo que ocurrió. Tal vez sólo trataba de encontrar en ti un ápice de rencor o de odio, que te hiciera parecer más real ante mis estupefactos ojos de pillo. Más tarde comprendí que había sido una estupidez, aunque a mí aquella trastada me sirviera para conocerte de verdad. Entonces supe que todo en ti era auténtico; me convencí de que tu bondad, tu nobleza y tus limpios sentimientos para con todo el mundo, sobre todo para quienes te dañaban, eran una gran verdad. No ha pasado un solo día de mi vida en que no haya recordado aquella bella lección, querido amigo. Tú pulverizaste mis dudas y supe que, pese a todo, existen almas limpias en este mundo lleno de mierda.

—Celebro que tú también aprendieras algo de todo aquello —respondió Ángel.

—¿También? —se extrañó Ricardo—. Creía haber sido el único en extraer algún provecho de aquella gamberrada. ¿Qué aprendiste tú, sino que yo era un perfecto imbécil?

—Aparte de ese pequeño detalle —bromeó Ángel—, también yo llegué a conocerte mejor tras aquella experiencia. Comprendí que tu corazón no era tan malvado como querías hacer ver a quienes te rodeaban y que tan sólo tratabas de defenderte, igual que todos, de las agresiones a que te sometía la vida. Lo importante es que aprendiste a tiempo que la violencia o el enfrentamiento permanente no son el camino adecuado. Comprobaste que no es imprescindible responder a la maldad con más maldad, algo tan absurdo como intentar apagar un fuego arrojando leña sobre él.

—Esa fue, en efecto, la gran lección —respondió Ricardo—. En aquel momento quizá no supe entender del todo lo que ocurría; sólo era una jugarreta entre amigos que se volvió en mi contra y cuyo resultado a la vez me aleccionó y me desconcertó. Pero, conforme pasaron los años, el recuerdo de aquel descubrimiento se reavivó en mi memoria y llegó a hacerse casi obsesivo, hasta que hoy día puedo decir que ha acabado por constituir el germen de mi filosofía de vida. Ésa es precisamente la razón por la que he venido a buscarte.

—Entonces —dedujo Ángel sorprendido—, no sólo has venido a visitarme.

—No, amigo mío.

Pensativo, el Culebras se inclinó y tomó del suelo una ramita con la que empezó a escarbar en la polvorienta tierra a sus pies, como si buscase en la roca que pisaba la mejor forma de expresarse. Al cabo de unos segundos y consciente de que Ángel aguardaba su explicación, se incorporó y comenzó a hablar, mientras deambulaba por el reducido espacio entre desnudas paredes de piedra.

—Llevo mucho tiempo —explicó— dándole vueltas a una idea en mi cabeza. Desde que supe que te habías alejado del mundo sentí, debo reconocerlo, enormes deseos de seguirte e imitarte, si bien por aquellos años mi jornal era imprescindible para la subsistencia de mi familia, y la idea se me presentaba como un sueño irrealizable. Sin embargo, a pesar de que en la actualidad continúo a cargo del ganado y de las tierras que fueron propiedad de mi padre, dispongo de mayor libertad en todos los sentidos y creo que ha llegado el momento de dar un rumbo definitivo a mi vida. Oigo sonar cada noche tu flauta en la lejanía y aprieto los puños de rabia por no estar a tu lado y soplar mi propia caña. Entonces me invade la terrible sensación de estar desperdiciando mi vida. He padecido períodos depresivos, que cada vez me sumen más en el desánimo y el escepticismo, porque sé que no he elegido el camino correcto. Pero confío en que todavía tenga el tiempo suficiente para enmendar mis pasos. Lo que he venido a decirte, Ángel, es que nada me gustaría más que ser tu discípulo. Yo vendría por aquí siempre que mis obligaciones me lo permitieran, compartiría contigo todas las tareas para no resultarte gravoso, y lo único que te pediría sería tu sabio consejo espiritual. Prometo no ser un estorbo para tu vida de soledad y recogimiento; antes bien, sería un imitador de tus actitudes y trataría de emularte en todo. Por otra parte, tal vez para ti sería reconfortante contar con una mano amiga que aliviara tu total soledad.

—Creía —dijo Ángel, sorprendido— que en el pueblo no estaba bien visto mi modo de vida.

—Sigo siendo un espíritu libre.

Ángel sonrió.

—En algo teníamos que parecernos. ¿Y qué espera hallar aquí tu espíritu libre?

—Me busco a mí mismo. Sé que en el interior de todo hombre hay mucho de divino, de intemporal y de trascendente, pero la vorágine del mundo nos obliga a olvidar que somos mucho más que un montón de carne y de huesos. Si no logro conocer esa parte de mi ser, mi existencia no habrá tenido ningún sentido. Te admiré siempre, aunque ni yo mismo fuera capaz de reconocerlo; desde la niñez supe que tú irías mucho más allá que todos nosotros. Tu mente buscaba afanosamente donde a los demás no se nos había ocurrido asomarnos. Sé que ocupaste largos años en estudiar y adquirir cultura, pero no fijaste tu objetivo en las ciencias vanas y meramente académicas de los libros, sino en aprender de verdad, para la vida.

—Y ya veo que tú no te has quedado atrás. Es obvio que has leído a Séneca —observó Ángel.

—Bueno, a mi modo, también he dedicado mucho tiempo a aprender.

—Algo que los pobres ofidios habrán agradecido sobremanera.

Ahora ambos reían.

—Eso fue un desahogo de niño —recordó el Culebras—. Al crecer descubrí que lo que yo pretendía con aquellas cacerías de serpientes era atraparme a mí mismo.

—Cuando lo consigas, trátate con cariño. Eres lo mejor que tienes —siguió ironizando el anacoreta.

—Pero necesitaré tu ayuda, Ángel. Estoy harto de desperdiciar una vida basada en la mera subsistencia y en la acumulación de bienes. Necesito ocuparme mucho más de mi alma, para llegar a entender por qué y para qué alguien me puso en este mundo.

—Ésa es la gran búsqueda, Ricardo, y también la más difícil. En ocasiones exige alejarse de ese mundo para mirarlo desde la distancia y entonces verse a uno mismo en su pequeñez.

—Por eso he venido, Ángel, porque quiero aprender de quien tiene tanto que enseñar. Te pido que me dejes leer en el libro de tu alma. Sólo espero que no sea demasiado tarde para abrir el regalo que Dios me hizo cuando te puso en mi camino, y que yo no supe aprovechar ni agradecer.

Abrumado por la vehemencia con que Ricardo hacía su exposición de motivos, Ángel se vio incapaz de negarle lo que pedía. Por otra parte, valoraba mucho más el beneficio de su compañía que cualquier inconveniente que la presencia de su amigo en su vida pudiese comportar. Sin embargo, el anacoreta sintió que recaía sobre sus espaldas el peso de la responsabilidad de conducir a buen puerto los nobles propósitos de su primer y único discípulo, un peso demasiado grande para quien se veía incapaz de arrastrar el suyo propio.

—Como sabes —explicó—, tengo por norma no aceptar la presencia de nadie en este lugar. No obstante, si alguien tiene derecho a pedírmelo, ése eres tú, Ricardo. Creo en la sinceridad de tus palabras y confío en tu capacidad de sacrificio. Serás bien recibido cuantas veces quieras visitarme, así como en el caso de que decidas permanecer aquí por varios días. Trataré de que tu buena voluntad se vea recompensada, siempre que tú sepas aportar tu esfuerzo personal. Si el buen Gaspar lo hizo por mí, es mi deber imitarlo también en eso.

El Culebras tomó las manos de quien ya consideraba su maestro y las apretó con fuerza entre las suyas. Ángel continuó hablando.

—Debes tener presente que cada cual ha de buscar, encontrar y recorrer su propio camino, y no es fácil que dos hombres que buscan juntos encuentren que sus rutas coincidan. No me niego a mostrarte todo cuanto pueda serte provechoso, pero sí te ruego que, a partir de mi rastro, busques tu propia senda y, de hallarla, la recorras en solitario. Quiero que ésta sea la primera enseñanza que recibas de mí: la soledad es el gran precio que hay que pagar por embarcarse en la búsqueda que tú y yo hemos emprendido; una soledad aterradora, cruel e implacable. Ella es, a un tiempo, nuestro más fiel aliado y nuestro enemigo más funesto.

Un hondo silencio se apoderó de la cueva. Los dos hombres permanecieron inmóviles durante unos minutos, con los ojos perdidos en el vacío. Diríase que las últimas palabras de Ángel, crudas y pesadas como las rocas que los cobijaban, habían ralentizado el compás vital de ambos.

De pronto, el anacoreta clavó la mirada en Ricardo y, señalándolo con el dedo, le espetó:

—¡Oye, no será ésta otra de tus puñeteras bromas...!

Los dos hombres rieron a carcajadas y se abrazaron

con la misma inocencia e ilusión de los primeros tiempos.

—Maestro —dijo Ricardo, que utilizó tal apelativo por primera vez—, ¿recuerdas que el día del funeral por Gaspar sólo estabais el cura, su acólito, tu madre y tú en la iglesia del pueblo?

—Lo recuerdo. Igual que ocurrió en los años siguientes.

—Pues aquel día no estabais tan solos. Llegué unos minutos tarde y me quedé junto a la puerta, fuera de la vista del sacerdote.

—Pero, ¿por qué no te sentaste a mi lado? Me hubieras dado una alegría.

—Me pareció que, precisamente a causa de la indiferencia de todo un pueblo, aquella ceremonia se había convertido en algo íntimo. Tuve miedo de romper la solemnidad del instante, me sentí extraño a todo aquello, aunque comprendía tu abatimiento y deseaba gritarte que yo también estaba contigo. Entonces me prometí que algún día reuniría el valor suficiente para hacerlo.

—Reconozco —admitió Ángel— que jamás lo hubiera pensado. Y te lo agradezco, amigo.

Comenzaba a oscurecer y Ricardo *el Culebras*, que había comprendido muy bien el planteamiento con el que Ángel acogía su propuesta, se despidió hasta muy pronto. Sendero abajo, el corazón le saltaba de alegría dentro del pecho. Por fin iba a poder acometer la empresa más hermosa de su vida, tras los pasos de un ser excepcional cuya amistad jamás debió haber puesto en peligro.

Conforme a lo acordado, Ricardo comenzó a visitar a su maestro cada tres o cuatro días, además de los fines de semana, en que permanecía allí desde la tarde del sábado hasta la del domingo. El voluntarioso aprendiz de solitario trataba de imitar en todo momento las conductas de su amigo, cosa que a éste solía preocuparle, por considerar que su modo de vida no era digno de tal atención, ni mucho menos de una ciega imitación. En su casi enfermiza humildad, Ángel tenía la convicción de hallarse en los primeros pasos de su búsqueda. Sin un destino claro en el laberinto del autoconocimiento, apenas atisbaba los posibles senderos a seguir. Para Ricardo, en cambio, era un auténtico modelo. En las palabras y en la conducta de su maestro percibía con claridad el cazador de culebras el eco de un alma en elevación.

En el transcurso de unos meses, y como resultado de esa atención constante, el discípulo consiguió aproximarse a la filosofía de vida del maestro, a quien gustaba bromear al respecto y le pedía que se la explicase, pues él mismo dudaba tener claros sus fundamentos. A su lado, Ricardo aprendió a valorar la vida en estado natural y descubrió sus incomodidades para el hombre viciado por el espejismo del bienestar urbano; participó de la integración en el entorno salvaje, que limpiaba de artificiosidad su existencia, y gozó de la belleza espiritual del silencio profundo, tan sólo quebrado por los latidos del corazón único que mueve al orbe.

Por las noches, en su casa del pueblo, Ricardo gustaba de escuchar el lejano canto de la flauta de Ángel que, en brazos del viento, caía sobre los vetustos tejados como un rocío primerizo, para teñir de claridad redentora la oscuridad cerrada. Ahora podía él, con mayor conocimiento, comprender y disfrutar la belleza que derrochaba el harapiento solitario cada vez que su aliento, sencillo y cálido, surcaba las entrañas de aquel instrumento, tan antiguo como el hombre. Las notas de sus melodías, primitivas y libres como el trino de un pájaro, hablaban de amor a todo lo creado, un amor que constituía el eje principal de todas las acciones en la vida del loco del monte Origo. Ricardo ya había aprendido que, sin ese pilar básico, cualquier intento de convertir su vida en un templo de sabiduría y conocimiento estaría abocado al fracaso.

X

EL CREADOR

Se acercaba el invierno, siempre duro en toda la comarca y muy penoso en la montaña. Las visitas de Ricardo, muy a su pesar, se hacían menos frecuentes. En muchas ocasiones la lluvia, el fuerte viento o el frío hacían francamente peligrosa la ascensión hasta la morada de su maestro. Empezaba a preocuparle la situación cada vez más precaria de Ángel, cuya deficiente nutrición lo había sorprendido desde el primer instante, pero el anacoreta se negaba a admitir provisiones o medicamentos en su cueva. En efecto, las mismas dificultades meteorológicas que Ricardo encontraba para visitarlo con la frecuencia deseada entorpecían también a Ángel el correcto cultivo del champiñón. Por otra parte, la cabra empezaba a estar mal alimentada, debido a la escasez de pastos, lo que originaba que su leche fuera más escasa. Ángel debía caminar largo rato, monte a través, con el fin de conseguir una mínima cantidad de forraje para el animal, pero con la llegada de los fríos cada día debía buscar más lejos, lo que le obligaba a consumir muchas energías. También él empezaba a acusar las ausencias de Ricardo, acostumbrado ya a que su aterradora soledad se viera mitigada por el mejor compañero imaginable.

Con el transcurso de unas semanas, las primeras nieves comenzaron a vestir de blanco los rincones umbríos y los picos más elevados de la sierra, y ambos hombres comprendieron que muy pronto tendrían que dejar de verse hasta que el buen tiempo permitiera al neófito recorrer de nuevo el largo y empinado trayecto sin tanto peligro. Así lo aconsejó Ángel a su amigo y discípulo, para evitar que el temor a dejarlo solo le impidiera ser prudente. Le recordó que él había vivido muchos inviernos en aquel lugar y era obvio que había sobrevivido por sus propios medios, si bien reconoció que el frío intensísimo de los meses invernales lo forzaba a recluirse en su cueva sin apenas asomar al exterior. Pero, sobre todo, le previno de que resultaba sumamente peligrosa la ascensión con la montaña cubierta de nieve; había pendientes demasiado pronunciadas para aventurarse por ellas caminando sobre hielo, y eran paso obligado. Ricardo admitió lo razonable de su advertencia, pero algo le decía que la resistencia física de su maestro podía haber empezado a tocar fondo. Así, impuso la condición de que le permitiese llevar a la cueva algunas provisiones básicas, en especial aquéllas que podían resistir largo tiempo sin deteriorarse, antes de que el invierno cayera definitivamente sobre la comarca. El anacoreta aceptó a regañadientes, si bien insistía en mostrarse lleno de vida y con sus actos quería evidenciar la vitalidad que siempre lo había acompañado.

De este modo, durante algunos días en que el sol volvió a dejarse ver tímidamente en los cielos de la sierra y el viejo sendero continuó practicable, Ricardo procuró llevar a la cueva cuantos alimentos pudo, la mayoría de ellos enlatados, que aseguraban el sustento de su maestro durante varias semanas, así como algunas ropas de abrigo, pues las que el propio anacoreta confeccionaba resultaban demasiado livianas para el crudo invierno.

Una mañana, después de un largo rato de meditación y mientras paseaban para recibir la caricia de un lánguido sol de mediados de noviembre, Ricardo, durante mucho tiempo atormentado por un conflicto entre sus anteriores convicciones y las que poco a poco se asentaban en su corazón por influjo de su maestro, le dijo:

—He pensado mucho acerca de Dios y todavía no sé si creer en Él o simplemente olvidarlo.

—No podrás —fue la fulminante respuesta de Ángel.

—¿Te refieres a olvidarlo?

—Sí.

—Explícame eso. Yo creo que puedo dejar de lado todo lo que me proponga. Y en el caso de Dios, me bastaría con no pensar en Él.

Tras unos instantes de silencio, el anacoreta le preguntó:

—¿Encuentras incompatible la idea del que llamamos Dios con las cosas que aquí has aprendido?

—En absoluto. Más bien me parece necesario que en ese Todo universal, del que nosotros somos una parte fundamental junto con toda la naturaleza, exista un núcleo que gobierne las infinitas partes que lo componen.

—¿Serías capaz de concebir el Todo sin ese núcleo? —siguió preguntando el anacoreta.

—Creo que no. Comprendo muy bien que nosotros y todo cuanto nos rodea formemos parte de algo tan grande que rebasa todos los límites del conocimiento humano, pero no puedo imaginar esa unidad sin un orden, sin una ley prístina y fundamental que haya dispuesto primero su existencia y después su organización. Tiene que haber un ente infinitamente poderoso y justo que vele por su armonía.

—Exacto, amigo mío —respondió Ángel—. Ésa es la explicación más al uso acerca de la existencia del Creador, y debería ser suficiente como para no dejar lugar a dudas. Pero para mí no es la única.

—¿Quieres decir —preguntó Ricardo, intrigado— que hay otras formas de razonar la existencia de Dios?

—Se puede razonar tanto para afirmar su existencia como para negarla. Nosotros seguimos esa vieja tradición de la humanidad, que se inclina a creer en la divinidad, cualquiera que sea su representación, con motivos más que suficientes. Pero no es ése nuestro tema ahora. En efecto, yo diría que hay tantas formas de demostrar la existencia del Ser Supremo como personas. Yo tengo la mía propia, que me resulta completamente válida y, al menos para mí, tiene aún más fuerza que la otra. Verás, Ricardo: la duda es consustancial al ser humano. La llevamos en la sangre. Por algo somos seres inteligentes, lo que, según se dice con excesivo orgullo de especie, nos diferencia de los animales. Yo sólo creo que la diferencia entre hombres y animales está en los distintos niveles de conocimiento; es una diferencia cuantitativa, no cualitativa. Si existiera un animal todavía más inteligente que el hombre, éste se hubiera visto relegado históricamente a la categoría de animal, y su vida dependería de la voluntad de ese otro. Pues bien, ¿por qué ha de creer el hombre en un ser supremo, por encima de todas sus dudas? Simplemente porque lo necesita. Necesitamos a un ser extraordinariamente poderoso a quien encomendarnos ante las dificultades, a quien agradecer su ayuda, de quien esperar una protección y que dé sentido a nuestro futuro tras la muerte.

Ricardo no pudo evitar una mueca de insatisfacción ante los argumentos de Ángel. Esperaba de su maestro una razón incontestable, que evitara que en lo sucesivo las dudas corroyesen los endebles fundamentos de su fe. Al percatarse de ello, el anacoreta sonrió y lo tranquilizó:

—No te preocupes, Ricardo. Al final estarás de acuerdo conmigo.

—Puede ser —replicó el Culebras—, pero por ahora no me basta con saber que lo necesitamos. Es cierto que la figura de Dios nos resulta necesaria, pero el hecho de que yo necesite una cosa no implica su existencia.

—Ahí es donde te equivocas —respondió Ángel—. Sólo se necesita aquello que existe y que somos conscientes de poder alcanzar, aunque sea un concepto abstracto y ese alcance nada tenga que ver con lo material. Necesitamos el agua, el alimento, el dinero, el aire, la amistad, el amor. Pero, ¿no sería absurdo que alguien necesitara lo que no existió jamás? ¿Podrías decirme algo que hayas necesitado sin ser consciente ni estar convencido de su existencia, Ricardo?

Éste, con una sonrisa que evidenciaba su rendición, respondió:

—Tengo que reconocer que no. Todo lo que alguna vez he precisado fue siempre aquello de cuya existencia no dudaba. Y no consigo imaginar tan intensamente nada que no exista como para llegar a necesitarlo.

—¿Y reconoces a la vez —continuó Ángel— haberte sentido necesitado del Creador, no en una, sino en muchísimas circunstancias de tu vida?

—Sin duda.

—Entonces, mi viejo amigo, tú crees en el Dios que necesitas. Lo necesitas porque crees en Él, y crees porque sabes que está ahí, en el centro mismo de esa unidad universal. Tu propia ansia de Él es la que te demuestra su existencia.

—Existencia que no puedo comprobar fehacientemente, porque es inmaterial —matizó Ricardo.

—Tan inmaterial como el amor, en el que sin embargo crees con fervor aunque no lo has tocado nunca.

—Está claro, maestro —admitió Ricardo—. Pero tengo una pregunta más que hacerte: si, como tú mismo admites, crees firmemente en la existencia de Dios, o del Creador como prefieres llamarlo, ¿no sería más fácil para ti seguir los preceptos de la Iglesia y aceptar la autoridad de ésta en la Tierra? ¿No estaríamos más cerca de la verdad divina si, en lugar de buscarla en la soledad de un paraje aislado, metidos dentro de un agujero, hubiéramos sumado nuestra voluntad a la de alguna congregación religiosa de las que forman parte de la Iglesia?

—Llegué a pensarlo en mi más tierna juventud, Ricardo, y no faltó quien intentara disuadirme de ello, pero pronto me di cuenta de que una cosa es la creencia o necesidad (que para mí son la misma cosa) de Dios, y otra es la forma en que cada ser humano entiende su relación con Él. Mi forma de pensar no está en contra ni ataca a ninguna otra filosofía. Antes bien, se nutre de lo bueno que pudiera haber en muchas de ellas. Pero la manera en que yo entienda mi relación con quien me creó y conmigo mismo no es algo que deba venir dictado por otros hombres ni por sus normas. ¿Qué saben ellos que yo ignore? ¿Por qué tienen ellos una verdad que suponen que a mí me ha sido negada, si es el mismo nuestro padre? La «muerte de Dios» preconizada por Nietzsche, o el atribuir la necesidad de la religión a un problema patológico en la psicología del individuo, de Freud, no son más que formas pretendidamente filosóficas o científicas de negar lo que está por encima del propio ser humano, pero que no por ello deja de existir. Yo no baso mi ideología ni mi forma de vida en la religión propiamente dicha, sino en una búsqueda del Creador a través de mi propia experiencia humana. Intento vivir la comunicación con lo trascendente de manera directa, sin intermediarios, que, como es sabido, en muchas ocasiones no predican con el ejemplo. Por esto mismo es por lo que te previne, cuando quisiste ser mi discípulo, de que tú deberías buscar y hallar tu propia senda, que no tiene por qué coincidir con la mía ni tampoco con la de ninguna iglesia. A fin de cuentas, el Creador tratará a cada uno de nosotros como más convenga, al igual que un padre adopta con cada uno de sus hijos la actitud que entiende más apropiada, si le suponemos buen conocedor de todos ellos. Jamás caerá en el error de utilizar para todos la misma tabla rasa, pues a todos los engendró distintos y distintas han de ser también sus expectativas de cada hijo.

—Supongo —añadió el Culebras— que, en realidad, el origen de las distintas órdenes religiosas ha sido esa disparidad de temperamentos y de puntos de vista, como también las diferencias en la escala de valores de distintos individuos, que se sintieron llamados a cambiar el rumbo de sus vidas.

—Las órdenes religiosas me resultan admirables, y aún más quienes se someten a su disciplina, visten un hábito y se alejan del mundo en busca de Dios, pero nunca me han gustado los uniformes, ya sean del cuerpo o del alma. Las leyes naturales y las que me dicta el corazón me bastan para seguir un código de conducta universalmente válido, y me sobra con una manta vieja y un agujero donde cobijarme para seguir vivo. Si de verdad te sientes unido a la naturaleza, no necesitarás más reglas ni vestiduras.

Y así fue como, un fresco día de otoño, cuando a lo lejos se dejaban oír los gélidos pasos de un invierno inminente, Ricardo abría de par en par las puertas de su corazón a la fe en el Creador y en su obra, tras haberse resistido durante toda su vida.

XI

PELIGRO BLANCO

Inexorable e indiferente a los deseos e incertidumbres de los hombres, llegó la temida estación fría. Según los científicos norteamericanos, cuyo dominio de la meteorología rebasaba los límites de lo verosímil, ya que eran capaces de predecir sin grandes errores el comportamiento del clima en una determinada región del planeta, en toda Europa se avecinaban meses de un frío especialmente intenso. Y como una nueva confirmación del indiscutible poderío yanqui, tales predicciones se cumplieron.

A mediados de enero de 1986, una intensísima nevada se abatió sobre la comarca de Torcegada y dejó al pueblo prácticamente aislado, un hecho nada extraordinario en la zona, de no haber sido porque los más viejos habitantes no recordaban haber visto tal cantidad de nieve en toda su vida. La vieja carretera que comunicaba la población con la capital se encontraba impracticable, y la previsión advertía que no sería cuestión de pocos días. Acostumbrados a bregar casi todos los inviernos con algo similar aunque con menos nieve y frío, los vecinos apenas se inmutaron. Ya habían hecho acopio de alimentos, medicinas, leña y otros artículos de primera necesidad.

De este modo podrían sobrevivir incomunicados durante varias semanas.

El único habitante de la localidad a quien preocupaba realmente el fenómeno climático era Ricardo. Todo el Origo se había teñido de un espeso manto blanco, que hacía muy peligrosos los senderos, convertidos en empinadas pistas de hielo en las que una caída representaría la muerte. En los escasos ratos en que cedía la opresión de la inmensa nube y la silueta del monte asomaba por algún intersticio, Ricardo observaba impotente el perfil oriental del Origo, más inexpugnable que nunca y revestido de un tono dorado pálido tan efímero como la caricia del Sol, que apenas llegaba a rozarlo.

Llevaba más de quince días sin regresar a la cueva del anacoreta. Presa de la intranquilidad, se reprochaba a sí mismo no haber insistido más para que Ángel bajase al pueblo y se alojase en su casa, al menos mientras se mantuviera la situación de emergencia, y se preguntaba por qué no lo había obligado a hacerlo, incluso por la fuerza. Pero lo que más inquietud le ocasionaba era el hecho de que hacía tres días que no escuchaba la flauta de su maestro. No era culpa del viento, casi inexistente en las últimas jornadas, ni de ningún otro ruido que amortiguase las dulces ráfagas de música que habitualmente derramaba sobre el pueblo dormido. Ricardo estaba plenamente convencido de que Ángel no tocaba la flauta, lo que valía tanto como decir que no meditaba, un hecho lo suficientemente grave como para preocuparse. A pesar de todo, durante algunas jornadas más, Ricardo intentó tranquilizarse, siquiera para aplacar su impotencia, y prefirió pensar que el anacoreta se veía obligado a permanecer todo el tiempo guarecido en las entrañas del Origo, único refugio posible ante el inclemente azote del frío. De ser cierta tal suposición, era lógico que el sonido de la flauta no llegase hasta el pueblo al morir entre las paredes de la gruta.

Sin embargo, apenas conseguía despejar su mente, la preocupación volvía a llenarlo todo. Ya no era sólo el silencio de la flauta. ¿Cómo podía Ángel soportar las bajísimas temperaturas que, con toda seguridad, sufría incluso en el interior de su agujero? Aquel clima equivalía a la muerte para cualquier ser humano, y Ángel no era, a fin de cuentas, más que un hombre enflaquecido y agotado, que distaba mucho del joven fuerte y saludable que Ricardo había conocido en otros tiempos. Seguido por la mirada silenciosa de su anciana madre, el Culebras paseaba por la casa como un animal enjaulado. Había llegado a querer mucho al amigo y maestro, en quien cifraba todas sus esperanzas de futuro, y se sentía impotente por no poder ayudarle ahora que, no le cabía duda, lo necesitaba verdaderamente. Era el momento de redimirse de la culpa que arrastraba desde la niñez por su mal comportamiento con él. Pese a que su estupidez lo había llevado a poner a prueba a su amigo, éste jamás le había dedicado una mirada acusadora; antes bien, había ignorado su torpeza y, con su ejemplo, le había dado la mayor lección de su vida.

Consciente de lo descabellado de la idea, el Culebras comentó con algunos vecinos, buenos conocedores del terreno, la posibilidad de subir a buscarlo. Todos trataron de disuadirlo y le advirtieron del peligro real que correría su vida en caso de intentarlo. No era la primera vez que un lugareño había perecido en la nevada montaña, abatido por la fuerza de los elementos. Le hablaron también del riesgo de aludes y de la posibilidad de extraviarse en el camino, a causa de la nueva fisonomía que en el paisaje imprimía la blanca y helada cubierta de nieve, e hicieron especial hincapié en el hecho de que, en caso de sufrir un accidente —nada extraño dadas las circunstancias—, nadie podría socorrerlo.

Algunos aprovecharon la coyuntura para volver a cargar las tintas contra el loco solitario, para lo cual no dudaron en usar la burla y el sarcasmo.

—¡Nadie obligó a ese santurrón a vivir allá arriba, en el mismísimo fin del mundo! ¡Déjalo que se pudra y no te la juegues tú también! ¿No proclamaba a los cuatro vientos que vivía en comunión perfecta con la naturaleza? ¿Por qué iba a dañar el invierno a alguien tan integrado en su entorno natural?

A Ricardo le pareció excesivo el encono contra el anacoreta y los miserables intentos de tanta gente por desalentarlo en sus intenciones de ayudarle. Fue entonces cuando se percató de la animadversión que su maestro había llegado a cosechar en el pueblo, a causa de su cerrazón a la campaña turística que se había orquestado en torno suyo. La discutida figura del loco solitario había terminado por perder sus pocos adeptos, y prácticamente toda la población se sentía perjudicada económicamente por él. Nadie iba a poner voluntariamente en peligro su vida para colaborar en el rescate de Ángel. Torcegada seguía siendo, tal vez más que nunca, un pueblo de hombres tan ciegos como la torre en torno a la cual vivían.

Cuantas más opiniones disuasorias escuchaba, más imperiosa se hacía para Ricardo la necesidad de subir al monte Origo a buscar a su maestro. Hubiera sido absurdo negarse a sí mismo el miedo que sentía; era inevitable y así lo reconoció interiormente, pero otros sentimientos, hasta ese momento desconocidos para él, se imponían ahora a cualquier razón y no podían ser ignorados. Por una vez en su vida, el Culebras necesitaba darlo todo por un ser humano, sin contrapartida alguna. Nunca había sido más que aquel niño desdichado, egoísta y provocador que mataba el tiempo cazando ofidios, como si cada nueva presa diera al menos algún sentido a un día más en su vida vacía. Ahora, él mismo estaba sorprendido y a la vez encantado. Aquella nueva emoción era distinta a todas, porque con ella se podía llenar toda una existencia.

Sin permitirse perder la esperanza, continuó en busca de un posible acompañante. Sus probabilidades de regresar con vida aumentarían considerablemente si no marchaba solo, y lo sabía. Era noche cerrada, el aire parecía de hielo y él había pateado todas las calles de Torcegada sin dejar un solo portal donde preguntar. Cuando, abatido, se disponía a regresar a casa, recordó que quedaba aún un lugar donde no había probado fortuna. Conforme consideraba la idea de visitarlo, comprendió que era el único sitio en todo el pueblo donde, tal vez, podría encontrar a la clase de persona que necesitaba.

La luz roja en el portal de la casa le servía de referencia mientras descendía por la carretera. El asfalto, cubierto de hielo, se hacía allí sumamente resbaladizo, lo que le trajo a la mente las dificultades que encontraría en su ascenso a la montaña. Una música suave y sugerente lo recibió cuando traspasó la puerta, siempre abierta, y lo introdujo de lleno en el sórdido ambiente del local. De repente, se encontró apoyado en un pequeño mostrador de bar, donde una mujer madura, de generoso escote y voluptuosa presencia, servía bebidas a tres hombres a quienes Ricardo reconoció. Saludó discretamente con una inclinación de cabeza y la mujer le colocó delante un vaso con un licor verde que no identificó. Los clientes de la barra eran hombres de edad avanzada; imposible pensar en ellos para su empresa. Reparó entonces en una cortina de terciopelo rojo que, detrás de un biombo decorado al estilo chino, ocultaba las habitaciones donde tenían lugar las citas. De allí surgió una chica, de no más de veinte años, vestida con una combinación blanca casi transparente y altísimos tacones. Tras ella, sudoroso y congestionado, apareció un tipo al que los de la barra saludaron por su nombre, entre bromas y compadreos. De corta estatura y poseedor de una voluminosa barriga, con el rostro redondo y ojeras de noches no dormidas, barba de varios días, sucio y desaliñado, no presentaba precisamente el aspecto de alguien capaz de jugarse la vida poniendo a prueba su resistencia física. Sin embargo, su apariencia ruda y la fiereza de su mirada dijeron a Ricardo que aquél podía ser su hombre.

—Por favor, póngale un *whisky* a este señor —pidió a la camarera.

El tipo le sonrió agradecido y se situó a su lado en la barra. Se hacía llamar Rufo, ya que su verdadero nombre, Rufino, nunca le había parecido suficientemente varonil. Era un bellaco borrachín, amigo de mujeres fáciles y pendencias de taberna. Un sujeto poco recomendable desde cualquier punto de vista, salvo desde el que Ricardo necesitaba considerarlo en aquella coyuntura. Para colmo, su apariencia traslucía una apremiante necesidad de dinero con que aliviar su sed de licores y de placeres.

A la vista de las trazas del hombre, Ricardo decidió apelar a su virilidad.

—Necesito un tío con dos cojones —le dijo en actitud displicente—. Pago bien.

—De eso me sobra —repuso el tipo, petulante, su mirada clavada en el escote de la camarera.

—¿Qué le sobra? ¿Dinero?

—Cojones.

El Culebras le dio un repaso e hizo ver que no le parecía lo bastante bravo para lo que necesitaba. Fue suficiente.

—¿Qué hay que hacer? —inquirió el rufián, cuyos ojos seguían con atención los movimientos de la camarera tras la barra, con especial consideración a su frontispicio pectoral.

—Ayudarme a rescatar a un amigo.

—¡Coño! ¿Lo han *secuestrao*?

—Peor. Cometió la estupidez de nacer con un corazón enorme en un mundo de hijos de puta. Ahora está solo y en peligro.

—¿Dónde hay que ir a por él?

Ricardo dejó su vaso sobre la barra y miró al hombre a los ojos, mientras señalaba hacia arriba y a su espalda con el dedo pulgar, justo donde se encontraba la montaña.

—¡Al monte Origo! —exclamó Rufo y se llevó las manos a la cabeza.

—Bingo.

—Pero, ¿a qué clase de chalao se le ocurre vivir allá arriba con este tiempo?

—A uno con amigos capaces de jugarse el pellejo por él.

—Tú estás loco, macho. Hazme caso y no subas allí. Te lo encontrarás *fiambre* y acabarás igual que él.

—Sé que hay un riesgo. Por eso es que pago bien —insistió.

Rufo, que ya había rechazado mentalmente toda posibilidad de aceptar el trabajo, se sintió de nuevo picado por la codicia.

—¿De cuánta pasta hablamos?

El Culebras recordó que, bajo una losa en el desván de su casa, conservaba un pequeño tesoro consistente en más de trescientas monedas de cien pesetas, que coleccionaba desde hacía años.

—Seis mil duros.

A Rufo se le mudó la expresión. Semejante dineral valía por muchos buenos ratos apoyado en aquella barra y muchas visitas tras la cortina roja.

—¡Coño, tú! Ya me has puesto los dientes largos —rezongó, desentendido por primera vez de las curvas de la camarera—. ¿No me estarás tomando el pelo?

—Sí, en efecto —respondió el Culebras, impasible—. No tenía nada mejor que hacer a estas horas de la noche y con la que está cayendo.

Rufo apuró de un trago su vaso de *whisky*, golpeó con él sobre el mostrador y asintió.

—¡Vale, me cago en mis muertos! Pero tengo dos condiciones.

—Soy todo oídos —el Culebras trataba de disimular su alegría.

—No pienso subir *cargao* con bultos y quiero el parné por *adelantao*.

—Tu única obligación será ayudarme a llegar arriba —recalcó Ricardo—; nada de bultos. Antes de salir tendrás la mitad del dinero. El resto, cuando estemos de vuelta. Mañana, a las seis, en la cuesta del Pancracio. Y ahora deberías irte a dormir la mona.

—Estáis locos los dos —terció la camarera, cuyos olvidados encantos atrajeron de nuevo la atención de Rufo.

—Tú vete preparando a las *chorbas*, tesoro, que a mi regreso habrá fiesta —fanfarroneó el borrachín, mientras le entregaba su vaso vacío para que le sirviera otro *whisky*.

Ricardo había dejado un billete sobre el mostrador y ya abandonaba el local.

XII

«POLVO ERES...»

No erraba la intuición de Ricardo. Ángel, en efecto, sufría serios problemas. Víctima de una grave infección respiratoria, llevaba varios días devorado por la fiebre. Entre los medicamentos que su discípulo le había proporcionado en sus últimas visitas antes de la llegada de las nieves, había encontrado antipiréticos, cuyo efecto pasaba pronto, y la calentura volvía a atacar furibunda. Del mismo modo, los antibióticos que ingería le resultaban de escasa utilidad. Postrado en el camastro y envuelto en la manta, tiritaba constantemente sin fuerzas ni para alimentarse. En los breves ratos en que la bajada de su temperatura permitía que la lucidez volviera a gobernar su mente, Ángel mantenía una dura lucha entre su inquebrantable propósito de mantener su modo de vida y los impulsos, más razonables, que le empujaban a abandonar todo aquello tan pronto se restableciera. Sabía que podía vivir con Ricardo en su casa del pueblo, y no tenía miedo al trabajo, que por otra parte no había de faltarle gracias a su amigo. La debilidad corporal se traducía en lo que él identificaba como flaqueza mental. Así, durante horas, sucumbía al atractivo de coloridas visiones de la vida en la civilización, donde la compañía de otros permite al hombre superar situaciones difíciles, como la que él sufría ahora. Se veía a sí mismo en manos de un experimentado doctor, enfundado en una impoluta bata blanca, que en cuestión de pocos minutos diagnosticaba con total precisión sus padecimientos y le administraba una milagrosa inyección, suficiente por sí sola para acabar con la dolencia de inmediato. En el instante en que, ya restablecido, abandonaba la extraña clínica y salía a la calle en medio de una desconocida ciudad, se veía agobiado por miradas hostiles, insultos e intentos de agresión, y se sentía acosado y odiado por un millón de rostros desconocidos. En ese punto, el sueño se interrumpía bruscamente.

Con frecuencia era un ataque de tos seca y áspera lo que interrumpía su febril ensoñación para devolverlo de repente a la realidad de su gruta, mientras la muerte le pisaba los talones.

Sabía que Ricardo debía de estar sufriendo por él, pero días atrás, en un instante de lucidez en que había encontrado fuerzas para arrastrarse hasta la boca de la cueva y asomarse al exterior, había visto con sus propios ojos cómo la nieve lo cubría todo hasta donde su vista alcanzaba, y el viejo sendero, que desde los campos ascendía monte arriba para pasar a pocos metros de su cueva, había desaparecido. Entonces había comprendido la extrema dificultad que una operación de rescate a pie podía entrañar. No obstante, en ocasiones creía escuchar pisadas o voces en el exterior, lo que por unos segundos encendía una chispa de esperanza en su corazón y le hacía aguzar el oído, pero el silencio acababa por hacerle comprender que su consciencia desvariaba, y le obligaba a cerrar los ojos y rendirse a la evidencia, desalentado y resignado a su suerte.

No obstante, le resultaba imposible zafarse del sentimiento de que la madre Tierra, a la que había consagrado su vida desde hacía tantos años, no correspondía como hubiera sido de esperar a su total entrega. Había dedicado todos los días de su existencia y todos sus esfuerzos a hermanarse con sus orígenes, que reconocía en cada roca, en cada tronco de pino, en el color de las plumas de las aves y en la astuta mirada de las alimañas, en el frío y el calor, en el viento y la calma. Y ahora ella, la ingrata madre Tierra, se cobraba lentamente su vida. En su delirio se preguntaba si acaso había errado en su conducta, y nada más que un espejismo de juventud lo había impulsado a despojarse de los imperativos de la civilización para buscarse a sí mismo en las boscosas soledades de la montaña. Incluso se sorprendía, entre los estertores de la fiebre, en plena rebelión contra los elementos que propiciaban su actual situación. A medida que las fuerzas lo abandonaban y la consciencia se oscurecía bajo la fiebre, le resultaba más arduo recuperar su lúcida aceptación de las cosas. Sin embargo, su mente aprovechó un instante de sensatez para grabar a fuego en su alma y gritar, con un hilo de voz apagado contra las paredes rocosas, que ahora podían convertirse en su tumba, que su destino era el mismo que el de toda criatura libre, su hogar, la naturaleza y su médico, la providencia.

Ricardo y Rufo llevaban una hora y media de trabajosa ascensión. El sendero, que desde los campos próximos al pueblo se empinaba para perderse en las alturas, había desaparecido bajo la gélida cubierta blanca. El hielo estaba presente a lo largo del trazado, por lo que se veían obligados a rodear, siempre en busca de nieve blanda donde sus pisadas no resbalasen. No obstante, el Culebras había conseguido la noche anterior, en préstamo, dos pares de botas especiales para tales circunstancias, que aumentaban la sujeción al suelo pero resultaban muy pesadas. Cada paso se hacía así agotador, pero eludían el peligro de deslizamiento, que hubiera terminado con sus huesos destrozados contra las rocas, muchos metros más abajo. A causa de las dificultades del terreno, se permitían continuas paradas para recuperar el aliento. Pero aquel aire glacial, que a cada inspiración invadía sus pulmones, les producía la sensación de quemar las vías respiratorias a su paso. Ricardo, más acostumbrado a la ruta, encabezaba la marcha e indicaba el camino. Un paso en falso significaba una caída al vacío. Rufo blasfemaba y renegaba a voz en grito de su decisión de acompañar a Ricardo en aquella locura, y cada pocos pasos empinaba una botella de coñac, prácticamente su única impedimenta, sin atender a las llamadas de atención del Culebras. Éste oteaba constantemente la cima del monte Origo, donde se acumulaban toneladas de nieve en un equilibrio imposible que, tarde o temprano, terminarían por desplomarse sobre ellos. Para entonces no debían estar ya allí. Le animaba la idea de que las bajísimas temperaturas no propiciaban el deshielo y disminuían relativamente el riesgo de aludes, pero le inquietaba pensar que el peso de tal acumulación de hielo y nieve precipitase el desastre.

Finalmente, hacia el mediodía, separados por más de cien metros el uno del otro al quedar rezagado Rufo por el lastre de sus excesos, llegaron al paraje en que se encontraba la morada del anacoreta. Una furiosa ventisca se abatía ahora sobre el macizo montañoso; de haberse producido apenas media hora antes, ambos hombres se hubieran extraviado. Ricardo se encontraba exhausto, pero satisfecho. La primera parte del arriesgado intento se había logrado, pero no podía evitar pensar en el descenso. Se giró en busca de su acompañante y se tranquilizó al verlo, lento pero seguro, culminar los últimos pasos hasta su meta. Sus miradas se cruzaron, unidas por el temor ante un incierto regreso, que necesariamente había de producirse antes del anochecer, pues a partir de ciertas horas las temperaturas descendían aún más, el peligro de muerte por congelación se hacía entonces máximo y ellos no estaban precisamente sobrados de energías.

Mientras Ricardo, jadeante, se dirigía a la entrada de la caverna, se preguntaba en qué estado encontraría a su maestro, si es que aún lo hallaba con vida. Se estaba jugando la suya por auxiliarlo en la medida de lo posible, y en ello empeñaría hasta su último aliento. Desde la entrada llamó a voces y, al no recibir respuesta, arrastró con dificultad el portón de madera, semienterrado en la nieve, y se introdujo en la oscuridad. En el exterior, Rufo asistió receloso a la entrada de Ricardo y permaneció inmóvil ante la posibilidad de internarse en las entrañas del monte. En un par de nuevos tragos de coñac encontró el valor suficiente.

Ricardo hubo de prender el candil que encontró después de tantear con la mano en la oscuridad, allí donde sabía que solía dejarlo su maestro. Cuando la almendra luminosa proyectó su áurea claridad sobre las paredes de roca, que de pronto recobraron su solidez y se hicieron tangibles, descubrió a Ángel tumbado sobre el primitivo lecho, con los ojos cerrados e inmóvil. Una manta raída era su único abrigo, aparte de la escasa túnica que vestía. El color había huido de su rostro, y no quedaba de sus facciones más que piel y huesos. No pareció advertir el anacoreta la presencia de Ricardo, que había enmudecido de horror. Por su parte Rufo, que no había querido entrar en el agujero hasta que comprobó que el Culebras había conseguido encender algo de luz, no pudo evitar una exclamación de espanto cuando observó el cuerpo consumido de Ángel.

—¡Por la leche que he *mamao*! ¿Ese pingajo es el famoso hombre del monte Origo?

—Es lo que queda de él; lo que todos han querido que finalmente sea —respondió Ricardo secamente mientras, angustiado, se aproximaba al anacoreta para determinar si aún vivía.

Púsole la mano en la frente y después le tomó el pulso.

—¡Gracias, Dios mío! Aún vive, pero no sé por cuánto tiempo. Tiene fiebre y desde la última vez que lo vi ha perdido muchísimo peso. Y yo que antes lo creía delgado...

Junto a su maestro, sobre un pequeño taburete, había media docena de tallos mordisqueados, un cuenco grande lleno de caldo helado y algunas bayas. Los tallos le parecieron de una planta que Ángel había utilizado en ocasiones como medicina contra los problemas respiratorios. Era evidente que, en esta ocasión, su efecto había dejado mucho que desear. Las bayas y el caldo parecían haber constituido el único alimento del enfermo desde muchos días antes.

De pronto, quizá como resultado de la manipulación de Ricardo sobre su cuerpo, Ángel volvió en sí. Miró con desinterés a quien se ocupaba de él y pudo distinguir el rostro preocupado y nervioso de su amigo, pero cerró de nuevo los ojos y ladeó la cabeza convencido de que aquella presencia era obra del delirio febril. La voz del visitante resonó entonces en las sólidas entrañas del Origo.

—Ángel, maestro, soy Ricardo. He venido para ayudarte.

En un susurro, y recobrado acaso un ápice de lucidez, el anacoreta respondió.

—Si eres una alucinación, márchate y déjame morir

en paz.

El Culebras lo zarandeó para despejar toda duda. Necesitaba que Ángel creyera que él realmente estaba allí. La esperanza que eso despertaría en su corazón podía salvarle la vida.

—No soy ningún espectro de la fiebre, Ángel. Soy Ricardo, tu insufrible amigo, y esta vez te he preparado la peor de mis jugarretas.

—Sabía que cometerías la locura de subir a este infierno helado. Ahora tu vida peligra tanto como la mía. ¿Qué jugarreta es ésa?

—Obligarte a seguir vivo.

—No será fácil, te lo advierto. Y por una vez es posible que acabe por enfadarme contigo.

—No podía dejarte aquí, Ángel.

—Tu bendita presencia es la única ayuda que puedes darme, amigo. Y no es poca cosa. Pero ahora sólo don Hermesindo llorará mi muerte allá abajo, porque tú morirás aquí conmigo.

—El cura tendrá que ir guardando el moquero, porque vamos a sacarte de aquí con vida.

Ninguno de los tres hombres consideró las palabras de Ricardo como una posibilidad real. A él mismo le sonaron absurdas, Ángel negó con la cabeza y Rufo lanzó un bufido de protesta ante la descabellada perspectiva de verse obligado a cargar con aquel moribundo en su viaje de regreso. Los tres sabían que era imposible transportar a Ángel en el estado en que se hallaba y, sobre todo, en las actuales condiciones climatológicas. ¿Cómo hubiera podido descender el anacoreta por aquellas heladas pendientes si era incapaz de mantenerse en pie? ¿Acaso iban a poder cargarlo Ricardo y Rufo cuando, libres de peso extra, habían logrado llegar hasta allí a duras penas? Ya habían comprobado que en buena parte del trayecto sus piernas se hundían en la nieve hasta la rodilla, y donde no sucedía así, el peligro de resbalar en el hielo y despeñarse era máximo. Probablemente ninguno de los tres llegaría jamás al pueblo si Ricardo insistía en llevar con ellos al enfermo.

Por otra parte, era impensable que ningún médico aceptara jugarse la vida por aquellos empinados caminos cubiertos de nieve para visitar a un loco renegado. Para colmo, las horas jugaban en contra del enfermo. Era evidente que no resistiría mucho más tiempo en tan precaria situación. Necesitaba entrar en calor y ser convenientemente medicado y alimentado. Demasiadas carencias para hallarse tan lejos de la civilización.

—La propia naturaleza fue siempre mi mejor medicina —balbuceó Ángel, en plena lucidez ahora—. Si ella no ha podido sanarme, difícilmente podría hacerlo ningún médico.

Ricardo intentó calentar el tazón de caldo que había junto al enfermo, pero no encontraba por ninguna parte los fósforos. Por fortuna, Rufo portaba un mechero y con él pudieron encender fuego a la entrada de la cueva, en el sitio donde Ángel cocinaba habitualmente sus alimentos. Tras calentar el líquido durante unos minutos, y pese a estar cada vez más convencido de la inutilidad de sus esfuerzos, Ricardo se apresuró a ofrecerlo al anacoreta. Éste había vuelto a extraviarse en el delirio de la calentura y ni siquiera se percató de la posibilidad de confortar su estómago con el brebaje que se le ofrecía.

Mientras tanto, Rufo, que jamás a lo largo de su vida había desperdiciado la oportunidad de sacar provecho de cualquier situación, se había dedicado, desde su entrada a la gruta, a localizar todo cuanto de cierto valor pudiera haber allí. Estaba claro que el pobre andrajoso no había de tener grandes tesoros en el agujero que le cobijaba, pero la experiencia había enseñado a Rufo que hasta en las madrigueras de las ratas puede hallarse algo de valor si se sabe buscar. Y él, desde luego, sabía hacerlo.

Desesperado, el cazador de serpientes se había sentado junto a Ángel en la penumbra, con la cabeza entre las manos y sin saber qué hacer con él. Pronto se percató del olisqueo de Rufo, que ya no se contentaba con mirar sino que había empezado a hurgar entre los pocos fardos de ropa y utensilios que por allí había, algunos de los cuales ya estaban en su mochila.

A causa de la angustiosa situación en que había encontrado a su amigo y maestro, el ánimo de Ricardo se hallaba más exaltado de lo habitual en él. Así, sin pensarlo ni un instante, saltó de su asiento y fue a plantarse delante del bribón, al que empujó para que soltara lo que tenía en las manos. A punto estuvo el rufián de golpearlo en el rostro, pero la diferencia de envergadura lo detuvo. Al Culebras le hubiera bastado con un puñetazo para dejar a su rechoncho y torpe acompañante fuera de combate, pero la presencia de Ángel le imponía respeto, así que consiguió dominarse a tiempo y se conformó con increparlo.

—¿Qué haces, granuja? ¿Estás loco? ¿No sientes acaso la menor consideración por un hombre que se está muriendo aquí mismo? ¿Cómo te atreves a robarle mientras él lucha por su vida?

—¡No robaba, sólo curioseaba! —se defendió inútilmente el pillo.

—¿Sólo curioseabas? ¿Y qué es todo esto?

Ricardo asió de un tirón la mochila de Rufo, la abrió y dejó caer su contenido. La mayor parte de los objetos que aparecieron ante su vista eran —de sobra los conocía él— pertenencias de Ángel, todas de escaso valor.

—¡Me avergüenzo de esto! —estalló Ricardo—. ¡Me

avergüenzo de haber subido hasta aquí y jugarme la vida para terminar enzarzado en una absurda disputa con un ladronzuelo, que ni robar sabe, mientras mi amigo y maestro pierde por momentos la poca vida que le queda! ¡Reniego del género humano si es capaz de tanta maldad! ¡Desaparece de mi vista, si no quieres que mis puños hagan justicia aquí y ahora!

Convencido de que Ricardo no bromeaba y temeroso de la fortaleza de éste, Rufo no encontró otro camino que abandonar la cueva tras recoger su mochila vacía y, sobre todo, su botella.

En el exterior arreciaba la ventisca, y buscó con premura un lugar donde guarecerse. La visibilidad era nula, así que se alejó de la cueva sin abandonar la fachada de roca donde ésta se hallaba. La fortuna sonreía ahora al rufián, que encontró, sin buscarla, la cueva del champiñón y se adentró en ella con el mechero encendido, para descubrir con sorpresa el cultivo que Ángel había dejado abandonado días atrás. Una sonrisa codiciosa apareció entonces en su rostro.

—¡No todo está perdido, Rufo! —se dijo en voz alta, sabedor de que ahora nadie podía escucharlo—. Ese andrajoso no podía comerse todo esto él solo. Apuesto a que se dedicaba a venderlo. En esa cueva hay pasta escondida.

Entretanto, Ricardo había vuelto a centrar la atención en su problema. Ahora que se había quedado solo con el anacoreta, se revelaba más que nunca la imposibilidad de sacarlo de allí para llevarlo a donde pudiera ser atendido. Tras meditar un instante, concluyó que lo acertado sería no perder más tiempo, cuyo desperdicio en nada beneficiaba a Ángel, y regresar él solo a Torcegada para comunicar al alcalde, a la guardia civil o a quien fuese, la crítica situación del enfermo con vistas a organizar un rescate. No es que confiara demasiado en ser escuchado, pero la impotencia ante la agonía de su amigo le empujaba a asirse al único indicio de esperanza, por remoto que fuese.

Antes de marcharse quiso despedirse de Ángel y comunicarle que pronto estaría allí de nuevo para salvar su vida. Él mismo dudaba que fuera posible, pero seguía considerando necesario infundir en el ánimo del moribundo un ápice de esperanza.

—En pocas horas estaré de nuevo contigo, maestro —le dijo, tras asegurarse de que Ángel estaba consciente—. Ahora debo volver al pueblo para conseguir ayuda, pero pronto estarás a salvo. Tienes mi palabra de que así será.

El enfermo le devolvió una sonrisa escéptica que no hizo precisas las palabras. Ricardo esperó su respuesta durante algunos segundos, hasta que comprendió que aquella mueca era una despedida. Ángel ya no deliraba; ahora asistía, plenamente consciente pero exhausto, a su propia agonía. Al Culebras le faltaron las palabras y se tragó el llanto que acudía a borbotones a su garganta. Abatido, se obligó a salir por el estrecho pasadizo en dirección al exterior. Si aún existía una ínfima posibilidad de hacer algo por Ángel, había que intentarlo. Entretanto, la rabia y la impotencia le hacían mascullar todo su dolor, y habló como en oración.

—Tú, amigo y maestro, que desde siempre hiciste el bien a quien se cruzó en tu camino, que nunca pediste nada a nadie pero lo diste todo, que has pasado penurias por socorrer a otros, ahora que necesitas ayuda, eres olvidado y abandonado de todos, pues nada significas para nadie, ni siquiera para quienes en sus peores momentos se vieron socorridos por tu bondad. Quienes han tenido la suerte de conocerte nunca volvieron a ver la vida igual que antes y, sin embargo, no son conscientes de que a ti te lo deben. Y te van a dejar morir solo como un perro. Deberías haber pensado más en ti mismo. ¡Pero no! ¿Qué estoy diciendo? Tú eres el único de todos nosotros que ha vivido fiel a los dictados de un corazón justo y noble, y para ello desoíste las voces que te tachaban de loco o de estúpido, o las bienintencionadas que te llamaban a la sensatez. ¡Qué reñido está en ocasiones el buen juicio con la justicia! Por todo eso yo te admiro y te juro que continuaré lo que tú empezaste, aunque, como a ti, me cueste la vida.

Cuando ya retiraba el madero que cubría la entrada de la gruta, como surgida de las entrañas de la Tierra, resonó la voz de Ángel, cuya dificultosa respiración no le impidió ahora hablar con energía.

—Te equivocas, Ricardo. Mi recompensa la tengo ya conmigo, pues la coseché cada vez que favorecí a alguien. La última enseñanza que quiero transmitirte, antes de dejarme raptar por el último sueño, es la de no esperar gratitud ni recompensa de nadie, ni tampoco poner precio a los actos que emanan del corazón, porque el bien no se compra ni se vende. Regálate a los demás, aunque te desprecien, y tendrás una inmensa fortuna.

La cólera de la ventisca aún azotaba el paraje, pero aquellas palabras fortalecieron el ánimo de Ricardo, que inició un frenético descenso del Origo con renovadas energías. Llevaba todo el día sin probar bocado, estaba agotado y, a causa de aquel viento blanco que le impedía ver a más de dos metros de distancia, tenía tantas probabilidades de llegar vivo al pueblo como de perderse para siempre entre los riscos helados. Pero una inexplicable fuerza interior había revestido su corazón tras escuchar a su maestro, y ya nada podía detenerlo.

XIII

LA LUZ DE UNA SONRISA

Cuando Ricardo hubo desaparecido, tragado por la ventisca, una achaparrada silueta, surgida de entre los peñascos cercanos, hundía los pies en la nieve en una lenta y dificultosa aproximación a la cueva.

—¡Ahora verás, *jodío* Culebras, que yo nunca pierdo! —masculló Rufo, y dio un buen trago a su botella.

No había puesto en peligro su vida para subir allí con la intención de salvar a nadie. Consciente de que, tras haberlo sorprendido en pleno hurto, Ricardo jamás le abonaría la mitad restante de lo pactado, estaba dispuesto a obtener mayor ganancia de la forma que fuese.

Una vez en la cueva, ni siquiera se molestó en comprobar el estado del anacoreta. Le bastaba con saber que no podía representar una amenaza, y era obvio que, si no estaba muerto ya, iba a estarlo muy pronto. ¿Qué importaba? Tenía que aprovechar el tiempo de que disponía. Si Ricardo conseguía ayuda en el pueblo, en unas horas podía haber allí demasiada gente, y para entonces él debía estar muy lejos.

El resplandor del quinqué proyectaba su sombra agigantada contra el fondo de la cueva. Por un instante se detuvo a contemplar su oronda figura y se percató de que se tambaleaba ligeramente. El coñac multiplicaba su efecto en el estómago vacío. Se preguntó cómo haría para burlar el temporal en aquel estado. Por toda respuesta, apuró la botella y, tras secar sus labios con el antebrazo, la estrelló a sus pies. Entonces reparó en una cajita de madera toscamente labrada que la intervención de Ricardo le había impedido registrar un rato antes. Si algún dinero guardaba el loco del Origo, sólo podía estar allí y pronto cambiaría de dueño.

—Me parece que a ti ya no te va a hacer falta esta pasta —le habló al cuerpo enfermo en la penumbra—, y a mí me viene de narices.

En su precipitación tropezó, la caja se le escapó de las manos para estrellarse en el suelo, y los pocos objetos que contenía rodaron por todos los rincones de la gruta. El beodo Rufo ignoraba que el anacoreta jamás aceptaba dinero a cambio de su cosecha y en absoluto guardaba la fortuna que él había pensado, sino pequeños útiles que usaba en el cultivo del champiñón, una medallita de oro, regalo de su madre, que conservaba desde la infancia, y algún recuerdo de Gaspar. Aturdido por el ayuno y el coñac, se vio obligado a agacharse trabajosamente para recoger uno a uno los objetos esparcidos por la cueva, convencido de que debían de tener un especial valor. Al tiempo que los recolectaba, los depositaba en su mochila y llevaba la cuenta en voz alta, absorto en su afanosa tarea e indiferente a la presencia del anacoreta. Cada vez que tenía que doblar el espinazo para capturar otra de las piezas, blasfemaba y maldecía su suerte, deseoso de que la agotadora recolección terminase de una vez, pero ansioso por no dejar ni uno de los elementos de aquel extraño tesoro.

Su rastro lo llevo inadvertidamente hasta el camastro de Ángel, donde un repentino impulso lo obligó a detener un instante su búsqueda y husmear en el rostro del moribundo para percatarse de su estado. Sentía temor y, a la vez, curiosidad morbosa. Llegó a preguntarse si acaso aún quedaba en su corazón el residuo de humanidad suficiente como para preocuparse por el hombre al que robaba, pero su mente se hallaba demasiado espesa para reflexiones. Quiso echar otro trago y recordó que había estrellado la botella vacía. Profería los peores denuestos de que era capaz cuando aproximó el quinqué al enfermo, mientras entornaba los ojos para aguzar su nublada visión. Entonces ocurrió lo que Rufo nunca hubiera imaginado que ocurriría.

Ángel abrió los ojos y los clavó en él. Rufo quedó inmóvil, sin saber cómo reaccionar, pero también sin fuerzas para dar media vuelta y salir de allí. Estaba petrificado de puro desconcierto. Había dado por muerto a aquel resto de piel y huesos, que ahora le demostraba estar vivo y al tanto de sus movimientos. Lo invadió un terror supersticioso que le hizo considerar por primera vez si aquel hombre poseería realmente los ocultos poderes que algunos le atribuían. Con aquella mirada fulminante, el anacoreta parecía escrutar detrás de sus turbios ojos, inyectados en alcohol, los sucios borrones de su alma. Pero los acontecimientos no habían hecho más que insinuarse.

En medio de su nube etílica, Rufo descubrió que ahora podía distinguir a la perfección los rasgos del enjuto rostro del anacoreta. Del mismo modo, y pese a la débil llama del quinqué, distinguía cada pequeño detalle de cuanto lo rodeaba. Las fisuras de las paredes de roca, las pisadas en la capa de tierra sobre la piedra desnuda que servía de suelo, los recovecos y los diferentes matices de color de la veta de roca en cada rincón de la gruta. No era posible que tal claridad emanase del quinqué. Fue entonces cuando Rufo se maravilló. Una áurea luminiscencia, que no parecía proceder de ningún punto en concreto, inundaba por momentos el recinto y seguía en aumento, hasta que ya no fue posible distinguir la silueta yacente del habitante de aquel agujero. Atemorizado en medio de la cegadora irradiación, Rufo se incorporó sin saber qué hacer. Aquella luz, que ahora lo llenaba todo, era de naturaleza casi sólida y tan poderosa que se vio obligado a cerrar los ojos y cubrirse con las manos, hasta que empezó a sentir que se le quemaba la piel. Creyó entonces hallarse en el infierno y, en la certeza de que ardería por completo, sintió por primera vez el peso de sus muchos errores y se arrepintió hasta lo más profundo de su ser. Sólo él, con su vida depravada y su codicia sin límites, podía haber desencadenado aquel horror. Pedía a gritos misericordia a un Dios en el que jamás había necesitado creer. El tiempo y el espacio perdieron su consistencia. Rufo ya no se movía; flotaba arrastrado por fuerzas ignotas, que lo manejaban a su antojo como a un pelele de trapo. Súbitamente se encontró tendido en el suelo, ya en el pasadizo que conducía a la salida de la caverna. Ignoraba cuánto tiempo había estado allí. Se incorporó con dificultad en medio de una claridad que continuaba envolviéndolo todo y, desorientado y presa del terror, se abrió paso entre los hachazos de su conciencia hasta la salida de la gruta.

La visión de la grisácea luz del día, bien distinta de la que anegaba las entrañas del monte, le sirvió de alivio. Igual que una rata asustada, se alejó tan rápido como sus torpes pasos en la nieve se lo permitieron.

Sin perder más tiempo, buscó el sendero, apenas reconocible por la gruesa capa de hielo que lo cubría, y comenzó a caminar a trompicones. Pensaba dirigirse al pueblo, pero desconocía aquellos parajes. Tras algunos titubeos, y espoleado por el ansia de alejarse de aquel lugar, acabó por equivocar la dirección y tomó la opuesta, aquélla que nadie jamás seguía, porque no conducía a ninguna parte.

El descenso de Ricardo por los helados caminos fue, como es lógico, menos trabajoso que la subida, pero no menos peligroso. El cansancio acumulado le hizo invertir más tiempo del que esperaba en alcanzar el pueblo. Se le escapó de las manos el crepúsculo, y la creciente penumbra dificultó el último tramo de su camino. Tan pronto llegó, medio muerto de frío y derrengado, se entrevistó con el alcalde, pero su visita resultó infructuosa. El Ayuntamiento no contaba con medios para iniciar un rescate y, de tenerlos, los habría dedicado a restablecer la comunicación por carretera con la capital, aún interrumpida desde hacía muchos días. Tampoco consideró oportuno el regidor pedir voluntarios entre la población para una empresa tan arriesgada como era subir al Origo con aquel temporal, todo para intentar rescatar a alguien que había elegido libremente vivir apartado de todos y que, además y para colmo, ya debía de estar muerto.

La conversación con el sargento del puesto de la guardia civil no fue menos desalentadora. Aquélla no era una unidad de rescate especializada en ese tipo de operaciones. Tan sólo era un cuartelillo sin apenas material ni hombres, y García, a pocos días de su jubilación, no estaba dispuesto a arriesgar sus vidas por salvar a aquel loco, que para él seguía siendo un inadaptado y un delincuente. Cuando Ricardo ya se alejaba sin darle tiempo a terminar de hablar, antes de cerrar la puerta del cuartelillo, el sargento le gritó divertido:

—¡Ése está ya más tieso que mi nabo por las mañanas!

Una desesperada visita al médico obtuvo similares resultados. Nadie podía obligarlo a jugarse la vida para atender a un loco que tendría que haberse refugiado en el pueblo para escapar del temporal, anunciado con mucha antelación. No obstante, el doctor comentó a Ricardo que don Hermesindo había convocado a los fieles a la iglesia para, según creía él, hablarles de la angustiosa situación por la que atravesaba el anacoreta, con el fin de organizar de algún modo el rescate. El galeno expresó también sus dudas acerca del éxito que obtendría tal convocatoria, lo que preocupó especialmente al Culebras, consciente de que pocas personas conocían la realidad del pueblo como el médico. Ricardo sabía de la buena relación de Ángel con el cura, pero ignoraba que hubiera llegado a existir verdadero aprecio entre ellos, tal como evidenciaba el gesto del párroco. Con las últimas fuerzas que le quedaban, el Culebras se arrastró hasta la iglesia.

Jadeante y aterido, empujó la puerta del templo. Más de la mitad de los bancos estaban repletos de fieles, que escuchaban sentados y en silencio las palabras del sacerdote, quien, con el semblante demudado y visiblemente excitado, ardía en el apogeo de su arenga.

—...del ejemplo de ese hombre, vecino nuestro de toda la vida, a quien hemos visto crecer y de cuyas bondades me atrevo a decir que todos hemos recibido alguna vez beneficio. Hemos sido capaces de permitir que se aleje del pueblo, hastiado de incomprensión, para malvivir en un agujero de la montaña, donde ahora mismo con seguridad se debate entre la vida y la muerte, sin prestarle una mano amiga ni demostrarle una pizca de caridad cristiana. ¿Qué somos, hermanos míos? ¿Y qué esperamos de Dios nosotros, que proclamamos nuestra condición de devotos hijos suyos, si no somos capaces de mover un dedo por un hermano que nos necesita?

Conforme avanzó por el pasillo central en dirección al altar, el Culebras comprobó que la mayoría de los presentes eran los mismos que cada domingo asistían a la misa de las doce del mediodía, además de la decena de viudas que nunca faltaban a la misa diaria de las ocho de la tarde y que, con seguridad, habían permanecido en la iglesia tras la eucaristía. Todos ellos se hallaban allí con la única intención de no desairar al sacerdote, a quien respetaban de un modo casi supersticioso. Derrotado, Ricardo se desplomó en uno de los bancos y escuchó.

—Me consta que muchos lo han tachado de tipo raro, que les parece fuera de lugar que alguien tan noble en su niñez y adolescencia decida dar la espalda al mundo y se convierta prácticamente en un paria. Algunos llegaron a acusarlo abiertamente de ciertos delitos, hasta que apareció el verdadero criminal y comprobaron qué equivocados estaban en sus apresurados juicios. Ahora, si alguna vez los criterios del cura os sirvieron de algo, os ruego que penséis en mis palabras. Yo os digo que mientras en algún rincón del planeta haya un hombre capaz de habitar un agujero, acompañado de lo imprescindible y sin otra ambición que encontrarse a sí mismo, habrá una esperanza para la humanidad.

Los fieles seguían impasibles las palabras del párroco, mientras por el amplio ventanal, que en tiempos había sido vidriera, a un lado del ábside del templo, se colaba la oscuridad de la noche, cargada de crueles presagios. Desde su púlpito, don Hermesindo hizo notar a todos la presencia de Ricardo, al que había visto entrar y que languidecía en el solitario banco de la última fila.

—Tengo entendido que nuestro hermano Ricardo Olmedo ha visitado a Ángel en su cueva. ¿Es así, Ricardo?

Todos los presentes se giraron para escuchar al Culebras, a quien el agotamiento le impidió incorporarse.

—Así es, padre. De allí acabo de regresar.
—¿Y cómo se encuentra?
—Hace algo más de tres horas que lo dejé en la cueva, ya en muy mal estado. Creo que tiene una pulmonía, además de una debilidad espantosa. Necesita urgente atención médica. Hay que hacer algo.

El cura se apoyó en el testimonio de Ricardo para prolongar su alegato. Al cabo de un cuarto de hora más, congestionado y agotados los argumentos, Don Hermesindo finalizó.

—...Torcegada no ha sido justa con Ángel Gascón, que mientras vivió entre nosotros no hizo otra cosa que derramar el bien a diestro y siniestro, pese a las bofetadas que recibió. Éste es el momento de que Torcegada haga algo por su hijo. Mañana, antes del amanecer, espero encontrar en la puerta del templo un grupo de hombres fuertes, dispuestos a subir a esa cueva del monte Origo y rescatar a Ángel Gascón. Os lo reclamo desde lo más hondo de mi corazón, en el nombre de Dios.

El sacerdote terminó su palabras con un golpe seco de su mano sobre el púlpito. Hubiera querido subir él mismo a buscar a su querido amigo Ángel; ahora, por primera vez en su vida, lamentaba ser un anciano. Por un instante recorrió con una mirada escéptica los rostros que desde los bancos aún digerían el eco de sus palabras y, tras una respetuosa genuflexión ante el Crucificado, desapareció por la puerta de la sacristía.

Ricardo no había comido prácticamente nada en todo el día, y la peligrosa ascensión y posterior regreso habían consumido todas sus energías. Se sentía presa de la fiebre, tiritaba, todo se tambaleaba a su alrededor. Era más tarde de la medianoche cuando no tuvo otro remedio que marcharse a su casa. Confiaba en que las palabras del cura hubieran tocado los corazones de algunos vecinos y así contar al día siguiente con un buen grupo de hombres para ayudarle a rescatar a su maestro. Sólo con la ayuda del pueblo, la empresa tendría posibilidades de éxito, si bien Ricardo no podía olvidar que los vecinos estaban muy dolidos con el anacoreta por su negativa a protagonizar la campaña turística, que tanto beneficio económico hubiese reportado a la localidad. Tal era su cansancio que, tan pronto como se dejó caer en su cama, a pesar de su estado de excitación y de la profunda preocupación que sentía, quedó vencido por el sueño.

Eran alrededor de las cinco de la madrugada cuando abrió los ojos sin motivo aparente. Le dolían todas las articulaciones y aún tiritaba. Se giró en el lecho y no había vuelto a cerrar los ojos cuando, súbitamente, le pareció escuchar una especie de silbido que lo obligó a incorporarse. Su corazón palpitaba frenético. Presentía que no lo había despertado el ladrido de un perro ni una pelea de gatos callejeros en riña por algún resto de basura. El eco que aún resonaba en sus oídos le resultaba muy familiar y avivaba un regusto dulce en su memoria, pero era del todo imposible.

Transcurrió un minuto de absoluto silencio. El Culebras volvió a echarse e intentó seguir durmiendo. Sabía que debía recuperar fuerzas para emprender el camino tan pronto como fuera posible, junto a los voluntarios del pueblo. Cambió varias veces de posición sin resultado, hasta que comprendió que, tras las primeras horas de descanso, su estado de excitación no iba a permitirle volver a conciliar el sueño. Pero tampoco tuvo ocasión para intentarlo, porque de repente escuchó de nuevo, con claridad esta vez, el mismo sonido que lo había despertado y que ahora hizo estallar de vigor todo su cuerpo.

—¡Es la flauta! —gritó al tiempo que saltaba de la cama—. ¡La flauta de Ángel ha vuelto a sonar! ¡Ángel está bien! ¡Mi amigo, mi hermano, mi maestro lo ha conseguido! ¡La madre naturaleza lo ha protegido y ha salvado la vida de su hijo!

Ahora era la euforia lo que hacía imposible su descanso. Un milagro era lo único que podía sacarlo de su abatimiento. Se vistió con rapidez entre risas, gritos y llantos de emoción, al tiempo que su anciana madre, alarmada por aquel escándalo tan de madrugada, le salía al encuentro en el pasillo enfundada en una vieja toquilla de lana y miraba a su hijo con ojos legañosos.

—No te preocupes, madre —intentó tranquilizarla—, no ocurre nada malo; al contrario, Ángel vive aún y ha sanado. ¿No oyes su flauta?

La mujer negó con la cabeza en señal de preocupación.

—Yo no oigo *na* más que tus gritos.

—Bueno, ya sabes, madre, que a tus años el oído no es el órgano que mejor funciona, pero te aseguro que es él. En este momento está tocando, y yo me voy a verlo. Quiero darle un abrazo y la bienvenida de nuevo al mundo.

—¡Pero, hijo, si anoche tenías calentura! ¿Estás loco? ¿*Ande* vas a las cinco de la *madrugá* y con este frío?

Sin que la sonrisa desapareciera de su rostro y con los ojos llorosos, Ricardo ya se calzaba las grandes botas de montaña apropiadas para caminar sobre la nieve. Nada podría detenerlo ahora.

Ya en la calle, la crudeza de la temperatura acabó de estimular sus sentidos, pese a que aún arrastraba el agotamiento y el malestar de la jornada anterior. Al paso más vivo que el hielo que cubría el adoquinado de la calle mayor le permitía, se dirigió a la iglesia. Pronto empezarían a llegar los voluntarios para el rescate del anacoreta, aunque ahora ya no haría falta cargarlo entre todos para traerlo al pueblo, ya que probablemente podría bajar por su propio pie. Pensó que bastaría con que lo acompañase un par de ellos. Entre todos debían obligar a Ángel a regresar a Torcegada, de buen grado o por la fuerza.

Al pasar delante del cuartelillo, no pudo evitar tocar al portón. Necesitaba hacerles oír el sonido de la flauta de Ángel, prueba incontestable de que no estaba muerto como todos habían pretextado para no acudir a socorrerlo. De ese modo él tendría la satisfacción de ver agachar la testuz a quien jamás había sido digno de la confianza del benemérito cuerpo. Al abrirse el portón, la luz anaranjada de la farola encandiló a unos ojos somnolientos. Era el número que acompañó al cabo Fuertes en la gentil acogida que dispensaron tiempo atrás al anacoreta en aquel mismo lugar.

—¿Quién es y qué se le ofrece? —preguntó en tono cansino el dormido centinela.

—Soy Ricardo Olmedo, vecino de este pueblo. Anoche hablé con su sargento para que me ayudase a socorrer a mi amigo Ángel. Es el hombre que…

—Sí, ya lo conozco —lo interrumpió secamente el guardia—, pero creo que el sargento ya le dijo a usted que no podemos hacer nada, y menos por un tipo que ya será fiambre.

—¡Se equivocan ustedes! ¡Se equivoca todo el mundo! —alegó Ricardo—. Está claro que mi maestro aún vive. ¿No oye usted esa música de flauta?

Con un bufido y a regañadientes, el guardia asomó la cabeza al exterior y ambos callaron. Transcurrido un instante, miró a Ricardo con expresión recelosa.

—Oiga, me toma el pelo, ¿verdad? —le espetó.

—¡Por Dios, no me diga que no lo oye tocar!

Ante la franqueza del semblante de su interlocutor, el agente concluyó que aquel tipo debía de estar tan chalado como su amigo, quien a esas alturas ya estaría pudriéndose en su cueva, y que aquella inoportuna visita no era más que el resultado de un momento de crisis por la muerte de su compañero de chifladura. El guardia tenía sueño y frío.

—Yo sólo oigo las estupideces que usted dice y, francamente, me he cansado de oírlas. La guardia civil no está para estas cosas, ya se lo dijo el sargento. Además, si es verdad que su amigo está tocando la flauta, ¿para qué demonios nos necesita?

Ricardo abandonó definitivamente el intento y enfiló hacia la iglesia.

La plazoleta que albergaba la entrada al templo estaba desierta. Ni rastro de ninguno de los presentes en la convocatoria del párroco unas horas antes. El Culebras decidió esperar un rato. Si acudía algún posible acompañante para la nueva ascensión al Origo, habría más posibilidades de éxito. Pero no debían de ser más de las cinco y media, tal vez demasiado temprano. Se quedaba helado por momentos, por lo que se aproximó al portón de la iglesia con intención de guarecerse en el portal. Al apoyarse, el madero emitió un quejido y cedió. El templo había quedado abierto la noche anterior, seguramente como una medida de don Hermesindo para facilitar la reunión de los voluntarios en su interior, a salvo del pavoroso frío. La sangre volvió a circular en las venas de Ricardo cuando dejó atrás el helado viento cargado de polvo de nieve, para guarecerse en la pequeña iglesia. Nunca el eco de sus pisadas sobre las grandes baldosas de mármol blanco había resonado tan profundo, ni el silencio había sido tan intenso en el interior del templo. Varias decenas de pequeñas velas ardían insomnes en el cepillo y se agitaban con cada corriente de aire que se deslizaba desde el exterior. Pese a hallarse a cubierto, aún acariciaban sus oídos las escalas de la flauta, que a ráfagas sonaban tan próximas como si el anacoreta estuviese en el centro mismo del pueblo. Más aliviado ante la perspectiva de no perder a su maestro, el Culebras se sentó en el último banco y, mientras aguardaba, se dejó empapar de la ignota paz que se respiraba en el lugar. En un instante, lo sedujo de nuevo un sueño pesado y se abandonó a él.

Una mano presionó con energía en su hombro derecho y lo devolvió a la realidad. A su lado, don Hermesindo, ojeroso y taciturno, se esforzaba en vano por sonreír. Ricardo saltó de su asiento, azorado.

—Don Hermesindo, le ruego que me disculpe. Me quedé dormido sin poder evitarlo y no lo he oído llegar.

—No te preocupes, muchacho —respondió el sacerdote, totalmente afónico, al tiempo que lo obligaba a sentarse de nuevo y hacía lo propio a su lado—. No hay nada que perdonar; de sobra sé que estás destrozado por tu esfuerzo de ayer. Dormir es uno de los actos más inocentes que puede realizar un ser humano, así que no importa dónde ocurra. A veces creo que el único modo de no pecar es estar dormido.

—¿Qué hora es? —preguntó Ricardo, totalmente desorientado.

—Son las siete y cuarto —dijo el cura sin mirar su reloj—. He contado cada minuto desde que anoche se marchó todo el mundo.

El joven se asombró de haber dormido casi dos horas sentado en aquel incómodo banco de madera.

—¿Cómo ha resistido usted toda la noche en vela? —preguntó.

—A duras penas, hijo mío; a duras penas. A los viejos nos queda poco tiempo de vida y a veces nos duele desperdiciarlo en brazos de Morfeo.

—Si es esa hora, ya tendríamos que estar en camino.

—Me temo... —don Hermesindo se interrumpió; a él mismo le costaba trabajo aceptarlo—. Me temo que no ha venido nadie más que nosotros dos, Ricardo.

—Entonces subiré yo solo —dijo el Culebras con determinación.

—Es una locura, muchacho. El temporal no amaina y de todos modos...

—¿Qué?

—Si ayer Ángel estaba tan mal como dijiste, es más que probable que a estas alturas haya dejado de padecer.

—¡No! —Ricardo golpeó con el pie sobre el reclinatorio—. Pero, ¿es que no lo oye? ¡Ángel está vivo y ha mejorado! ¡Me despertó el sonido de su flauta!

—Ricardo...

—¡Venga conmigo, padre! ¡Salgamos fuera y podrá escucharlo!

Agarró al cura por la manga de la sotana y lo arrastró hasta la puerta. Un formidable azote de viento helado hizo que ambos se estremecieran.

—¿Qué me dice ahora? —sonreía el Culebras, que apuntaba con el dedo índice hacia el majestuoso macizo—. ¿Toca la flauta o no la toca?

Don Hermesindo tiritaba. Después de prestar unos segundos de atención, había agachado la cabeza para evitar mirarlo a los ojos.

—¡No irá usted a decirme que tampoco oye nada! —lo increpó Ricardo.

—Es el silbido del viento lo único que oigo, hijo. Lo lamento; también yo quisiera volver a escuchar esa flauta.

—Pero, ¿qué les pasa a todos en este pueblo? —estalló el Culebras—. ¿No oyen o no quieren oír? Mire, don Hermesindo: si lo que usted pretende es disuadirme de que vuelva a subir allá arriba, puede darse por vencido, porque ahora mismo empiezo a caminar y no me detendré hasta que mi maestro esté a salvo.

—A estas horas ya no vendrá nadie para acompañarte en ese rescate, Ricardo. Y ponerte en camino en solitario es una locura. Tú lo sabes mejor que nadie, como también sabes que, si tuviera veinte años menos, me calzaba las botas y...

—Tiene usted toda la razón, don Hermesindo —el Culebras gritaba—. «Es una locura», no sé cuántas veces he escuchado esa misma frase desde hace días, y lo jodido es que todos tienen razón. Pero por encima de todas sus consideraciones está Ángel Gascón. Creí que, cuando los vecinos de Torcegada supieran de su gravedad, sus corazones de piedra se ablandarían y harían algo por él. Por eso regresé aquí. Ahora ya he perdido toda esperanza de que eso suceda y no malgastaré ni un segundo más.

El Culebras emprendió el camino hacia la salida del pueblo.

—Ángel ya no te necesita —consciente de la inutilidad de sus palabras, el cura agotó su último hilo de voz—. Te juegas la vida, muchacho. Vuelve aquí.

—La vida de mi maestro es la que está en juego —gritó el Culebras, al tiempo que su silueta se desdibujaba engullida por el viento albino. No pudo ver que, a sus espaldas, una mano diestra dibujaba una cruz sobre el gélido aliento del alba.

Ni su madre ni los guardias ni tampoco el cura. Nadie podía oír la música que avisaba de que la muerte no había visitado aún la cueva de su maestro. Pero él sí. El amigo, hermano y discípulo del anacoreta seguía oyendo esa música y acudiría a su llamada de socorro.

La oscuridad se había hecho menos espesa, y un leve albor apuntaba por el horizonte, bajo un cielo invariablemente cubierto que se empeñaba en retardar la llegada del amanecer. En pocos minutos, Ricardo se encontraba en plena ascensión del monte Origo. El cansancio acumulado no impedía que mantuviera un paso firme y constante, aunque sus piernas acusaban el esfuerzo, mientras trataba de no perder el rastro del único sendero camuflado bajo la nieve. A medida que ganaba altura, un lánguido sol invernal que las nubes insistían en enmascarar iluminaba cada vez más decididamente su camino. Después de una hora y con el reinado del día, la temperatura había subido ligeramente. Ello le causó más preocupación que alivio pues si bien el frío era menos intenso, Ricardo era consciente de que aumentaba el riesgo de aludes a causa del deshielo. Así, extremó la precaución y aguzó el oído. La música de la flauta no parecía ahora proceder de un punto concreto; era como si sus notas viniesen de todas partes a la vez y cayeran sobre él como una fina lluvia que, poco a poco e inadvertidamente, lo empapase todo. Tuvo la impresión de que el propio monte derramaba aquellas diáfanas escalas, lentas unas veces, vertiginosas otras, sobre las copas de los árboles y los riscos pelados o vestidos de blanco, en un intento de resucitar las formas, colores y aromas de todo cuanto vivía en el elevado paraje y ahora dormitaba bajo la nieve.

De pronto al Culebras le pareció que el día estallaba por fin en un amanecer inusual y repentino. Desde la cima del Origo se derramó una cascada de luz áurea, que se deslizó pendiente abajo y bañó toda la comarca hasta el horizonte, donde eclipsaba la tímida luz solar. En medio de esa extraña claridad, extenuado y con el frío en los huesos, consiguió llegar a la altura de la cueva. Entonces le extrañó comprobar que la música, compañera y estímulo en su camino, había disminuido en intensidad, al contrario de lo que hubiera sido lógico, si es que partía de allí. Por otro lado, le asombró comprobar que la extraña luminosidad surgía de las entrañas de la gruta y se expandía al exterior para bañar de oro los colores originales de todo cuanto su fulgor alcanzaba a acariciar.

Cada vez estaba más claro. La luminosidad había reemplazado ahora al suave sonido de la flauta. Le pareció como si la única finalidad de la música hubiera sido arroparlo y darle fuerzas para que consiguiera llegar a su destino, y una vez allí, la luz y el silencio hubieran tomado el relevo, le dieran la bienvenida y lo invitaran a penetrar en la gruta. Por eso sólo él podía oír sonar la flauta.

—Tengo miedo —dijo en voz alta—. No sé qué voy a encontrar ahí dentro. Y esa luz cegadora pero cálida y amable...

Hubo de reunir todo su valor para adentrarse en la gruta. Ni por un momento pensó en buscar el candil que servía para iluminar el pasadizo. Ahora, en la cueva también era de día, quizá por primera vez en los millones de años que el agujero llevaba allí. Al desembocar en el habitáculo, casi cegado por el formidable resplandor, observó el desorden que la codicia de Rufo había sembrado, pero su atención se centró en el humilde camastro, donde yacía su maestro.

Tenía los ojos dulcemente entornados, como en el más plácido de los sueños, y su rostro dibujaba una sonrisa pacífica que irradiaba toda aquella luz, suficiente para envolver el mundo. No había rigidez en sus facciones ni en sus miembros. Todo en él era paz.

Ricardo tomó la muñeca derecha de su maestro entre sus dedos y buscó en vano sus pulsaciones. Insistió una y mil veces en los huesudos brazos y el cuello de su amigo sin hallar rastro alguno del pálpito vital. Aquellos restos que yacían en el camastro ya no eran Ángel. Se había desprendido de su envoltura, en la que había dejado rubricada su mejor sonrisa. Sonreía a un mundo hostil, a la incomprensión y a la maldad deliberada; sonreía al bosque y a las rocas que lo habían cobijado durante tanto tiempo; sonreía a Ricardo, ahora destrozado e incapaz de corresponderle.

Ángel había muerto con la misma sonrisa que desde niño quiso brindar a sus semejantes, y que el género humano se había encargado de helarle en los labios. Ahora era uno con la madre Tierra, con los hombres y los demás seres vivos, con el bosque y con su flauta. Su amigo y discípulo Ricardo, quien mejor llegara a conocerlo en vida, sabría entender el destino que el universo deparaba a quien tantas de sus verdades le había enseñado. Apoyó su frente sobre el pecho inerte del anacoreta y dejó que sus lágrimas bañaran aquel corazón noble y justo, detenido por la gélida hostilidad de un mundo infame.

EPÍLOGO

Un mes después del entierro de su madre, el cazador de culebras abandonaba el pueblo llevando sólo una pequeña mochila. La anciana había muerto con la inquietud de no haber podido disuadir a su hijo del paso que se proponía dar. Ricardo había demorado su marcha por quien más lo merecía, había llorado mucho, pero ya era suficiente. Nada lo retenía en aquel rincón del mundo.

No volvería a ser vecino de ese alcalde ni requeriría nunca más la ayuda del sargento ni del médico. Tampoco pensaba prolongar por más tiempo el vacío de su vida, ni se empeñaría en quitar la venda que cubría los ojos de los vecinos de Torcegada, tan ciegos de corazón como la torre que diera nombre a la localidad. Entre su exiguo bagaje, portaba las alentadoras palabras de un viejo cura de pueblo, don Hermesindo, que resonaban en su memoria y alentaban su corazón.

«Mientras en algún rincón del planeta haya un hombre capaz de habitar un agujero, acompañado de lo imprescindible y sin otra ambición que encontrarse a sí mismo, habrá una esperanza para la humanidad.»

Durante el resto de sus días, Ricardo no iba a prestar atención a otro sonido que las notas de su flauta y el trino de los pájaros, algo únicamente posible en el lugar donde el silencio permite escuchar a la Tierra. Como Ángel, quería aprender a sonreír incluso después de muerto. Al contemplar la verdadera sonrisa en el rostro lívido de su maestro, había comprendido que tendría que ensayar durante toda su vida.

Aquéllas iban a ser sus últimas pisadas sobre la calle adoquinada, arteria yerma de un pueblo sin sangre. Quienes lo vieron pasar, camino de sí mismo, no reconocieron en su mirada la del tercero de los locos del monte Origo, un nuevo eslabón de la cadena que, algún remoto día, tal vez transcurridos milenios, arrastraría a la humanidad hasta la verdadera conciencia de sí misma.

Él había nacido para eso; lo sabía. Tal como hicieran Gaspar y Ángel, y quién sabía cuántos más, debía buscar su identidad en la naturaleza, allí donde había de regresar la especie humana para recobrar su identidad, enmascarada por la quimera de la civilización. Su destino estaba en el lugar perfecto: el monte Origo, así bautizado, del latín *origo*, «origen», por los antiguos romanos, quienes muchos siglos atrás ya percibieron que en las entrañas de aquel majestuoso baluarte natural palpitaba el eco de la fuerza primigenia que movió al mundo.

Ahora Ricardo, el que ya nunca volvería a ser cazador de culebras, sabía que su santuario particular, punto de partida y de destino de su nueva vida, se hallaba en la otrora oscura gruta, donde aún brillaba un hermoso resplandor que nadie había conseguido explicar.